예브게니 오네긴

예브게니 오네긴

알렉산드르 푸슈킨 지음 | 이철 옮김

좋은 책 좋은 독자를 만드는 ―
㈜신원문화사

차 례

예브게니 오네긴

Pétri de vanité il avait encore plus de cette espéce d'-
orgueil qui fait avouer avec la même indifférence les bonnes
comme les mauvaises actions, suite d'un sentiment de
supériorité, peut-étre imaginaire.

Tiré d'une lettre particuliére

그는 허영심에 가득 차고, 게다가 선행도 악행도 똑같은 무관심으
로써 고백하는 특수한 오만을 몸에 지니고 있었습니다. 그것은 우월
감, 아마도 가공(架空)의 우월감 때문입니다.

—— 어느 사신(私信)의 한 구절

페테르 알렉산드로비치 플레르네프에게
희희낙락하는 사교계를 즐겁게 하려고는 조금도 생각 않고
다만 우정의 애고(愛顧)만을 희구하며 너에게 바치고 싶었다.
한결 더 너에게 어울리는 저당물을
성스러운 꿈과 생명력 있는 반짝이는 청랑(晴朗)한 시와
순박하고 고상한 상념이 넘쳐 흐르는
아름다운 영혼에 완벽하게 어울리는 저당물을.
하지만 보다시피 이 얼룩덜룩한 누더기에 대해
너의 용서를 바라네 —— 한번 시의 실을 자아보게나
너의 손으로, 반은 장난 반은 슬픈
대중적이고 이상적인 갖가지 글월들,
다채로운 재미의
뜬눈으로 지새는 밤 어렴풋한 영감의
성숙지 못한 채로 말라 시든
이지의 차디찬 관찰의, 근심 걱정 없는 시간의 산물 그리고
감정의 비애가 가득한 기록의 터무니없는 이 성과.

제1장

.

살기에도 바쁘고 사랑에도 다급해.

브야젬스키 공작*

1

아저씬 비록 저래 보이지만 얼마나 고상하신지
저런 중병에 신음한 뒤론
나 같은 사람도 다시 보게 되었지.*
저 정도로 훌륭한 사려분별
저 아저씨 같은 분은 천하의 귀감이지.
그건 그렇다 치고 이 얼마나 답답하리
낮이나 밤이나 중환자에 매달려
한 발짝도 바깥엘 못 나가다니!

죽어 가는 양반에게 비위나 맞추고
비뚤어진 베개 고쳐 베어 주든가
울상이 되어서 약시중이나 들고
내 신세 한탄하며 뱃속에선 빌어먹을
언젠가는 날 데리러 오겠지 바라는
내 맘의 간사함 한심스러워!

2

역마차 타고 먼지 피우며
젊은 탕아는 그런 것을 생각했다.
제우스 신의 고마운 배려로 말미암아
수많은 친척 중에서 상속인이 된 사나이 ―
루스란과 류드밀라*의 친구 여러분,
이 소설의 주인공일랑 서론 일체를 생략하옵고
우선 여러분에게 소개부터 하겠소.
이름은 오네긴 나의 친구라오.
태어나기는 네바 강가의 도시.*
독자 중에는 같은 곳 태생으로서
이름난 양반도 있으리라만,
실은 나도 그 옛날엔
그 땅에서 들떠서 떠들어댄 적이 있지.
하지만, 북국은 내 몸에는 독이었지.*

3

예브게니의 아버지는 고지식한 관리로서
빚 쓰는 재미로 세상을 살고 있었는데
한 해 세 번의 야회(夜會) 빚을 못 갚아
드디어 몰락하고 말았다.
그러나 운명이 예브게니를 돌봐 주었다.
제일 먼저 마담(Madame)이 돌보고
이제는 무슈(Monsieur)가 대신 돌본다.
예브게니 녀석은 장난꾸러기지만 꽤 귀여운 아이였다.
몰락한 프랑스 귀족 아베* 씨는
어린이가 싫증을 안 나게 하려고
수업은 모두 장난으로
듣기 싫은 잔소리로 괴롭히지도 않고
장난을 하면 아주 조금만 꾸짖고
틈만 있으면 여름 공원*으로 데리고 갔다.

4

그러나 한창 들뜬 청춘의 한 시절
예브게니에게 기대와 비애가 엇갈린 낭만 풍조가 찾아드는
때가 되자
아베 선생은 쫓겨나고야 말았다.

이리하여 우리 주인공 예브게니는 이제 자유의 몸
최신 유행으로 머리를 깎고 나서
런던의 멋쟁이 못지않게 차려 입고
대망의 사교계에 발을 디디었다.
프랑스말이라면 문제없겠다,
말하고 쓰는 것은 유창하고,
마주르카 춤추는 발로
가볍게 인사하는 맵시도 제법이었다.
이만하면 어엿하니 어느 누가 탓하랴.
영리한 사나이, 호감이 가는 사나이
사교계에선 그렇게 일컬었다.

5

우리들의 학문은 어중이떠중이도 조금씩은
겨우 수박 겉핥기. 덕택에
러시아에서는 교양인이라는 호평 들으려면
지나친 장난 필요 없이 누워 떡먹기.
예브게니는 '다수자'의
(엄격하게 판단하는 심판관의) 의견으로는
다독하였지만, 공론가 성향이라는 것이었다.
살롱의 담소(談笑)에서 넌지시
여러 가지 일에 아는 체하고

심각한 토론에서도 깊이 아는 체하고
잠자코 있든지, 아니면 느닷없이
그럴듯한 경구(警句)를 토하며
부인네들의 미소를 자아내는
복된 재능도 그에게는 있었다.

6

라틴어는 그 당시 벌써 옛 유행이 된 터라
예브게니의 라틴어 소양은
희롱조가 아니라 솔직히 말해서
제명(題銘)의 뜻을 풀든지
유에나리스*를 논하든지
편지 끝에 발레(vale)*라고 쓰는 정도
거기다 자신은 없지만
〈아에네이스〉*에서 두어 줄쯤
틀렸는지는 몰라도 외고는 있었다.
여러 나라의 역사적 사건,
티끌의 태산 따위 따질 생각은 없었지만
로물루스*의 시대에서 오늘날까지의
지난 연대기의 여러 사건을
기억의 밑바닥에 재 놓았다.

7

시가(詩歌)라면 목숨도 아끼지 않는
고상한 정열 따위는 없고
우리들이 기를 쓰고 가르쳐 주어도
약강격(弱强格)과 강약격(强弱格)의 구별조차 못하고
호메로스와 테오크리토스*조차 욕을 하는 판.
그 대신 애덤 스미스라면 눈을 뒤집고 덤벼
심원(深遠)한 경제학자가 되었다.
국가의 부(富)란 무엇이고, 그것은 어떻게 증대되는가,
국가는 무엇으로 유지되는가 또 무엇 때문에
단순 생산품의 공급이 메워지기만 하면
국가는 돈이 필요없는가 하는 학설 따위
당당히 논쟁을 하는 재주를 알고 있었다.*
아버지는 아들의 이론을 모르고
영지(領地)를 자꾸 담보로 넣었다.

8

예브게니가 알고 있는 모든 지식을
일일이 예로 들 겨를은 없다.
그러나 그가 참으로 재능을 발휘한 것
속속들이 도통한 것,

어려서부터 고생하던 것
고생이자 또 희열이었던 것
하염없이 괴로운 나날
그의 마음을 사로잡은 것 ──
그것은 저 나소*가 노래한 사랑의 길.
그 사람은 이 길 때문에 죄를 짓게 되어서
고향인 이탈리아를 멀리 바라보며
몰다비아 광야의 끝에서
꽃처럼 화려했던 삶을
수난자로서 눈을 감았다.

(9) 10

어떻게 해서 그는 일찍이 뽐내든지
기대를 감추든지, 질투해 보이든지
조바심을 내거나 한탄하든지
짐짓 음울한 꼴을 보이든지, 낙심해 보이든지
때로는 자랑스럽게 때로는 한풀이 꺾인 듯
때로는 친절히 때로는 싸늘하게 대할 수 있었을까!
어떤 때 그는 수심에 싸여 묵묵히 있고
열렬하게 남을 설득하고
제멋대로 연문(戀文)을 썼던가!
이 길로 전심전력하여

몰아지경(沒我之境)에 들었던가!
그의 시선은 얼마나 재빠르며 얼마나 부드럽고
얼마나 겁이 많고 얼마나 대담하며 또 때로는
얼마나 가련한 구슬 같은 눈물이 반짝였던가!

11

별안간 홀쩍 태도를 바꾸거나
장난으로 처녀들을 놀려 주거나
절망한 나머지 최악의 경우는 협박을 하고
간사한 말로 기분이나 맞춰 주고
감동어린 한 순간을 포착하고
처녀의 순진한 편견을
재간과 정열로 산산조각을 내거나
열렬한 애무를 가만히 기다리거나
교묘하게 또는 강박으로 사랑의 고백을 조르거나
사랑의 동계(動悸)를 재빨리 귀에 담아
오로지 사랑이 움틈을 기다렸다가 어느 날 별안간
밀회를 약속하고…… 이내 뒤이어
남의 눈을 감쪽같이 속여 연애의 연습
이런 일에 있어서는 얼마나 선수였다고!

12

얼마나 일찍이 그는 아양 떠는
계집의 가슴에 불을 붙일 수 있었던가!
연적(戀敵)을 덤비는 대로 격퇴하려고 할 때에는
적에게 상처를 주는 방법을 그는 얼마나 잘 알고 있던지.
그 독설은 얼마나 신랄하고
늘어놓은 올가미는 또 얼마나 악랄했던가.
하지만 사람 좋은 그녀의 남편은
언제까지나 친구였다오.
모두들 그를 주목한 포블라스*의 옛 제자의
간악한 꾀를 자랑하는 서방님도
의처증 많은 늙은 양반도 자신은 말할 것도 없이
자기 집 식사며 아내까지도
지극히 만족하여 거드름 피우는
그리고 계집을 빼앗긴 줄도 모르는 남편도.

(13 14) 15

그가 아직 이불 속에 있을 때
편지를 받는 일도 있었다.
무얼까? 초대장인가? 역시 그렇군.
세 집에서 야회의 초대다.

한 집은 무도회 또 한 집은 아이의 생일.
우리 난봉꾼은 대체 어느 집으로 갈 생각이신가?
어디서부터 시작할 작정인가? 무어
뉘집에서부터나 마찬가지지
세 집을 한 바퀴 도는 것은 어려울 건 없어.
처음에는 오전 나들이옷으로 차려 입고
챙이 넓은 볼리바르 모양의 모자*를 쓰고
도시의 큰거리*로 마차를 달리고 실컷 산보를 즐긴다.
시간 잘 맞는 브레게 시계*가
저녁 시간을 알리기까지.

16

벌써 해는 저물어 썰매를 탄다,
"이랴! 이랴!" 말 모는 소리.
두꺼운 모직 자수의 옷깃에 내린 서리는
마치 은모래를 뿌린 듯하고.
그가 나는 듯이 가는 곳은 탈롱*, 거기에
친구 카베린*이 기다리고 있네.
집에 들어서니 ── 천장 높이까지 펑 터지는 코르크
혜성이 보인 해의 포도주*가 놓였다.
잔치는 생피가 도는 로스트비프
송로(松露), 젊은 날의

멋의 표상, 프랑스 요리 중의 요리
그것뿐이랴, 스트라스부르의 통조림 필로그[*]
그 양 곁에는 린부르크의 푸른 곰팡이가 낀 치즈,[*]
금빛 파인애플 아나나스.

17

커틀릿의 더운 기름으로 마른 목을
샴페인으로 축이고 싶은 생각은 있었지만
브레게 시계는 신작(新作) 발레의
개막 시간을 알리고 있었다.
극단(劇壇)의 심술궂은 입법자
화려한 무희들의 변덕스런 숭배자
분장실의 명예 시민인
예브게니는 극장으로 줄달음친다.
거기서는 모두들 자연스런 공기를 호흡하면서
앙트르샤(entrechat) 동작에 갈채하자
클레오파트라를 조롱하고 야유하여 물러나게 하자.
모이나[*]를 불러내자고 자신만만
자기 목소리를 남에게 들려주면서 좋아하고 있다.

18

요술의 나라여! 여기는
그 옛날 두려움 없던 풍자의 왕
자유의 벗인 폰비진*과
흉내 잘 내는 쿠냐주닌*이 이름 떨치던 곳
오제로프*, 젊디젊은 세묘노바
이 둘이서 실내에 꽉 들어찬 관객의 눈물과 갈채의
열광적인 환호를 나누어 갖던 곳
우리의 친구 카테닌*이 대 코르네이유의
위대한 이야기를 되살리던 곳
비꼬기 선수 샤호프스코이*가
인기 높은 희극들을 이끌어 내던 곳
거기다 또 디드로*가 영광을 차지하던 곳
그리고 무대 배경 뒤의 어두운 한구석은
내 청춘이 흘러간 곳.

19

여신들이여! 당신들은
지금 그 어디에 있느뇨?
부디 내 슬픈 소리를 들어 주렴.
당신들은 그 옛날 그대로인가? 아니면

비록 아직 명성을 얻지는 못했을지라도 다른
처녀들이 당신들의 자리를 차지했는가?
당신들의 합창을 또 들을 수 있을까?
우리 나라의 테르프시코레*, 영감에 찬 비상(飛翔)을
눈앞에서 바라볼 수 있을지?
아니면 또 수심에 싸인 시선이 재미없는 무대 위에
낯익은 얼굴들을 찾을 수 없어
환멸의 귀고리 안경을 무연 중생(無緣衆生)을 향해
그 열락(悅樂)의 모습을 냉정하게 바라보며
말없이 하품을 하고는 지난 옛일을 돌이키는가?

20

극장은 만원. 박스는
빛나고 무대 앞과 1층 좌석은 물 끓는 듯.
입석에서는 성급한 박수 소리.
서서히 막 오르면
가만히 서 있는 이스토미나*의 요염한 모습.
반짝이는 얇은 옷 몸에 감고
님프의 무리에 둘러싸여,
요술과 같은 바이올린의 소리,
활이 쉬는 사이사이에 한 발을 바닥에 대고
다른 발을 천천히 한 바퀴 돌린다. 그러자

춤추어 오르는가 했더니
하늘 높이 두둥실 날아올라
에올루스*의 입김에 불린 솜털인 양
몸을 움츠리고 펴며 발과 맞추어 친다.

21

극장이 떠나갈 듯한 박수. 예브게니는 안으로 들어갔다.
남의 발등을 밟고 일등석 의자 사이로
쌍안(雙眼)의 귀고리 안경을 끼고서
비스듬히 박스에 앉은
새 얼굴의 부인들을 살펴보았다.
그는 열정 없이 박스를 살펴보았다.
아래서 위로 훑어보면 모두 알아차렸다. 얼굴이랑 옷이랑
몹시도 마음에 들지 않는다.
곁에 앉은 신사들과 인사를 하고 이윽고 무대를
관심 없는 듯 흘깃 보고
등을 돌리고, 하품하며 말했다.
"이젠 모두 바꿔도 좋을 텐데.
발레도 너무 오래 보았어.
디드로도 이젠 싫증이 났어."

22

무대 위에선 큐피드, 악마, 용이
아직도 쉼 없이 뛰놀고 있다.
주차장에서는 지친 하인들이
털외투를 걸친 채 잠들어 있다.
관중은 여전히 발을 구르며 코를 풀고
기침을 하거나 야유를 하며 박수를 친다.
아직까지도 극장 안팎에는
빈틈없이 등불이 환히 켜져 있고
여전히 아주 혹독한 추위에 몸을 떠는
말들은 재갈이 싫다고 더욱 더 몸을 비틀고
마부들은 모닥불 주위에 모여서 손뼉을 치며*
주인들 흉보기에 정신이 없다.
그럴 때 예브게니는 극장을 나왔다.
옷을 갈아입으러 집에 돌아가는 것이다.

23

최신 유행의 모범 학생이
이런 저런 옷을 입었다 또 벗고 또 입는
이 친구의 아늑한 의상실을
있는 그대로 보여나 드릴까?

장신구 화장품 도매상인 런던이
끝없는 허영심을 만족시키기 위해 장사를 하며
목재와 지방(脂肪)과 바꾸기 위해
발틱 해의 물결을 헤치고
보내는 모든 물건들,
호기심 많은 파리의 취미가
돈이 되는 장사에만 눈독들여
권태와 오락을 위한 벗들, 이 시대에 맞는 일락을 위한 사
치품들
열여덟 살 소년의 의상실을 장식한 것은
모두 이런 물건들.

24

이스탄불의 호박(琥珀) 파이프
탁자 위의 자기(磁器)와 브론즈
놀고 싶고 게으른 마음을 채워 주는
커트글라스 병 속의 최고급 향수
빗, 손질용 강철 도구들,
바른 가위, 굽은 가위
손톱 소제, 이 닦기에 쓰는
서른 가지 제각각의 솔들도 있다오.
(겸하여 말하지만) 이 세상이 다 아는

별난 사람 루소는 일찍이 거드름 피우는 친구 그림이
왜 또 하필이면 자기 앞에서 손톱을 갈려는
생각이 났을까 하고 이상하게 생각했다.*
자유의 보호자이자 민권의 강력한 옹호자가 한 일인데
미처 생각 못한 멍청이 짓.

25

능수능란한 신사가
손톱의 미를 생각했다고 해서 무어 나쁘랴.
세상 일반의 통념을 상대로
가타부타함은 천하의 바보 짓.
이 세상에선 습관은 폭군이다.
질투가 늘 퍼져 있는 가시 돋힌 비난을 두려워하는
아들 대(代)의 챠다에프* 예브게니는
옷에 대해선 말도 못할 전문가
세상에서 손꼽히는 멋쟁이였다.
거울 앞에서 적어도 세 시간이나 보낸 뒤에야
옷 걸치고 화장을 하고 나오는 모습은
변덕스런 여신 비너스가
남장을 하고
가면무도회에 달려가는 모습 그대로였다.

26

최신 유행에 어울리는 화장술을 말하는 것으로
독자 여러분의 호기심을
끌어 모을 바에야 식자(識者)들 앞에서
그의 옷차림을 묘사해 보는 것도 재미있을 일.
물론 그것은 좀 건방지긴 하지만
묘사는 내가 할 구실.
그가 입고 있는 것은
판탈롱 바지, 양복 조끼, 프록코트
어느 것이나 러시아어에는 없는 단어.
거기다 나의 서투른 시는,
삼가 독자 여러분께 미리 사과하지만
그러지 않으려 해도 이국(異國)의 말이 너무 많지는 않을는지.
사실 나도 전에는 아카데미아의 사전* 따위
들여다본 일이 있기는 하지만.

27

쓸데없는 말은 그만두고
서두르는 편이 좋겠다.
예브게니가 줄달음쳐서
승합 썰매 타고 급히 가장무도회로 간다.

어두컴컴한 집들의 앞에
졸리운 듯 길거리에 줄지어 서 있는
궤짝썰매 좌우의 등불이
유쾌한 빛을 던지며 쌓인 눈 위를
무지개로 물들인다. 등잔마다
남김없이 불을 켜
낮과 같이 빛나는 호사스런 저택.
유리창 안에서 사람들 그림자가 오가고
귀부인이나 신식을 쫓는
별난 사람들의 얼굴이 보일 듯 말 듯.

28

우리 주인공은 어느덧 현관에 닿았다.
문지기 옆을 나는 듯 들어가
대리석 큰 계단을 뛰어올라가
한 손으론 머리를 빗질하며
들어갔다. 대청은 만원……
악대는 이미 지친 기색,
마주르카는 이제 막 한창.
손님들은 떠들썩 비비대듯.
근위 기병의 박차가 울리자
아름다운 귀부인들의 발들이 뛴다.

가슴이 설레는 그 뒤를
불과 같은 시선이 쫓는다.
매력적인 부인들의 부러운 듯한 속삭임을
귀가 째지는 듯한 바이올린의 소리가 억누른다.

29

환락과 희망의 나날,
그때는 나도 야회에 열중했다.
편지를 슬쩍 넘겨 주든지 마음먹은 전부를
몽땅 밝히는 데 이렇게 떳떳한 곳이 또 어디 있는가.
존경하는 남편 여러분!
호의로써 말씀드리지만 제발 조심하시기를,
내 말을 교훈 삼기를 바랍니다.
또한 대부분의 어머니들이여
잠시라도 안경을 벗지 마시고
방심하지 마시고 따님들을 감독하세요.
그렇지 않으면 큰일 납니다!
이런 말을 쓸 수 있는 것도
무엇을 숨기리요.
벌써 오래 전부터 꺼림직한 짓은 이 몸 안하고 있기 때문.

30

아! 갖가지 위안에
얼마나 많은 나날을 헛되이 보냈던가!
미풍양속을 손상만 시키지 않았다면
지금도 가무를 즐겼으리.
나는 사랑한다, 청춘과 광기의 분위기를,
저 사람들과의 우정과 기쁨을,
저 부인들의 아름다운 옷치장을.
나는 사랑한다, 그녀들의 어여쁜 다리를,
그러나 가령 러시아 전국을 찾아본들
밋밋하게 뻗은 여자의 다리는
세 짝밖에 찾아내지 못하리라.
아아! 나는 긴 두 다리를 잊을 수 없었다……
정열이 식어 버려 슬퍼진 지금도 잊지 못할 그 발.
꿈에도 생생하게 내 가슴이 설렌다.

31

아, 언제, 얼마나 황량한 광야에 유배되었길래,
  치정(癡情)에 지친 사나이여, 저런 다리를 잊을 수가 있단
말이냐?
  나의 작은 다리여! 지금은 어디에서,

어떤 봄꽃을 밟고 있는가?
동방의 일락에 익숙한 그대는
북국의 쓸쓸한 눈 위에
발자국조차도 남기지 않고 떠났다.
모피의 화사한 감촉을
융단의 화려한 세련미를 아쉬워하는 그대.
그를 위하여 명예도 허영심도
조국도 귀양살이도
잊어버리고 지내던 것은 옛일이었던가?
젊은 날의 행복은 헛되이 사라졌다.
가볍게 풀을 밟는 그대의 발자국과 같이.

32

다이아나*의 가슴, 플로라*의 뺨,
친구들이여, 그것들은 아름답다!
허나 나에겐
테르프시코레의 귀여운 발이 왠지 더 아름답구나.
그 발은 보는 사람의 눈에
헤아릴 수 없는 갚음을 예언하고
의미심장한 그 아름다움은
방자한 욕망의 무리를 꾀어낸다.
엘비나* 나의 벗이여, 나는 네가 좋다.

늘어진 긴 식탁보 밑에 숨은 저 발이
봄엔 목장의 파란 풀 위의,
겨울엔 난로의 쇠창살 위의
거울과 같은 무도회장 바닥 위의
나아가서는 해변가 쑥돌 위의 그 발이.

33

폭풍우 몰아치는 저 바다, 그 해변가에
광란의 물결 또 물결이 치달아
여자의 발에 그리운 듯 다가오는 모습을
얼마나 나는 부러워했던가!
넘나드는 흰 파도처럼
귀여운 그 발에 노예처럼 입맞춤하려고 얼마나 애썼던가!
아니 아니 나는 피가 끓는
저 청춘이 불타오르는 나날에까지
저만큼의 괴로움을 가슴에 담고서
아르미다*의 입술에 키스하거나
장미꽃 같은 뺨 아니 또 동경하는
가슴에 입맞춤하려고 애쓴 일은 없었다.
폭풍우 같은 열정이
저렇게 내 넋을 못살게 굴던 일은 없었다.

34

또 이런 기억도 있었다!
언젠가 고이 간직한 꿈속에서
때로 애정을 담아 등자(鐙子)를 잡아 주고…….
내 손에 언뜻 발을 느낀다.
또다시 공상은 부풀어 올라
또다시 그 발의 감촉이 시든
내 심장의 피를 거칠게 들끓게 하고
또다시 그 연정이, 그 애틋한 사랑이…….
하지만 이제 그만두자, 수다스런 하프를 울려
냉정한 그녀를 칭찬하는 것은.
정열이나 정감 넘쳐 흐르는 노래 따위를
그녀 같은 여인네가 받을 자격이 있을소냐.
저 요녀(妖女)들은 입도 눈동자도
믿을 수 없나니, 발도 그렇지만.

35

그런데 예브게니는 어떻게 되었을까?
꾸벅꾸벅 졸며 돌아갔다, 이 야회장에서 자기 집 침대로.
휴식 없는 페테르부르크는 일찌감치
북 치는 소리에 잠이 깬다.

장사꾼은 일어나고 행상이 거리를 지나간다.
마부가 손님을 기다린다.
물동이를 들고 서두르는 것은 젖 짜는 여인들,
그녀들의 발에 밟혀 소리내는 서설.
상쾌한 아침의 소리가 눈을 뜬다.
덧창이 열린다. 희미한
굴뚝 연기가 마치 하늘을 받치는 기둥인 양 치솟는다.
무명의 나이트 캡을 쓴
고지식한, 독일 빵집 주인은
벌써 몇 번이나 매출창(賣出窓)을 여닫았다.

36

그렇지만 야회의 속삭임에 만취한
환락과 사치의 포로들은
아침을 밤중과 맞바꾸어 근심걱정 없는
구석구석 찾아서 깊이 잠들어 있다.
낮이 지나 언뜻 눈을 뜨면
또다시 이튿날 아침까지 단조로운
화려한 생활이 그를 맞이한다.
내일도 또한 어제와 마찬가지이다.
그러나 인생의 꽃다운 한 시절을
뜻대로 눈부신 사랑의 승리와

날마다 밤마다 환락 속에서 지내며
예브게니는 행복했을까?
진수성찬 가운데서
그럭저럭 편안하게 살 수 있었을까?

37

아니 그렇지 않다. 일찍이
그의 열은 식어 있었다.
상류 사회의 헛소동에도 정념이 떨어졌다.
마녀들에게 끊임없이 신경을 쓰는 것도 그쳤다.
불의의 사랑에도 싫증이 났다.
친구도, 우정도, 영혼도 파괴되었다.
골치가 아플 때는 샴페인에
비프스테이크를 곁들이거나
스트라스부르 필로그를 먹든지,
재치와 지혜로 가득 찬 교훈을 강조하든지,
언제까지나 그렇게 할 수는 없기 때문이지.
혈기 왕성한 멋대로 노는 자라고는 하지만
결투에도 칼에도 총알에도
그는 이젠 흥미를 잃었다.

38

일찍이 그 원인을 물었어도 좋았을 병
영국의 '스플린'*과 비슷한 병
쉽게 러시아어로 말하자면 '우울한 벌레'에
어느새 조금씩 홀리기 시작했다.
다행히 권총 자살 따위 해볼 생각은 안 했지만
도대체 인생이 싫어진 것이다.
침울하게 살롱에 출입하는 모습은
마치 차일드 해럴드*식.
상류 사회의 험담도, 보스턴*도
아름다운 눈초리도 들어 보라는 듯한 탄식도
모두가 흥미 없는 것,
마음에 내키지 않았다.

(39 40 41) 42

상류 사회의 변덕스런 부인들이여!
예브게니가 제일 먼저 걷어찬 것은 바로 당신들이라오.
의심할 필요 없이 상류 사회의 취미란 것은
젊은이들에게 어지간히 숨막히는 것.
정말로, 사실을 있는 그대로 옮기자면
그중에는 세*나 벤덤*을 논하는 부인들도 있기는 하지만

도무지 그분들이 말씀하시는 것은
악의는 없을지라도 참을 수 없는 난센스
그리고 게다가 그 부인들은 거만하기도 하고,
그 위에 기품 있고, 순진무구하며,
그 위에 총명, 경신(敬神) 사상 자못 두텁고
자못 신중, 자못 정확
정조 자못 견고하다고 하니 그 얼굴 보기만 해도
이내 어떤 사내에겐 '스플린'의 발작이 인다.

43

아직 젊고 요염한 맵시의 여인들
밤이 깊은 페테르부르크의 포도를
마차 달려 뒤도 돌아보지 않고 달려가는 당신들도
예브게니는 본 체 만 체했다.
오로지 쾌락주의자 예브게니는
저 세계에의 충절을 굽혀
두문불출 굴 속에 틀어박혀
하품을 참고 펜을 들어
글을 좀 써 볼까 생각했는데,
끈덕진 일은 나면서부터 싫어해
일언반구도 채우지 못했다.
그렇다고 신이 난 저 무리*에도 끼어들지 않았다.

그 무리의 일은 이제 이야기하지 말자.
나 자신도 그 무리의 한 사람이기에.

44

이리하여 재차 하는 일도 없이
마음이 허전한 그는
억지로라도 책상 앞에 앉았다.
남의 지혜를 제 살에 붙이려는 기특한 생각에서.
책을 주욱 책꽂이에 세워
차례로 읽고, 또 읽었지만 허사였다.
어떤 책은 진력이 나고 속임수,
혹세무민(惑世誣民), 뻔뻔스런 내용, 그렇지 않으면 난센스.
그 책 쓴 사람들 모두 인습을 벗어나지 못한 위인들.
옛 책은 곰팡내가 나고
신간(新刊)은 옛 꿈을 좇을 뿐.
예브게니는 여자와 마찬가지로 독서도 단념,
먼지투성이를 털지도 않고
책꽂이에 검은 보자기를 씌웠다.

45

예브게니와 같이 사회의 인습인
무거운 짐 벗어 던지고 덧없는 이 세상의
시끄러움을 벗어난 내가 그와 친해진 것은 마침 이즈음.
내 마음에 든 저 독특한 성격이
어쩌다 공상에 잠기는 저 버릇이,
남들과 다른 저 별난 짓이,
서리가 낀 듯 차갑고 까탈스런 저 마음이.
나는 이 세상에 원한을 품고, 그는 근심에 싸여 있었다.
둘은 서로 정리(情理)의 움직임을 알고 있었다.
둘은 모두 인생에 지쳐 있었다.
둘은 모두 가슴의 불길이 식어 있었다.
아직 인생의 아침이라는데 둘은 모두
눈이 안 보이는 포르투나* 또 남들의
미움이라는 복병들에게 무방비 상태였다.

46

만약 살아서 사물을 숙고한 사람이라면
마음속 깊이 이 세상을 경멸하지 않고는 못 견딜 것이다.
정리를 안다면 되돌아오지 않는
나날의 환상이 무서워 떨 것이다.

지금은 더 매혹을 느끼지도 않고
다만 회한에, 추억의 뱀에게 내 마음을 헛되이 물릴 뿐.
이 모두는 그와 같은 사람의 말에,
대부분의 경우 친구 사이에
심상치 않은 매력을 느끼게 한다.
예브게니의 사고 방식에 나는 처음 주저했는데
곧 나도 그와 같이 익숙해졌다.
독을 품은 그 논봉(論鋒)에,
쓰디쓴 그의 농담에,
음산한 경구의 심술궂음에.

47

네바 강에 걸친 하늘이 개어
밝고 즐거운 듯한 수면경(水面鏡)이
다이아나의 얼굴도 비치지 않는
여름밤 한때 우리는 얼마나 자주
지난날의 로맨스를 추억하며
지난날의 사랑을 더듬어
오랜만에 마음은 풀리고 거리낌 없이
온화한 밤의 입김을
우리의 대화가 멈출 때마다 침묵을
둘이서 마시고 즐겼던가!

꿈길에서 죄수가 감옥에서
푸른 숲속으로 풀려나는 것처럼
우리들도 공상의 날개를 휘어잡아 타고
젊었던 날의 시점(始點)으로 훨훨 날아갔다.

48

저 시인의 시에도 있듯이*
애상에 가득 찬 마음을 안고
사색에 잠겨 화강암 돌담에 기대어
예브게니는 서 있었다.
주위는 아주 조용하고
밤의 보초들이 서로 부르는 소리와
저편 멀리 미리온나야*에서 이따금씩
마차 삐걱거리는 소리가 들릴 뿐.
작은 배 한 척이 노를 저어
잠든 듯한 강 위를 미끄러져 간다.
저 멀리 뿔피리 소리와 용감한 노래에
둘은 귀기울이고 있었다.
그러나 이 밤의 즐거움이 무엇이냐 물으면
타소의 팔행시*만큼 고마운 것은 없다.

49

아드리아 해의 푸른 물결
오! 브렌다*여! 맹세코 너를 만나리라.
영감에 넘치는 매혹적인
너의 소리를 다시 한번 들어 보리라!
아폴론의 후예가 숭앙하는 그 소리는
자랑스러워라 알비온의 하프* 때문에
나에게도 귀익은 그리운 소리.
때로는 재잘거리고 때로는 과묵한
젊디젊은 베네치아의 처녀와
신비스런 곤돌라를 띄우고
이탈리아의 밤에, 황금빛
타는 듯한 감미(甘味)를 즐기자 마음껏.
베네치아 아가씨와 같이만 있다면 내 입도
저 페트라르카*의 사랑의 말도 배울 수 있으리.

50

아! 나에게도 오는 것일까, 자유의 때가?
"와야 할 때"인데 나는 목말라 그것을 부르노라.
해변을 오가면서, 좋은 날씨 기다리면서
저 멀리 흰 돛대 소리쳐 부른다.

뱃길 도중에 폭풍우의 법의(法衣)에 싸여
산더미 같은 파도와 싸우면서 막는 자 없는 바다의 네거리를
언제나 마음대로 저어서 갈꼬?
때는 왔다. 자연조차 적의에 찬
쓸쓸한 언덕을 뒤에 두고
나의 아프리카* 하늘 아래
남쪽 바다의 한가운데서
햇빛이 부족한 러시아를 생각해 보자.
거기야말로 일찍이 내가 고생했던 나라
사랑했던 나라, 내 마음을 묻어둔 나라.

51

예브게니는 나와 더불어
외국에 가 보고 싶어했다.
그렇지만 얼마 안 가서 우리는 운명의 손에 의해
오랫동안 떨어져 있었다.
그의 아버지가 돌아가셨다. 그리고
예상대로 예브게니 앞에는
탐욕스런 고리대금업자가 수없이 몰려들었다.
벌어진 일에 대한 판단은 각인각색(各人各色)
소송이 싫은 예브게니는
자기 몫에 만족하고

유산을 그들의 자유에 맡겼다,
과히 손해라 생각도 않고.
그러나 작은아버지의 임종의 날은
미리 짐작하고 있었는지도 모른다.

52

이윽고 어느 날 갑자기 전갈이 왔다.
관리인으로부터 보고가 왔다.
작은아버지가 임종의 자리에서
그에게 작별하려 한다고.
슬픈 통지를 받자마자
예브게니는 작은아버지를 뵙고자
역마차를 몰아 달려갔으나
돈 욕심에 탄식을 하고 답답해하고
속이고 할 나 자신을 생각하고 만나기 전부터 하품이 났다.
(여기서 나는 이 소설을 쓰기 시작했다.)
하지만 목적지인 영지에 닿았을 때는
작은아버지는 이미 대지(大地)에 바치는 제물이 되어
테이블 위에 놓여 있었다.*

53

저택 안은 시중드는 사람들로 혼잡하고
고인의 영전에는
장례를 좋아하는 패들이
친구도, 적도 가리지 않고 줄곧 모여들었다.
장사도 무사히 끝났다.
사제도 손님도 먹고 마시고 한 뒤
마치 큰일을 치른 듯
삐기며 유족과 인사하고 모두들 돌아갔다.
이리하여 예브게니도 시골 사람이 되었다.
그는 이제 공장, 숲, 들, 내의
어엿한 새 주인,
여태까지는 낭비를 일삼았는데
이제는 머릿속부터
생활 방침이 달라진 것을 기뻐했다.

54

이틀간은 쓸쓸한 들이나
어둠침침한 떡갈나무 숲의 시원함이나
조용한 시내의 물소리 따위를
신기한 듯 생각했었는데

사흘째부터는 언덕도, 숲도, 들판에도
매력을 잃었다. 마냥 졸음만 오고
드디어 이젠 뚜렷이 깨달았다.
진력나는 건 시골도 도시도 다 같고
여기에는 큰거리도, 카드도,
궁전도, 무도장도,
야회도, 시도 없지만
역시 스플린이 노려보며
졸졸 뒤를 따르고 있었다.
그림자처럼 또 정숙한 아내처럼.

55

그런데 나는 평화스런 생활과
전원의 고요를 위해 태어났다.
계견성(鷄犬聲) 안 들리는 시골에 살라치면
하프 소리 더욱 새롭고
창조의 꿈도 한결 생기를 띤다.
순박한 한가로움에 몸을 맡기고
쓸쓸한 호숫가를 헤맨다.
파르니엔테* 나의 규칙.
아침 저녁 자유, 온화, 유쾌함을 위하여 눈을 뜬다.
오래 자고, 조금 읽고,

변덕스런 명예를 쫓지 않으리.
일찍이* 나는 이와 같이 하는 일 없이
내 생애의 가장 경사스런 세월을
남 몰래 지낸 게 아니었던가?

56

꽃이여! 사랑이여!
들판이여!
나는 너희들이 참으로 좋아.
예브게니와 다른 점을 지적할 수 있어 늘 기쁘게 생각한다.
왜냐하면 비꼬는 독자나
세세한 뒷소문을 내러 다니는 위인들이
예브게니를 나 자신과 비교해 보고 그리고 나중에
교만한 시인 바이런 경처럼
"놈은 흉내를 내어
내 초상을 그린 것"이라고
거리낌 없이 소문내면 안 되겠기에.
설마 시인은 서사시 중에서
자기 이외 다른 누군가의 일을
못 쓸 리도 없긴 하겠지만.

57

겸하여 한 마디. 시인이란 무릇
꿈 속에서 다가오는 사랑을 숭배한다.
옛날 그리운 그 모습을
꿈 속에서 보고 그 이름을
마음속에 은근히 잡아 두면
뮤즈가 그것을 소생시킨다.
이리하여 나는 아주 태평스럽게
내 이상인 산(山)의 처녀*나
사르기르 호반의
사로잡힌 여인*을 노래해 왔다.
그런데 요새 친구들이 이렇게
종종 질문한다.
"누구를 생각하여
네 하프는 한탄하느냐?
질투 강한 처녀들 가운데
그 누구에게 그 가락을 바치려 하느뇨?

58

누구의 눈동자가 영감을 불러일으키면서
사색하는 듯한 네 노래에

애처로운 애무를 해주더냐?
너는 도대체 누구를 찬송하여 노래하느냐?"
아니야! 이 친구야 아무도 아니야!
나는 사랑의 미칠 듯한 전율을
슬프게도 맛보았을 뿐이다.
그 사랑과 불같은 리듬을
둘 다 얻은 사람은 행복하다.
그런 사람이야말로 저 페트라르카의 비밀을 흉내 내어
신성한 시의 황홀을 헤치고 넓혀
가슴의 괴로움을 진정시킨 뒤에
영예를 내 것으로 한다. 그런데 나는
사랑을 할 때 우직한 벙어리가 된다.

59

그런데 사랑이 지나가면 뮤즈가 나타나
흐려진 지성도 다시 맑아진다.
가슴을 쓰다듬고 다시 찾는다,
만족스런 음률과 감정, 사고의 결합을.
상쾌한 기분으로 붓을 옮긴다.
쓰다 만 시의 여백에 나도 모르게
여자의 얼굴이나 발 따위의 낙서를 하는 일도 없다.
한번 꺼진 화로의 불은 다시 타오를 수 없다.

슬픔은 아직 남아 있어도
눈물은 이미 말라 버렸다.
얼마 뒤 폭풍우가 내 영혼 속에서
흔적도 없이 사라져 버렸다.
이런 때에야 나는 쓰기 시작한다,
25장의 긴 서사시를.

60

시의 구상이나 주인공의 이름은
벌써 생각해 놓았다.
이것으로 이럭저럭 이 소설의
제1장은 끝낸 것이야.
다시 한 번 정성을 들여 읽어 본다.
모순도 많이 있는 듯하다.
그렇지만 고칠 생각은 도무지 없다.
검열관의 신세를 지고 고생한 이 결정을
저널리스트의 밥이나 되어 줄까.
지금 막 태어난 내 창작이여
가거라. 네바 강변의 도시로
얻어 오려마.
영예의 공물(貢物)과 곡해를
조롱하고 떠드는 비난의 소리를!

제2장

O rus! …

Hor.

O Pycb!*

1

예브게니가 하염없는 나날을 보낸 마을은
물 맑고 산 높은 아름다운 고장이었다.
정유(情遊)를 즐기는 호탕한 친구가 살았더라면
하느님을 고마워했을지도 모른다.
지주의 집은 깊숙이 틀어박혀,
바람을 막는 언덕에 가려져 있고,
시내가 보였다. 멀리 앞에는
황금빛으로 빛나는 들판에

꽃이 한창 피어 있고
여기저기 촌락도 보이고
가축의 무리들은 멋대로 풀을 뜯고
깊은 생각에 잠긴 숲의 님프가 숨어 사는
황폐한 거원(巨苑)은
울창한 그림자를 드리우고 있었다.

2

아름답고 운치 있는 그 저택은
총명한 선대(先代)의 취미를 살린
격식대로의 건물로서
멋지고 묵직한 안정감을 보이고 있었다.
방들은 모두 천장이 높게 꾸며져 있고
객실은 아름다운 비단으로 휘감겨 있으며
역대 황제들의 초상이 걸려 있고
페치카는 알록달록한 타일로 꾸며졌다.
도대체 이 모든 것들이
무슨 까닭인지 몰라도
유행과는 거리가 먼 취향. 그러나
예브게니에게는 아무래도 좋았다.
방의 치장이 신식이든 구식이든
하품 나는 것은 마찬가지니까.

3

예브게니는 마을의 늙은이들이
가정부들과 대소사에 대해 으르렁대고
들창으로 경치를 내다보고 파리채로 파리를 잡는 생활을
40년이나 하고 있던 방을 거실로 삼았다.
무엇이나 간소했다. 마룻바닥은 떡갈나무 판자
장은 둘, 테이블은 하나, 새 날개를 넣은 긴 의자 하나,
잉크의 얼룩 따위는 하나도 없다.
예브게니는 두 개의 장을 열어 보았다.
하나에는 지불장(支拂帳)
또 하나에는 주욱 늘어놓은 나리프카*
사과즙이 들어 있는 항아리와
1808년의 달력*이 들어 있었다.
늙은이는 볼일이 많아서
책을 제대로 읽지 않았던 것이다.

4

혼자서 영지에 살면서
어떻게든 한가로움을 메우려고
우리 젊은 예브게니는
우선 새 제도를 펴려고 했다.

풀 속에 묻혀 사는 이 현인(賢人)은
예로부터의 부역(賦役)의 무거운 멍에를
아주 가벼운 인두세(人頭稅)로 바꾸어 주었다.
농노들은 자기들의 새 운명을 기뻐했지만
그 대신 속셈이 빠른 이웃 지주들은
이 개혁을 가공할 만한 해독으로 보고
자기 마을에서 얼굴을 찡그리기도 하고
또 어떤 사람은 능청스럽게 싱긋 웃기도 했다.
그리고 저놈은 위험한 협박꾼이라고
모두들 입 모아 단정했다.

5

처음에는 모두들 손님으로 찾아 주었다. 그러나
큰길에 자가용 마차의 덜커덩 소리가
나기만 하면 뒷문으로 가
돈 산(産)의 말에 매단 마차를 돌려 빠져나가 버린다는
것을 시간이 지나자 파악하게 되었다.
이런 태도에 누구나 마음이 상하여
교제를 끊고서, 말을 나누지 않게 되었다.
"이번 지주는 버릇이 없어, 건방져,
파르마존*이야. 그는
자나깨나 포도주만 마시고

부인들 손에 입맞춤도 한 번 안하고,
무슨 질문에도 '예' '아니오' 할 뿐
'그럼은요' '아니올시다' 라곤 말하지 않아."
이것이 모든 이의 평판이었다.

6

마침 이때 새 지주 하나가
자기 영지에 나타나서
같은 마을에서 이 인물이 시끄러운
수다쟁이 입에 오르게 되었다.
이름은 블라디미르 렌스키.
모교인 괴팅엔의 정신*에 젖은 사람으로서
한창 나이의 미남자며
칸트를 숭앙하는 시인이었다.
유현(幽玄)한 나라 독일에서
학문의 여러 가지 성과를 안고 왔다.
공상적인 자유주의와
열렬하고 색다른 정신과
언제나 변치 않는 감격조의 말투
어깨까지 늘어뜨린 검은 곱슬머리 따위를.

7

상류 사회의 차고도 음란한 풍조에도
결코 시들지 않은 젊은이의 정신은
한창 활짝 꽃이 피어,
친구의 인사와 여성들의 위로를 받았다.
사랑에 대해서는 아무것도 모르는 애송이
희망만이 달콤하고,
아직도 진귀한 이 세상의 떠들썩함이
이 젊은이에게는 그저 흥미로울 뿐.
제 가슴의 의혹의 구름을
달콤한 몽상으로 헤치고 있었다.
인생의 목적도 그에게는
마음을 끄는 수수께끼였다.
그 수수께끼에 머리를 썩이면서
기적에 희망을 걸고 있었다.

8

그는 믿었다, 언젠가 자기와 맺어질
가까이에 있는 하나의 넋이
홀로 쓸쓸히 동경에 못견뎌하며
날마다 자기를 기다리고 있음을.

그는 믿었다, 친구는 모두 그의 명예라면
어떤 칼도 달게 받고
눈썹 하나 까딱 않고
비방자의 무기를 부숴 주리라고.
또 운명에 선택된 불멸자인
인류의 성스러운 친구가 이 세상에 있어서
그들의 생사를 같이하는 일단은
언젠가는 눈부신 광선으로
우리들을 비추어 주고
이 세상에 행복을 보내 주리라고.

9

감격과 애상과
지고의 선에 대한 깨끗한 헌신과
명예를 바라는 달콤한 괴로움은
일찍부터 그의 피를 끓게 했다.
하프를 손에 들고
그는 각국을 헤맸다.
실러와 괴테를 길러 낸 하늘 아래
두 시인의 시의 성화를 이어받아
그의 마음은 마찬가지로 불타오르기 시작하였다.
뮤즈의 고상한 예술과 패션을

다행히도 더럽힘 없이
항상 고상한 감정과
유치한 몽상의 격발과
장엄하고 소박한 아름다움을
그 노래는 떳떳이 지탱해 왔다.

10

그는 오로지 사랑을 귀담아듣고 사랑을 노래했다.
그 노래는 가리워진 것 없이 맑았다.
순진한 처녀의 마음처럼,
어린애의 잠과도 같이
부드럽고 끝없는 밤하늘을 비추는
신비와 상냥한 숨을 쉬는 여신이나 달처럼.
그는 노래했다, 이별의 시간을, 슬픔을.
모호한 무엇을, 몽롱한 저 먼 곳을,
낭만적으로 피어난 장미꽃을,
그는 비로소 노래를 부르기 시작하였다,
자기가 일찍이 적막한 가슴에 뜨거운 눈물을 쏟던
저 멀고 먼 나라들을.
그는 노래했다, 열여덟 살을 기다리지 않고
이미 퇴색한 생명의 꽃을.

11

천부의 재능을 예브게니 이외에는
아무도 알아보지 못하는 쓸쓸한 시골에서
근처 지주들이 모여 떠드는
연회 따위에 나가기도 싫어서 그는 가급적
시끄러운 세상 이야기를 피하고 있었다.
아는 체하는 그들의 대화는
추수 · 술 · 집안 일.
심지어 개집에 이르기까지.
그런 이야기에서 감동이나
시적인 영감이나 지성이나 기지
세련된 사교의 재능을
찾을 수가 없다 해도 당연.
게다가 여성들의 이야기투란
차마 들을 수도 없는 우열(愚劣)이었다.

12

돈 있고 미남인 블라디미르는
어딜 가나 사윗감 후보 대우를 받았다.
시골 풍습이란 그런 것,
반러시아 사람인 이 이웃 총각에게

너도 나도 딸을 주었으면 했다.
그가 모습을 나타내기만 하면 슬금슬쩍 생홀아비 신세의
쓸쓸한 집안 살림 이야기뿐이었다.
이웃집에서 차를 대접하겠다 해서 가면 시중드는 것은 딸 도냐.
그 어머니는 나지막한 소리로
"도냐! 부끄러워 말고!"
그 뒤에서는 기타가 소리를 내고
이 댁 딸의 트이지 않은 노랫소리
(아! 차마 못 듣겠다!)
"오십시오, 오십시오, 황금의 이 집으로*……."

13

그렇지만 물론 렌스키는
결혼의 멍에를 받을 생각은 전혀 없었고
오직 오네긴과의 친교를
간절히 희구할 뿐이었다.
이윽고, 이리저리하여 둘은 친해졌다.
얼음과 불꽃, 폭풍우 치는 날씨와
화강암보다도 둘은 더 서로 달랐다.
처음에는 이러한 마음의 차이로
서로가 심심해서 못 견딜 판이었는데
그러다가 우의(友意)가 싹트고 그리고

매일 말을 타고 왕래하는 동안에
떨어질 수 없는 사이가 되었다.
사람이란(그 첫째가 나지만)
심심풀이를 위해 벗이 되는 것이다.

14

그러나 우리 주인공들 사이의 그런 우정조차도
실제로는 있을 수 없다.
낡은 편견을 벗어던진 우리는,
모든 사람은 쓸모없다고 생각하고,
우리 자신만을 하나의 단위로 믿고 있다.
나폴레옹이야말로 우리들의 이상.
수백만의 두 발 가진 짐승은 모두 우리들의 도구에 불과하
다.
감정 따윈 바보 같고 우스꽝스런 것.
그걸 생각하니 예브게니는 관대했다.
말할 것도 없이 남의 마음을 꿰뚫어보고
처음부터 경멸은 하고 있었지만 ──
(예외가 없는 규칙은 없으니까.)
어떤 사람들은 인정하곤 은근히
그 감정을 소중히 여기고 싶었다.

15

그는 미소를 띠면서 블라디미르의 말을 들었다.
열렬한 시인의 완고한 언어,
아직 애매한 판단력을 가진 마음
언제까지나 감격이 사라지지 않는 시선 ——
무엇이든 오네긴에게는 신기하고 감격스러웠다.
상대의 흥이 깨지는 말은 한 마디도
입 밖에 내지 않으려고 애쓰면서
예브게니는 마음속으로 생각했다.
한 순간의 행복의 전염을 방해한다는 건
정말 내겐 가장 어리석은 짓,
그냥 내버려 두어도,
세상사는 공평무사하여 때가 올 것인데.
혈기 왕성한 그런 나이니까
젊은이다운 정열도 공상도 내버려 두자.

16

두 친구 사이에선 모든 것이
논쟁을 낳고 사색을 자아냈다.
먼 옛날 종족들의 조약,
지식의 열매, 선과 악,

역사와 더불어 낡은 편견,
면하지 못할 무덤의 신비
거기다 또 운명과 인생에 관한 것
모든 사상(事象)이 화제에 올랐다.
시인은 토론에 열오르자 황홀경 속에서
자신도 잊고 북방의 시*
한 구절을 읊기도 했다.
마음이 너그러운 예브게니는
잘 알지는 못했지만
젊은이의 낭송에 귀를 기울였다.

17

그러나 정열 문제는 더욱 더
젊은 은둔자들의 관심을 끌었다.
미칠 듯한 정열의 위력을 벗어난 예브게니는
이 문제를 논하며
자기도 모르게 회한의 한숨을 쉬었다.
정열의 조급함에 사로잡혔음을 알고,
그것을 단념한 자는 행복하다.
그보다도 더 행복한 것은
정열에 인연이 없는 자,
번뇌를 떠남으로써, 증오를 미워함으로써,

온화한 자, 질투에 괴로워함 없이
때로는 하품이나 하면서 친구들이나 아내와 살며
부모에게서 물려받은 듬직한 재산을
한 판의 주사위 속임수에 걸지 않는 자다.

18

우리가 약삭빠르게도 평안이란 깃발
아래 몸을 기대었을 때
정열의 불도 꺼지고
그 방자함과 격렬함의 약하디약한 여파가
이상스럽게 보일 때면 ─
반발심을 겨우 가라앉힌 우리는 때로,
남이 이야기하는 미칠 것 같은
정열을 토하는 말에
즐거운 마음으로 귀기울이고
마음이 들뜨기도 일쑤.
마치 그것은 나이 먹어 세상에 잊혀지고
움막에 엎드린 늙은 병사가
젊은 용자(勇者)들의 무용담을
내 이야기처럼 듣고 싶어하는 것과도 비슷하다.

19

그 대신 다혈질인 젊은이는
무엇 하나 감추지는 못해
미움도 사랑도 슬픔도 기쁨도
몽땅 지껄이지 않고는 견딜 수 없을세라.
자기를 사랑의 늙은 병사로 알던
예브게니는 점잖은 표정으로
진정 유로(流露)를 좋아하는
시인의 숨김없는 고백을 들었다.
상대는 매우 솔직하게
자기의 진심을 피력했으므로
예브게니는 아주 쉽게
순박한 사랑 이야기
우리가 이미 익숙해진
정감에 넘치는 이야기를 알아들었다.

20

아! 그는 이 세대에서는 볼 수 없는
사랑을 하고 있었다. 미친 듯이
시인이 아니면 감히 할 수 없는
사랑을 하고 있었다.

언제 어디에 있더라도 생각은 단 하나
다만 하나 변치 않는 소원,
다만 하나 변치 않는 비애.
마음 가라앉히는 저 먼 나라도,
오랜 세월 동안 끊긴 만남도
뮤즈에게 바치는 그 시간도,
이국의 그 여러 가지 아름다움도
환락의 속삭임도 학문의 길도
순진한 정화(情火)에 타는
그의 마음을 뒤엎지는 못했다.

21

가슴의 괴로움을 아직 모르던
어렸을 때 올가에게 반해서
소녀의 어린 장난을
넋 잃고 바라보던 그.
사람 없는 떡갈나무 숲속 나무 그늘에서
같이 놀기도 했다.
사이가 좋은 이웃이던 아버지들도
오래지 않아서 결혼시킬 작정이었다.
동네서 멀리 떨어진
점잖은 집안에서 태어나

순수한 매력에 가득 찬 딸을 양친은
나비도 벌도 모르는
깊은 산속에 고이 피어난
한 떨기 은방울꽃이라 여겼다.

22

올가는 이 젊은 시인에게 젊은 날
불타는 기쁨의 첫 꿈을 선사했다.
올가의 추억을 가슴에 안은 채로
그는 갈대피리로 첫 가락을 불기 시작했다.
잘 가거라 인생의 황금 시절의 놀이!
울창한 숲이, 홀로 있는 고독이, 고요가,
밤이, 별이, 달이, 하늘의 등불인 저 달이
그의 마음을 사로잡았다.
우리들도 일찍이 달에게 들떠
초저녁 어둠 속을 헤매며
거닐다가 눈물 흘리고
간직한 괴로움을 즐기기에 몰두했다지…….
그러나 그 달도 이제
어두운 램프의 대용품으로 전락했다.

23

언제까지나 변하지 않는 조심성과 솔직한 마음씨
변하지 않는 명랑함은 아침과 같고
시인의 생명인 양 그 순박함,
사랑의 키스를 연상시키는 매력
하늘빛 눈동자, 꽃의 웃음, 아마(亞麻)빛 머리카락
목소리와 몸가짐, 가벼운 몸매
올가는 무엇이나 있었다 …… 하지만
어떤 소설을 찾아보아도 이런 미녀는
찾아낼 수 있을 것이다.
그야 그지없이 귀엽고
나도 한때는 마음에 들었는데
지금은 지긋지긋 싫어졌다.
여기쯤에서 독자 여러분의 허락을 받아
손위 아가씨를 소개하리라.

24

언니의 이름은 타치아나*……
내 자의로서 우선 이런 이름으로
독자도 알다시피 소설의 페이지를 마음껏
장식하는 것은 처음이리라.

사양은 안 하리, 상쾌한 발음의 이름이니까.
그렇지만 이 이름이 나오면
그 순간 문득 머릿속에 떠오르는 것은 사실
옛날 일이나 하녀의 방.
이름 짓기 하나도 솔직히 말해
몹시 멋쩍게도 취향에 달려 있다.
(시가에 관해서는 말할 것도 없지만.)
문명은 우리들을 치유하기는커녕 상처를 준다.
우리의 버팀목으로 남은 것은 단 하나
솔직히 말하는 것, 다만 그것뿐이다.

25

아무튼 그녀 이름은 타치아나. 정말로
동생 올가와는 정반대로 아무도 거들떠보지 않는 얼굴에
장밋빛의 싱싱한 맛도 없어,
눈길을 끄는 매력이라곤 없다.
수줍어 반기지도 않고, 우울하며, 말도 없고
숲에 사는 사슴처럼 거칠고, 겁이 많은데다
부모 곁에 살면서도 그녀는
말 한 마디 못하고 묵묵하기만 했다.
아버지께도 어머니께도 어리광조차 못 부려 본 딸.
아이들끼리 소꿉 장난에는,

참견 못 하고, 뜀박질 한번 않고
하루면 하루 이틀이면 이틀 온종일
혼자서 창가에 앉아 있었다.

26

요람 속에 있을 때부터
명상은 그녀의 친구이자 즐거움이었다.
명상은 한가로운
시골의 나날을 그녀를 위하여
갖가지 꿈으로 장식해 주었다.
가냘픈 손가락에 바늘을 쥐는 일도 없고
수틀에 가슴을 굽혀
삼베를 비단 무늬로 꾸미는 일도 없었다.
지배를 향한 충동의 신호들,
계집아이는 말 못하는 인형을 상대로 노는 동안에
상류 사회의 예의범절이나 법도를 배우든지
어머니의 교훈을 흉내 내어 깍듯이 인형에게 가르쳐 주든지
의전(儀典)을 준비하곤 했다.

27

아주 어릴 때 타치아나는
인형 따위도 거들떠보지 않았다.
말동무 삼아 거리의 소문이나
유행하는 이야기를 하고는 노는 일도 없었다.
아이들이 흔히 하는 장난도
그녀에겐 관심 없는 것. 그보다는
겨울밤의 괴담에 몸이 스스해지면
마음속에 기쁨이 일었다.
또 유모가 올가를 위하여 넓은 풀밭에
어린 소꿉동무들을
모두 모을 때도
타치아나는 숨바꼭질 따위는 하지 않았다.
떠들썩한 들뜬 놀이도
크게 웃는 것도 그녀는 싫어했다.

28

그녀는 베란다에서
아침 해돋이를 기다리기 좋아했다.
어둠이 걷히는 푸른 하늘에서
별들의 윤무가 사라지면서

희뿌옇게 지평선 너머가 밝아오고
새벽을 알리는 바람이 불고
얌전히 해가 떠오른다.
겨울이면 밤의 장막이 늦도록
지구의 반을 점유하고
동녘 하늘은 평화스러운 고요에 싸여
몽롱한 달빛에 늦게까지
잠들어 있을 그런 때에
타치아나는 정한 시각에 눈을 떠
촛불의 도움으로 잠자리를 벗어난다.

29

소설은 어려서부터 좋아했다.
그녀에게 소설은 모든 것이었다.
리처드슨*이나 루소*의 이야기에
그녀는 열중하였다.
그녀의 아버지는 호인이었지만
아주 일찌감치 지력이 쇠퇴하여
책에서 해독을 입지 않았다.
도대체 책 한번 그는 읽은 일이 없고
쓸데없는 장난감으로 알고 있었으니,
딸의 방 베개 맡에 아침까지

어떤 비밀의 책이 잠자고 있더라도
별로 신경을 쓰지 않았다.
하지만 그 아내는 타치아나처럼
리처드슨에게 열중해 있었다.

30

그 까닭은 그녀가 리처드슨을 다 읽었기 때문도 아니고,
그리고 그녀가 그랜디슨*이나, 로브라스*를
좋아했기 때문도 전혀 아니며
그 옛날 모스크바에 있을 때
사촌 여동생인 공작의 딸 알리나가
사흘에 한 번 그러한 작가 이름을
여러 번 입에 올렸기 때문이다.
그 당시 지금의 남편은 아직 약혼자였고
더욱이 그녀 마음에 꼭 들지 않는 상대였다.
그녀에게는 정으로나 재주로나
훨씬 좋아하는 사나이가
그의 가슴을 태우고 있었다.
이 그랜디슨은 멋쟁이로서
노름의 명수에다 소위보였다.

31

마음에 둔 사나이와 똑같이 그녀도
당시 유행하는 맵시를 내고 있었다.
그러나 이윽고 싫건 좋건
혼례를 치르러 교회로 끌려갔다.
신부의 슬픔을 씻어 주려고
약삭빠른 신랑은 결혼 직후
일찌감치 시골 영지로 돌아갔는데
생판 모르는 남들에게 둘러싸인 아내는
당분간은 체면도 몸도 돌보지 않고 울어댔고
드디어는 시집을 뛰어나갈 판.
그러나 어느덧 살림에 재미를 들여
몸에 익자 안정되었다.
습관은 하늘이 준 선물,
말하자면, 행복과도 바꿀 수 있는 것.

32

아무것으로도 달랠 수 없는 그 슬픔을
습관은 훌륭하게 진정시켰다.
이어 일대 발견이 철저하게
그녀의 마음과 몸을 위로해 주었다.

그녀는 일하고 쉬고 하는 사이에 남편을 부하처럼
부려먹는 비결을 발견했다.
이로써 사태는 원만하게 해결되었다.
그 후로는 마차를 몰아 농장을 돌든지
버섯 김장을 담그든지,
그날그날 가계부를 적든지
이마 털을 깎든지,*
일요일마다 목욕을 가든지
화가 나면 하녀를 때리든지
이 모든 것은 남편과 의논 없이 했다.

33

아니, 순식간에 그녀는
자신의 낡은 행실을 바꾸었다.
여자 친구의 앨범에 자기 피로 글을 쓰거나
플라스코비야를 폴리나라고 부르고*
혀짜래기 흉내를 내거나
매우 답답한 코르셋을 입어 보거나
러시아어의 N을 프랑스어 식으로
콧소리를 내어 멋지게 발음도 하곤 했다.
그러나 머지않아 이런 짓은 모두 끝났다.
코르셋도, 앨범도, 공작의 딸 알리나도

감상적인 시구(詩句)를 적은 수첩도 잊고
한때의 셀리나를 아클리카*라고 부르게 되고
드디어는 솜을 누빈 실내복이랑
두건까지 쓰기 시작했다.

34

그러나 남편은 마음속으로부터 그녀를 사랑하여
그녀의 변덕을 도무지 탓하지 않고
뭐든 태평하게 신용하여
식사도 실내복을 입은 채로 했다.
이리하여 그의 나날은 안온하게 흘러갔다.
때로는 저녁때 사람 좋은
이웃집 식구가 몽땅 습격해 온다.
거리낌 없는 친구끼리
불평을 하든지 욕설을 늘어놓든지
이것저것 농담을 한다.
시간이 지나는 사이 딸 올가가
차를 준비해 온다.
이윽고 저녁식사 또
잘 시간. 손님들은 되돌아간다.

35

그들은 마음 편한 살림 가운데
그리운 옛날 풍습을 간직하고 있었다.
영양이 풍부한 버터 주간*에는
이 지방 독특한 부링*을 구웠다.
일년에 두 번 재(齋)를 지키고
둥근 그네, 접시의 노래*, 윤무(輪舞)를 모두 같이 즐겼다.
선남선녀가 하품하며
기도하러 나가는 삼위일체의 일요일*에는
예의 땅두릅 작은 다발*에
세 방울쯤 감동의 눈물을 흘리기도 했다.
그들에게 쿠아스*는
마치 공기와 같은 필수품.
손님을 대접할 때는
등급의 차례로 접시를 돌렸다.

36

이리하여 부부는 같이 늙어 갔다.
그러나 이윽고 남편 앞에
관(棺)의 뚜껑이 열리고
남편 머리에 새 관(棺)이 씌워졌다.*

점심 전 정해진 시각에 이웃 지주와
아이들과 아내들의 평소보다
진심에서 우러나온 눈물의 전송을 받으며
저 세상 사람이 되었다.
생각하면 소박하고 선량한 지주였다.
그 주검이 잠든 곳에 세워진
묘비에는 이렇게 씌어 있었다.
"드미트리 라린, 마음씨 고운 죄인,
주님의 종, 여단장,
이 돌 아래 고이 잠든다."

37

선조 대대의 영혼들 곁에
돌아온 블라디미르 렌스키는
어느 날 갑자기 이 이웃 사람의 근엄한 무덤을 찾았다.
고인을 추억하고 탄식하면서
잠시 동안 슬픔에 잠기어
"불쌍한 요리크*."라고 중얼거리는 소리도 구슬펐다.
"나는 자주 이 양반의 팔에 안겼었지.
어렸을 때 얼마나 많이 이 양반의
오챠코프* 훈장을 가지고 놀았던가!
이 양반은 올가를 나에게 시집보내겠다면서

걸핏하면 물어보았는데, 그날까지 내가 사는지……."
그래서, 상심으로 가득 찬
블라디미르는 그 자리에서
무덤의 애가(哀歌)를 지었다.

38

여기는 블라디미르가 눈물에 젖어
순박한 부모의 유해에 슬픈 비명(碑銘)을 바친 곳…….
아! 인생의 밭이랑 위에서
잠시 동안 수확하고
세상 사람의 자녀들은
운명의 비밀스런 목적에 따라
나고 자라고 죽는도다.
그 뒤를 다음 세대가 잇고…….
이리하여 우리 정처 없는 인생은
나서 자라고 물결 따라 이리저리 헤매다가
조상의 묘 앞에 모여든다.
우리들의 그때도 곧 오리라, 곧 오리라.
우리들도 이내 자손들의 손으로
이 세상에서 밀려나가노니!

39

그러니 친구여 잠시 만족할 때까지
즐김이 좋으리 보잘것없는 이 삶을!
나는 이 세상에 미련도 없지만
그 무상함의 끝을 잘 알아서,
여러 가지 미혹에도 눈을 감았도다.
그러나 먼 미래에 건 희망이
자칫하면 내 가슴을 뒤흔든다.
조그마한 흔적도 남기지 않고
이 세상을 떠나는 건 너무 슬프다.
명예를 위해 글을 써 놓을 생각은 아예 없지만
그래도 반복했던 나의 일생은 말해 두고 싶도다.
생각하면 그것은 나를 추억하는
실마리가 될 한마디를 진실한 반려(伴侶)처럼
이 세상에 남겨 놓고 가고 싶기에.

40

이 한마디에 감동하는 사람도 있으리라.
내가 짓는 시의 한 구절은 더러는
운명의 손에 호위받아
레테 강*에 가라앉지 않을지도 모른다.

잘 하면(건방진 소리지만!)
후세에 무지한 사나이가
고명(高名)한 나의 상(像)을 가리켜
이 사람이야말로 진정한 시인이었노라고 할지도 모르지.
그러면 나의 감사를 받음이 좋으리
평화로운 뮤즈의 신을 숭앙하는 자들이여
변천하기 쉬운 내 작품을
오래 잊지 않은 분들이여
호의를 품은 손으로
노옹(老翁)의 월계관을 주는 사람들이여!

제3장

Elle était fille, elle était amoureuse.

Malfilâtre[*].

1

"어이구! 어디로? 시인이란 곤란한 친구야."

"미안하지만 오네긴 돌아갈 시간이야."

"물론 너를 말리고 싶지는 않아.

헌데 너는 도대체 어디서 매일 밤을 보내는 거야?"

"그걸 몰라, 라린 씨 댁이지."

"뭐라고? 미쳤나! 그런 데서 매일 밤 시간을 보내고

답답치도 않단 말인가?"

"아니, 천만에!"

"그거 신통하군. 거기서 노는 모습은 여기서도 잘 알지.
우선 말이야(아마 꼭 그럴 거야).
흔히 있는 러시아 가정
손님 대접은 아주 열심히 잼이 듬뿍.
비(雨) 이야기, 삼(麻) 이야기, 마구간 이야기……."
"그래도 난 별로……."

2

"하지만, 넌 진력이 날걸. 그건 못 견뎌."
"하지만, 나는 자네들의 현대식 상류 사회는 질색이야.
그보다는 단란한 가정 쪽이
취미에 맞아. 거기서 나는……."
"또 그 소리, 그 목가(牧歌)를!
이젠 그만 제발 부탁이야.
그럼 돌아가는 건가? 그건 안됐군.
아 참, 렌스키 이 필리스*에게
네 사상과 시와 눈물과 운(韻)과
그밖의 대상이 된 여자를
인사 좀 시켜 주지는 않으려나? 소개 좀 해주게."
"농담이겠지?" "아냐, 정말이야."
"그럼 좋아." "그럼 언제?"
"지금이라도 당장. 기꺼이 맞아 줄걸, 아마."

3

"자, 가자." 둘은 마차로 달렸다.
저 쪽에 가 닿으니 손을 반기는 옛 그대로의 풍습
칙사(勅使) 대접하듯 하는 바람에
때로는 귀찮을 정도.
내온 음식이란 으레 나오는 것,
작은 접시에 잼이 나오고
복숭아 짠 국물이 든 주전자가
초를 칠한 테이블에 놓이고
·················
·················
·················
·················
·················
·················

4

두 친구는 가장 가까운 길을 잡아
전속력으로 귀로에 오른다.
여기서 우리 주인공들이
주고받는 말을 몰래 들어보자.

"그래 어땠어, 오네긴? 넌 하품을 하고 있군."
"내 버릇이지 뭐, 렌스키."
"그렇지만 다른 때보다 더 진력을 내는 거 아냐?"
"뭐 마찬가지. 그런데 벌써 들판은 어두워졌네.
서두르자 안드류드슈카, 더 빨리, 더 빨리.
참 바보 같은 짓이군.
그러고 보니 라린 부인은 머리는
나쁘지만 꽤 상냥한 할머니야……
아까 나온 복숭아 국물로
배탈이나 안 나면 좋을 텐데.

5

그런데 말야 타치아나는 어느 쪽이야?"
"보라구, 마치 스베틀라나*처럼
잠자코 우울하게 들어오자마자
창가에 걸터앉은 저 아가씨라네."
"정말 너는 손아래 아가씨에게 반한 건가?"
"왜 자꾸 물어?"
"나 같으면 손위를 골라잡겠어.
만약 내가 너와 같이 시인이라면.
올가 얼굴에는 생기가 없는데 그래.
반 다이크가 그린 성모 마리아 같애.

저 둥근 미인의 얼굴은 마치
싱거워 빠진 공주의 멍청한 달 같애."
렌스키는 귀찮은 듯이 대답하고는
내리 입을 다물었다.

6

그러나 예브게니의 방문은 라린 가족에게
보통이 아닌 감명을 주었고
주변 사람들의 흥미도 끌었다.
추측은 추측을 낳고 모두들 속삭이고
농담을 지껄이고
실례된 말을 건네든지
저 사람은 타치아나의 신랑감이라고
제 마음대로 정해 버리곤 했다.
혼례 준비는 벌써 했지만
유행하는 반지를 아직 살 수가 없어
연기가 되었다고
지껄이는 축도 심지어 있었다.
블라디미르의 운명은 더 이상 논란거리가 아니었다.
그들 사이에서는 벌써 정해진 것이 되었다.

7

타치아나는 이런 세상의 헛소문을
기분 나쁘게 듣고 있었지만 가슴 한구석에선
말할 수 없는 기쁨에 젖어 마냥 그 일만 생각했다.
사념은 가슴에 아로새겨졌다.
때는 왔다. 그녀는
드디어 사랑에 빠졌다.
마치 땅에 떨어진 씨앗이
봄의 입김에 삶의 힘을 얻은 것같이.
타치아나의 상상은 오래 전부터
달콤한 꿈과 동경에 불타
운명적인 마음의 양식에 굶주리고 있었다.
가슴속 괴로움은 오래 전부터
청춘을 불태우고 있었다.
넋은 기다리고 있었다…… 누군가를.

8

기대는 드디어 성취되었다.
눈이 뜨이고 그녀는 말했다,
바로 저 사람이다! 아! 이제는
낮도 밤도 열을 품은 고독한 잠도

모든 것은 그의 모습으로 찼다.
모든 것이 악마 같은 힘으로
가련한 소녀에게 끊임없이 그의 일만을 속삭였다.
자비로운 어머니의 타이름도
하녀들의 보살펴 주는 시선도
이젠 오직 귀찮다고 느낄 뿐.
기쁜 근심에 싸여 손님들의 이야기에
귀를 기울이지도 않고
하는 일 없이 찾아드는 뜻하지 않은 손님이나
오래 앉아 있는 손님들을 은근히 미워했다.

9

이제야말로 얼마나 마음을 기울여
감상적인 소설을 읽고
얼마나 강한 매력을 느끼고
유혹적인 허구에 몸을 내맡겼으리!
공상의 고마운 상상력이
삶을 찾아 준 인물들
줄리 볼마르의 연인*도,
말렉 아델*, 드 리나르*,
사랑의 수난자 베르테르* 그리고
우리들을 꿈나라로 이끄는

희대의 그랜디슨도
어느 작품이나 꿈을 꿈직한 상냥한
소녀의 눈에는 단 하나의 형상으로 비치고
단 한 사람의 예브게니로 녹아 버렸다.

10

좋아하는 작자의 여주인공들
클라리사,* 줄리,* 델핀*
따위가 된 것처럼 타치아나는
숲의 정적을 찾아 거닌다,
홀로 위험한 책을 지니고.
그 책에서 남모르는 자신의 정열
그녀 마음의 욕망으로 차고 넘치는
가슴의 사념을 희구하고 발견한다.
그녀는 한숨을 쉰다.
남의 기쁨, 남의 슬픔을 나의 것으로 삼아
가장 사랑하는 주인공에게
보낸 편지를 모두 외어 속삭인다.
그러나 우리의 주인공은 누구이겠는가?
그랜디슨이 아닌 것만은 확실했다.

11

그 옛날 정열에 불타던 작가는
위엄 있는 문체를 빌어
우리 주인공의 기질이 배정되는 지점에서
완전무결한 귀감(龜鑑)으로 그를 드러내 보였다.
언제나 부당한 박해를 당하고 있는
자신이 사랑하는 인물에게
다정다감하고 우아한 넋,
뛰어난 재치, 사랑받는 용모를 부여했다.
늘 기쁨에 젖어 있는 주인공은
영원토록 순수한 정열을 가지고
자기 목숨이라도 바치리라는 각오가 되어 있었다.
마지막 권(卷) 끝에서는
악은 언제나 벌을 받고
선은 언제나 관을 썼다.

12

그러나 지금 인심은 모두 안개에 싸이고
도덕은 졸음이 올 뿐.
소설 속에서도 악이 사랑을 받고
언제나 승리의 개가를 올린다.

영국의 뮤즈가 우화로
어린 소녀의 잠을 설치고
사려 깊은 뱀파이어*,
음침한 성격의 방랑자 멜모트*
영원한 유태인*, 코세어*
신비스런 스보가르* 따위가
이제 그녀의 우상이다.
바이런 경은 들뜬 기분을 잘 살려서
구원받지 못할 이기주의자마저
울적한 로맨티시즘의 옷을 입혔다.

13

독자여 이것에 어떤 뜻이 있는가?
신의 생각 여하에 따라
나 같은 사람은 시인을 폐업할는지 모른다.
새로운 악마에게 반하기만 하면
아폴로의 위엄도 두려워 않고
천박한 수준의 산문에
이 몸을 더럽힐지도 모른다.
그때는 상쾌한 나의 만년(晩年)을
옛날 투의 소설이 우롱할지도 모른다.
비밀스런 범죄, 파멸 따위를

소름끼칠 정도로 기분 나쁘게 묘사할 생각은 추호도 없다.
다만 러시아 가정의 전설, 매혹적인 사랑의 꿈,
옛 러시아의 풍습 따위를
여러분에게 이야기할 뿐이리라.

14

아버지나 늙은 삼촌의 소박한 옛이야기
시냇가나 보리수 고목 아래
애들이 약속해 놓은 밀회
보기에도 가엾은 질투의 괴로움,
이별의 쓰라림, 화해의 눈물
그런 일들을 이야기한 후에
또 한 번 싸우고 나서
겨우 최후에 결혼식을 올리게 할 것이다.
일찍이 내가 그 아름답던
정겨운 사람의 무릎 위에서
지껄이던 짜릿짜릿한 정담이나
괴로운 사랑의 설득을
나는 지금 이 순간에 돌이켜 생각하리라.
지금은 그런 말에도 서툴러졌지만.

15

타치아나! 너와 더불어 나도 지금 울고 있다오.
너는 일찌감치 너의 운명을
요즘 세상의 폭군에게 맡겨 버렸지.
그리운 자여 너는 멸망하리.
그러나 그에 앞서 눈이
번쩍 뜨일 희망을 가슴에 안고
너는 음울한 행복을 부른다.
너는 삶의 쾌락을 배운다. 그리고
애욕이라는 마법의 독을 너는 마신다.
헛된 꿈이 너를 쫓아다닌다.
어디를 가도 즐거운 밀회의
숨을 곳을 너는 상상한다.
어디를 가나 네 앞에
숙명적인 유혹의 주인공이 있다.

16

사랑의 괴로움은 타치아나를 뒤쫓는다.
사색한다고 뜰에 나서면
느닷없이 눈동자는 고정되고
앞서 가는 것도 싫어진다.

가슴이 부풀어 오르고,
열정이 불타올라 두 뺨은 어느덧 붉게 물들며,
내쉬는 숨길이 막힌다.
귀에는 소음이 눈에는 현기증이…….
밤이 온다. 달은
저 멀리 하늘을 돌아보듯 한 바퀴 돈다.
침침한 숲 아래 나이팅게일이
낭랑한 운율로 울어대고
타치아나는 잠을 못 이룬 채 불도 안 켜고
유모를 말벗삼아 소곤소곤 이야기한다.

17

"유모! 난 잠이 안 와. 몹시 무더운 것 같아!
창을 열고 여기 앉아 주어요."
"아이고 아가씨도, 왜 그러세요?"
"심심해서. 옛날 일이라도 이야기해 주겠어?"
"아니, 무얼 별안간 이야기하란 말이에요?
옛날에는 나도 못된 귀신이나 딸 이야기는
있는 일 없는 일 퍽 많이 알고 있었지만 지금은
다 잊어먹어서 알던 것도 까마득해요
참 나이란 먹고 싶지 않지만,
유모는 이젠 늙어빠졌어요……."

"그래도 유모! 들려주어요.
귀신 이야기가 아니더라도
유모가 젊었을 때 일을.
유모는 누구에게 사랑을 쏟았어요?"

18

"어머! 큰일 나겠네! 우리 젊어선
처녀 총각의 사랑 이야기 따윈 들은 적 없어요.
그런 짓이라도 하는 날이라면 저 돌아간 시어머니가
못살게 굴어 죽였을 거요."
"그럼 유모는 어떻게 결혼했어요?"
"그건 뭐 하나님의 뜻이었나 보죠.
우리 집 바냐는 나보다도 손아래였고,
그러니까 나는 열셋. 중매쟁이 노파가
두 주일쯤 친척 집에 드나들더니
드디어 아버님이 승낙을 하셨어요.
나는 어찌나 무서운지 울기만 하고
동무 계집애들도 눈물을 흘리면서
긴머리를 풀어 틀어올리곤,
그리곤 노랫소리를 들으며 교회에 갔어요.

19

이렇게 해서 영 알지도 못하던 남의 집 사람이 되고……
어머나, 아가씬 듣지도 않으시면서…….'

"아이고 참, 그랬나봐 유모. 나는 어쩐지
기분이 안 좋아서요. 왜 그럴까 구역질이 나서.
금방 엉엉 울고만 싶어져…….'

"아가씨 어디 편찮으세요? 주여, 불쌍히 여기소서, 힘을 주소
서!

자! 자! 무어든지 도와 드리죠.
성수라도 뿌려 드릴까요.
어머! 이마가 불덩이 같으니…….'

"병이 아니래도. 나는 말이에요, 유모
유모만이 알아 두어요, 사랑을 하고 있는걸."

"어머나! 아가씨가 그런 일을!"
유모는 기도를 올리면서 말라빠진 손으로
타치아나에게 십자를 그어 주었다.

20

"난 사랑을 하고 있는걸." 하고 그녀는 다시
노파를 향해 슬픈 듯이 소리를 낮추어 말했다.
"가엾어라, 정말 편찮으신가 봐."

"내버려 두어요. 나는 사랑을 하고 있어요."
이러는 동안에도 달은 빛나고
타치아나의 창백한 아름다움,
눈물방울, 흐트러진 머리칼을
붉어진 뺨과 함께 달빛이 비추고,
긴 바람막이 코트를 입고
백발을 숄로 휩싸고
어린 여주인공 앞 의자에 앉은 노파를 비추고 있었다.
이 세상 모든 만물은 무엇을 생각하게 하는
달그림자의 고요 속에 잠이 들었다.

21

달을 쳐다보면서 타치아나는
먼 하늘로 사념의 날개를 펼쳤다.
언뜻 무슨 생각이 났다.
"그럼 가도 좋아요. 날 혼자 있게 해 줘요.
펜과 종이를 주어요. 그리고 책상을 여기 가까이 놓고.
난 곧 잘 테니까요. 그럼 안녕."
겨우 그녀는 혼자 즐기게 되었다.
주위는 고요하다. 달빛이 빛난다.
책상 위에 턱을 괴자, 영혼이 들끓고,
예브게니의 모습이 줄곧 머리에 떠올라, 타치아나는 편지를 썼다.

갑작스런 편지 속에
순수한 처녀의 사랑이 고동치고 있었다.
편지를 다 쓰고 곱게 접었다…….
타치아나! 대체 누구에게 보낼 셈인가?

22

어마어마하게 권위 있고
그 청정함, 냉정함은 추운 겨울 날씨 같고
정절은 견고하여 말을 붙여 볼 수도 없는
신비로운 미녀들을 나는 일찍이 알고 있었다.
그녀들의 현대식 멋이나 오만함,
타고난 정숙함에 기가 질려서
사실 나는 언제나 숨어 다녔다.
"영원히 희망을 버려라."*
지옥문의 이 경구를 어쩐지 나는 그녀들의 이마 위에서
소름이 오싹 끼치며 읽은 듯하다.
남자들의 마음을 들뜨게라도 하면 큰일
남자들의 마음을 위협하는 것이 그녀들의 기쁨이다.
혹시 네바 강변에서 이런 여성을
여러분도 만났을지도 모른다는 생각이 든다.

23

이것과는 또 다른 별난 남자들의 뜨거운
열정의 한숨이나 칭찬에 대해
코웃음치는 우쭐한 여자들을
얌전한 축에 낀 무리들 가운데서 만난 일이 있다.
나는 무엇을 발견하고 간이 서늘해졌는가?
그녀들은 조심스레 다가오는 남자들의 마음을
엄숙한 태도로 무섭게 위협하면서도
사나이들을 곧잘 반하게 한다.
어쨌든 후회스런 동정이라는 방법으로.
이런 때 그녀의 말소리는
평소보다 한층 더 요염하게 들리는 법.
덕택에 젊은 연인들은
다시 한번 바보같이 눈이 어두워
끈덕지게 그리운 꿈을 쫓아 그칠 줄을 모른다.

24

어째서 타치아나가 이보다 더
죄를 지었다고 말할 수 있는가?
무척 단순한 인생의 달콤함,
거짓을 도무지 모르고

스스로 택한 공상을 믿었기 때문인가?
감정의 법칙이 이끄는 대로
기교도 없이 감춤 없이 사랑했기 때문인가?
너무 남을 잘 믿는데다가, 그리고 끝없는
그러한 상상력과 그러한 이성과
얽매이지 않는 사고와, 그리고 생생한 의지와,
열렬하고 또 우아한 영혼을
하늘로부터 부여받았기 때문인가?
정열의 경솔함을 그녀에게만은
용서치 않겠다고 당신은 말하시려는가?

25

요염한 계집은 냉정하게 주판을 놓는다.
그러나 타치아나는 한결같이 사랑하여
마치 귀엽고 애처로운 어린이같이
무조건 사랑에 뛰어든다.
"지금은 안 돼요." 따위 말은 하지 않는다.
실은 이 방법으로 사랑의 값어치를 한층 올리고
한층 확실히 올가미에 옭아 넣는 것이지만.
허영심을 따끔따끔 자극해 놓고,
다음은 의혹으로 고생시키고
그 다음은 질투의 불길로 번쩍이게 만든다.

그렇게라도 하지 않으면
능청스런 사랑의 포로는
쾌락에 금방 싫증이 나서 기회만 있으면
사랑의 쇠사슬을 벗으려고 노린다.

26

꺼림칙한 귀찮은 일이 또 하나,
조국의 명예를 구하기 위해
타치아나가 쓴 편지를 러시아어로 번역할 의무가 있는 것은
나로서는 당연한 일,
타치아나는 러시아어를 잘 모르며
잡지도 읽지 않았기 때문에
생각한 것을 자기 나라 말로 표현하는 데도 애를 먹었다.
그러므로 무어든 쓸 때는
프랑스어로 썼다…… 고백조차도!
도리가 없는 노릇! 또 한 번 말하거니와
오늘날까지 부인의 사랑은
러시아어로 고백된 예가 없고
오늘날까지 자랑스런 우리 러시아어는
편지에서 쓰이는 산문에 애용되지 못한다.

27

부인들은 러시아어로 읽어야만 한다고
감히 말한다. 그러나
《선의의 사람》*을 손에 쥔 부인을
과연 상상이나 하겠는가!
시인 여러분 부디 대답해 보아요.
자기 죄의 갚음으로
여러분이 몰래 쓴 시를
아니 그뿐인가 진심까지도 바친
상대인 그리운 여인들
그 모두가 한결같이
러시아어 실력이 모자라는 만큼
그 어설픈 말이 이상하게도 매력 있지 않은가?
그녀들의 입에 오르면
이국의 말도 모국어가 되지 않는가?

28

원컨대 무도회에서 돌아갈 때에 현관에서
노란 숄의 신학생이나
보닛을 쓴 학술회원은 만나지 마오!
미소 짓지 않는 붉은 입술과 같이

문법의 오류 없는 러시아어는
나는 어쩐지 질색이라오.
어쩌면 젊은 세대의 미녀들은
나에게는 곤란하지만
잡지의 애원을 유의하시어
우리에게 문법을 가르쳐 주든지
시를 유행시키든지 할지도 몰라.
그러나 나는……
그런 것은 모르네.
나는 나대로 구식으로 가겠다.

29

허점투성이 잘못된 표현이나
정확하지 않은 발음, 잘못 표현된 생각은
마음에 이는 두근거림을
예나 지금이나 나의 가슴에 불러일으킨다.
나는 그것을 뉘우칠 기력이 없다.
프랑스어는 나에게는 청춘 시절의 과실과도 같이 탐스럽고
보그다노비치*의 시와 같이
언제까지나 그렇게 생각되리라.
하지만 좋다! 사랑하는 미인의
그 편지에 이젠 손을 대도 좋을 때다.

이 구실 한번 약속은 했지만 어떨지.
지금으로선 잘되면 그대로 있을 작정이지만.
어떻든 파르니*의 우아한 문체는
당장은 유행하지 않을 테니까.

30

수심에 싸인《향연》의 비애의 시인*이여
네가 아직 나와 같이 있었더라면, 친구여,
그날 밤 급하게 발견한
외국어로 씌어진 정열적인 처녀의 편지를
마력 있는 너의 가락에
옮겨 줬으면 하는 실례된 부탁으로
너를 귀찮게 했을지도 모른다.
너는 지금 어디 있는가, 와 주오.
나의 권리를 너에게 공손히 넘겨 줄 테니…….
그러나 그는 지금 핀란드의 하늘 아래
황량한 바위 틈에 홀로
이젠 칭찬을 받는 일 없이 방황하고 있다.
이러한 나의 괴로움 따위
그의 가슴에는 가 닿지도 않으리라.

31

타치아나의 편지는 나의 눈앞에 있다.
그것을 나는 경건하게 보존하고 있다.
은밀한 괴로움과 더불어
읽고 읽어도 다하지 않는 흥을 느낀다.
이 상냥함은, 그 사랑스러운 얼뜬 말투는
누가 그녀에게 가르쳐 준 것일까?
이 광기에 찬, 물불을 가리지 않는
가슴을 때리는, 애원하는 듯한 이 허튼 소리를,
몸에 해로운 분별 없는 마음의 소리를 누구에게서 배웠던가?
나는 모르겠다. 그러나 어떻든
서투른 나의 번역을 보여 주리라. 비유해 말하면
필세(筆勢)도 훌륭한 명화의 서투른 모사나
아니면 여학생이 손가락으로 조심조심 켜는
〈마탄의 사수〉* 같은 것이지만.

오네긴에게 보낸 타치아나의 편지

제가 당신에게 편지를 씁니다 ── 고백은
이것으로 충분하리라 생각합니다.
그 위에 더 무엇을 말씀드릴 것이 있겠어요?
그러나 이렇게 되면 당연히 그 벌로써 저를 경멸하시겠지요.
그것은 당신 뜻에 달린 걸로 저는 알고 있어요.

그렇지만 당신은 저의 불행한 운명에 아주 조금이라도
가엾다는 생각을 가지시고 저를 버리지 않으시겠죠.
처음 저는 잠자코 있으려고 생각했었죠.
아무쪼록 믿어 주세요. 이 마을에서는 아주 드물게, 적어도
한 주일에 한 번이라도 뵙고 말씀을 듣고
저로서도 한 말씀 드리고
그리고 나선 다음 뵈올 때까지
한 가지 일만을 자나깨나 생각하고 지낼 수 있는 목표가
만약 저에게 있게 된다면
당신은 저의 부끄러움을 영원히 모르셨을 거예요.
그렇지만 당신은 사람을 싫어하신다고 하더군요.
이 깊은 시골에서는 모든 것이 멋쩍다고 생각하시겠지요.
저희로 말씀드리면…… 당신이 오실 것을
정직하게 기뻐하고 있는 것 외에는 취할 바가 없지요.

왜 당신은 이곳에 오신 겁니까?
애초에 이곳에 오시질 않았더라면
남들이 다 잊은 쓸쓸한 마을에서
저는 일생 당신을 모르고
이렇게 괴로운 고통도 모르고 지냈을 것 아니겠어요?
천진난만한 이 마음의 동요도
시간이 흐르는 동안에 가라앉아
(미래의 일은 모르겠습니다만) 마음에 드는 상대를 찾아내어
정숙한 아내가 되고 덕 있는 어머니가 되었을 거예요.

다른 분! 아니, 이 세상에서 당신 이외에
제 마음을 바칠 남자 분은 없어요!
그것은 벌써 하나님의 섭리로서 정해진 일…….
하나님의 뜻이에요. 저는 당신의 것이에요.
지금까지 저의 일생은 우리 둘이 만나기 위한 저당이었죠.
당신이야말로 하나님이 저에게 보내 주신 분
일생 저를 지켜 주실 분이세요. 절대로 그렇습니다…….
당신은 저의 꿈에도 나타나셨더군요.
만나 뵙기 전부터 저는 당신을 그렸고
기이하게 번쩍이는 당신의 눈동자에 반해,
당신 목소리를 들었어요.
그것도 훨씬 이전부터…… 아니, 그것은 꿈이 아니었어요.
당신이 들어오시자 저는 그것을 곧 알아차렸고
그러자마자 제 몸은 마비가 되어 얼굴이 빨개졌어요.
마음속으로 저는 말했지요, '아, 저분이다!' 라고요.
그렇죠, 당신이었죠?
제가 말소리를 들은 것은 당신이었죠?
제가 가난한 사람들에게 시사를 하든지
물결치는 가슴의 정을 기도로써
조용한 데서 가라앉히려 할 때
당신이 아니시었던가요?
그 순간에 투명한 어둠 속에서 불쑥 뛰어나와 소리도 없이
베개 곁으로 다가오신 저 그리운 환영은?
그럼 당신이 아니셨는지 기쁨과 사랑을 다하여

희망에 찬 말씀을 속삭여 주신 것은?
당신은 누구실까요? 저의 수호천사?
그렇지 않으면 위험한 유혹자?
이 의문을 풀어 주세요.
어쩌면 이것은 모두 분별이 없는 짓
세상 어두운 마음에 흔한 미혹인지도 모르겠어요.
아주 당치도 않은 운명이 저를 기다리고 있는지도…….

그래도 좋아요! 제 운명은
어떻든 오늘부터 당신께 맡기렵니다.
당신 앞에서 눈물을 흘리고 저를 지켜 주십사 하고
부탁 올릴 따름이에요…… 헤아려 주세요.
저는 여기서 혼자 살고 있어요.
어느 누구도 저의 일을 알아 주지 않아요.
사물의 판단도 자신이 없어지고 있어요.
잠자코 저는 멸망해 가야만 해요.
당신을 기다리고 있겠어요.
둘 중의 하나, 다만 한번 절 보아
희망을 되살려 주시든지
아니면 엄한 도리로 꾸짖어
이 괴로운 꿈을 끝내게 해주세요.
이로써 끝맺겠어요! 다시 읽는 일이 두려워져서…….
부끄럽고 무서워 살아 있는 것 같지가 않아요.
그렇지만 당신의 고상한 마음씨를 보증삼아

굳이 그것에 매달리겠어요…….

32

타치아나는 어쩔 바를 몰라 한숨뿐
편지 쥔 손은 떨리기만 하고
장밋빛 봉함용 풀이 마르자
달아오른 혓바닥은 바싹바싹 탄다.
귀여운 목덜미가 어깨로 기울더니
얇은 속옷이 아름다운 어깨에서 스르르 흘러내렸다…….
언뜻 보니 달빛은 흐려지고
새벽 안개 속에서 점차 뚜렷이
곧 계곡이 드러나기 시작한다.
바로 거기에서 아주 느리게 흘러가는
강줄기가 은빛으로 빛난다.
농부들을 깨우는 목동의 피리 소리도 들린다.
벌써 아침이다. 모두들 벌써부터 일어나 있다.
타치아나에게 이 모두가 공허해 보인다.

33

그러나 타치아나에게는 관심 없는 일이다.

고개를 숙이고

앉은 그대로 있으면서

편지에 봉인을 찍을 생각도 않는다.

어느덧 문이 조용히 열리고

백발의 필리피에브나가

차를 쟁반에 얹어 들어온다.

"시간이 됐어요 아가씨, 일어나세요.

어머나 벌써 준비를 다 하시고!

퍽 일찍 일어나신 게로군요!

엊저녁은 어찌나 걱정이 됐던지!

오늘 아침은 이렇게 기운을 차리시고!

어제의 수심이 가득하던 얼굴 어디로 가고

개자꽃처럼 이쁘십니다."

34

"유모! 청 하나 꼭 들어 주겠어요?"

"말씀해 보세요, 아가씨. 뭔지."

"아무것도 아닌 일…… 정말이래도……

이상스럽게 생각하지 말고요, 싫다고도 말고요…… 꼭!"

"그건 하나님께 맹세해요, 아가씨."

"그럼 말이에요, 이 편지 유모 손자에게 넌지시 주어서

저 O씨에게 빨리…… 그리고

그 애에게 꼭 일러 주어요.
남에겐 절대로 입 밖에 안 내도록
내 이름도 소문내지 않도록……."
"어느 분이란 말씀이에요, 아씨?
요새는 이 유모 할머니가 얼얼해졌어요.
이웃 양반도 하도 여러분이라
일일이 다 기억할 수 있어야지요."

35

"아이 참, 유모는 눈치도 없어!"
"나이가 나인걸요, 아가씨!
나이를 먹으니 유모도 머리가 흐려졌어요.
하지만 젊어선 재치나 있었다고요
주인께서 무어라고 한 마디만 하시면……."
"아이 글쎄, 그게 문제가 아니라…….
그런 수다 부릴 때가 아니래도요.
유모 머리 문제가 아니래도요.
지금 급한 건 편지 이야기라니까,
알지요, 왜, 저 오네긴 도련님……."
"아! 참 그랬군요. 그랬군요. 화내지 마세요, 아가씨!
어머나 웬일이세요 아가씨, 또 새파래지시고."
"아니야! 아무것도 아니래도. 정말이야 유모.

어서 손자를 심부름 보내요."

36

하루가 지났다. 답장은 없었다.
이틀째가 되었다. 오네긴은 찾아오지 않았다.
환상처럼 파랗게 질린 타치아나는
아침부터 옷을 갈아입고 답장을 기다린다.
올가를 우러러보는 블라디미르가 찾아왔다.
"그런데 친구분은 어디 계시죠?"
여자 주인이 그렇게 물었다.
"우리들을 이제 다시는 안 만나실 작정인 것 같은데……."
타치아나는 얼굴을 붉히며 떨기 시작했다.
"오늘 와 뵌다고 하던데요."
블라디미르는 노파에게 그렇게 대답했다.
"편지라도 와서 그래서 늦는 게죠."
타치아나는 눈을 감았다.
심술궂은 잔소리라도 들은 듯이.

37

땅거미가 졌다. 식탁 위에는

저녁의 사모바르가 찬연한 빛을 내며
주전자 뚜껑을 덜그렁거리며 끓고 있었다.
도자기 주전자 아래 흘러나온
흰 김이 동그라미를 그린다.
벌써 올가의 손으로 찻잔 속에
검은 액체, 향기가 짙은 차가
어스름한 증기를 내며, 따라지고
어린 하인이 크림을 덜어 주며 한 바퀴 돌았다.
타치아나는 식탁에 오지 않고 창가에 앉아
찬 유리에 입김을 호호 불어대고
무엇을 생각하는가 가엾어라
이쁜 손가락 끝으로
흐려진 유리 위에
소중한 첫글자 E와 O를 쓰는 것이었다.

38

그러는 동안에도 가슴은 아팠다.
쓸쓸한 눈동자엔 눈물이 넘치고 있었다.
뜻밖에 말굽 소리! ……긴장이 된다.
가까웠어! 말의 숨소리! 벌써 뜰에!
예브게니다! "아!" 하고 소리를 지르면서
타치아나는 뒷문으로 뛰어나갔다.

계단을 내려 문 밖으로 나가 뜰로 달리고 달린다.
뒤를 돌아볼 기운도 없다.
화단, 조그만 다리, 잔디밭, 그녀는 멈추지 않았다.
호수로 빠지는 가로수길, 조그만 숲,
순식간에 뛰어 빠져나가
라일락 숲을 짓밟으면서 꽃밭 사이를 요리조리 헤치고
시냇가에 가 닿자 그만
숨 막힌 듯 벤치 위에 털썩 쓰러졌다…….

39

"집에 오셨네, 예브게니님!
도대체 어쩌면 좋아! 어떻게 생각하셨을까?"
쓰라린 그녀의 마음은
어렴풋한 희망의 꿈을 품고 있었다.
불길 같은 숨을 내쉬고
몸을 부들부들 떨면서
곧 오시겠지 하고 기다리고
있었다. 그런데 기색도 없다.
야채밭 둑 위에서는 하녀들이 딸기를 따면서
주인이 이른 대로 가락에 맞추어 노래 부르고 있다.
(이 명령은 하녀들이
주인댁 딸기를 몰래 먹지 못하도록

노래를 부르게 한
시골 사람의 기지가 낳은 묘안이었다!)

처녀들의 노래

하녀들아 예쁜 하녀들아!
사랑스런 동료들이여, 사이좋은 친구들이여,
예쁜 하녀여, 말괄량이처럼 뛰어 놀아라
술 마시고 마구 떠들어대렴
모두들 가락 맞춰 노래 부르자
들어선 안 될 노래도 좋아
젊은 총각을 모셔 오리까
이 춤 저 춤의 한가운데에
젊은 총각을 불러 세우면
그 사나이는 두 눈을 네 눈으로 뜨고
먼 곳의 주인이 오면 꼭 헤어지자꾸나
집어 던지자 푸른 버찌 붉은 버찌
붉고붉은 구즈베리의 씨도
가까이 오면 안 돼 들어선 안 돼 엿들어서는
가까이 오지 마, 몰래 오지 마,
하녀들 추는 춤 엿보러 오지 마.

40

하녀들은 노래하고 있다.
짐짓 들으려 안해도 귀기울이게 되고
타치아나는 가슴의 두근거림도
볼의 열기도 식기를
기다리고 또 기다렸다.
그러나 가슴은 여전히 두근거리고
볼의 열기는 식기는커녕
붉은빛은 점점 더해 갈 뿐…….
마치 그것은 장난꾸러기에 잡힌
가엾은 호랑나비가 날개를
퍼득이면서 몸부림치는 듯
산토끼가 저편 풀숲에
몸을 숨긴 포수의 눈에 띄어
벌거벗은 밭고랑에서 떨고 있는 듯.

41

드디어 타치아나는 한숨을 몰아쉬고
벤치에서 몸을 일으켰다.
이제 걷기 시작했다. 그런데
가로수 길을 돌아선 순간

눈앞에 예브게니가 눈을 번뜩이면서
기분 나쁜 도망자처럼 서 있었다.
타치아나는 불에 덴 것과 같이
그 자리에 우뚝 서 버렸다.
그러나 오늘은 뜻하지 않은
이 해후(邂逅)의 자초지종을
여러분께 이야기할 기력은 없다.
긴 이야기의 뒤끝이라
좀 거닐다간 쉬려고 하오.
이 해후의 결말은 차차 이야기할 작정이오.

제4장

La morale est dans la nature des choses.

Necker*

(1 2 3 4 5 6) 7

남자란 여자를 사랑하지 않게 되면 될수록
더욱 손쉽게 여자에게 환영을 받고
유혹의 함정에 빠진
여자의 파멸을 점점 확실히 한다.
그 옛날 냉혹한 난봉꾼들이
어디 여봐란 듯 공명담을 늘어놓고
사랑의 기술로 연구되며,
사랑 없는 쾌락에 빠지면서

그 방면의 이름을 독차지했던 때가 있었다.
하지만 이러한 뱃심좋은 사나이들의 위안은 옛날 선조대,
노익장의 호색옹(好色翁)에겐 잘 어울렸다.
로브라스*의 명성은 붉은 뒤꿈치와
과장된 가발의 명예와 같이
지금은 허물어지고 이름도 사라졌다.

8

잘난 체하든지 한 가지
일을 다른 말로써 거듭하든지
옛날부터 모두 믿던 것을
거만하게 다시 알려 주려고 애쓰든지
몇 번이나 거듭 같은 이론을 들려 주든지
열세 살 소녀조차 일찍이 갖지 않은
편견을 물리쳐 보려는 따위는
누구에게나 싫증나는 일!
협박, 애원, 맹세, 거짓 두려움,
편지지 여섯 장 분량이나 쓰는 연애 편지
속임수, 뒷공론, 가락지, 눈물
작은어머니나 어머니의 감시의 눈
남편끼리의 탐탁지 않은 우정 따위를
어느 누가 지긋지긋하게 여기지 않겠는가!

9

예브게니의 생각도 바로 그것이었다.
청춘의 시작부터 그는
미칠 듯한 환락과 정열의 희생이 된 몸
덧없는 세상의 습관에 젖어
어느 때는 한 가지 일에 미혹되고 또
어느 때는 다른 것에 환멸하는 동안
이윽고 차츰 욕망에도 게을러지고
그런가 하면 기약 없는 성공에도 게을러지고
혼탁 속에서도 정적 속에서도
영혼의 영원한 수소(愁訴)에 귀기울이면서
하품을 웃음으로 얼버무리고 있었다.
이리하여 그는 인생의 덧없는 꽃을
아낌없이 흩어 버리며
8년의 긴 세월을 보냈다.

10

미인을 보아도 그냥 뒤를 쫓을 뿐
사랑하는 느낌이라고는 전혀 없었다.
거절을 당해도 아무렇지 않을 뿐만 아니라
배반을 당해도 당연하다 기뻐도 했다.

사랑의 도취가 어떠한지도 전혀 모르고
여자가 사랑을 구해도 미련없이 거절하고
그녀들의 사랑도 미움도
그는 별로 느끼질 않았다.
이를테면 스스럼없는 손님이 트럼프를 하러
밤에 찾아와 자리를 잡고
승부가 끝나면 깨끗이 일어나
내 집 침대에서 마음 편히 잠자고
이튿날 아침도 그날 밤에 갈 곳조차 모르고 있는
그런 모습과 같은 처지였다오.

11

그렇다고 하지만 타치아나의 글을 받아 보고
예브게니는 불현듯 가슴이 뜨끔했다.
숫처녀의 꿈을 그린 고백이
여러 생각을 불러일으켰다.
귀여운 그녀의 새파랗게 질린 안색
울적한 모습이 눈앞에 선했다.
달콤하고 악의 없는 꿈에
그의 넋은 젖어들었다.
아마 옛 정감의 불길이
한 순간에 그를 사로잡은 것 같다.

그러나 그는 그녀의 순진한
마음을 속일 생각은 전혀 없었다.
그렇다면 가야지,
타치아나가 그와 마주친 저 들로.

12

둘은 잠자코 있었다.
이윽고 예브게니가 한 걸음 다가가서 이렇게 말했다.
"편지는 받았습니다.
부정 따위는 하지 말아 주세요.
의심할 줄 모르는 당신의 넋의 고백을
청순한 사랑의 말을 저는
충분히 알았습니다. 그리고 당신의
그 애틋한 진심을 참으로 기꺼이 생각합니다.
덕분에 식어 버렸던 정감이 다시 불타올랐습니다.
그렇다고 당신을 칭찬할 생각은 없습니다.
당신이 하시듯 내 느낌을 느낀 그대로
고백해서 당신의 진심에 대답해 드리려 할 뿐.
나의 참회를 들어주세요.
옳고 그른 판단은 마음대로 하세요.

13

만약 내 생활을
가정이란 테두리 안에 국한하려 한다면
만약 유쾌한 운명이
남편이 되고 아버지가 되라 명령한다면
만약 단 한 순간이라도
가정의 정겨움에 마음이 쏠린다면,
그때는 물론 당신을 제쳐놓고
다른 여성을 구하지는 않겠지요.
꾸며낸 이야기도 아니고, 그릇된 고집도 아닙니다.
그때는 오래 전의 이상을 되찾은 기분으로
이 세상 모든 아름다움의 보증으로
슬픈 나날을 벗으로 삼아
당신 한 사람을 꼭 택할 겁니다.
그리고 나는…… 나대로 행복해지겠지요.

14

그러나 나는 행복에는 마땅치가 않습니다.
그런 것은 내 마음에 없습니다.
당신의 완벽한 아름다움도 나에게는 소용없는 일.
나는 그것을 받아들일 값어치가 없는 사람입니다.

믿어 주세요(내 양심이 그 보증입니다).
결혼은 어느 쪽에나 호된 고통이 될 것입니다.
내가 아무리 당신을 사랑하고 있어도
그 사랑은 익숙해지자마자 식어 버릴 것입니다.
그러면 당신은 울게 되고요. 더욱이나
당신이 흘리는 눈물은 내 마음을 움직이기는커녕
도리어 안절부절못하게 할 뿐.
그러니 진지하게 생각해 보세요.
휘멘*이 우리에게 어떤 장미꽃을 안겨다 줄까?
거기다가 그것은 시간이 오래 걸려요.

15

　불행한 아내가 자나깨나 홀로 쓸쓸하게 난봉꾼 남편을 기다리
며
　한탄만 하는 가정보다 더한 불행이 이 세상에 어디 있겠습니까?
　남편은 남편대로 시무룩하고
　아내의 고마움을 알면서도
　(자신의 불운을 저주하고)
　언제나 미간을 찌푸리고 잠잠한 채
　신경을 곤두세워 쌀쌀한 질투에 차 있습니다!
　나도 그런 사나이입니다.
　당신이 그와 같은 솔직함과

그와 같은 총명과 지혜로 가득 찬 편지를 쓰실 때에
청순한 정열적인 마음이 부르고 있던 것은
과연 나 같은 이런 사나이였을까요?
인정사정 없는 운명은
그런 잔인한 제비를 당신이 뽑게 했을까요?

16

공상도 세월도 두 번 다시 되돌아오지는 않습니다.
먼저대로 나의 영혼을 소생시킬 수는 없습니다.
나는 당신을 오빠 같은 기분으로 사랑하고 있습니다.
혹 그것은 상냥한 사랑일지도 모릅니다.
화를 내지 말고 들어 주세요. 젊은 처녀들은
그 경쾌한 공상을 이리저리 바꿉니다.
어린 나무가 봄이 올 때마다
잎을 바꾸는 것과 마찬가지로…….
아마도 이것은 신의 섭리인 듯합니다.
다시 당신은 누군가를 사랑하겠지만!
자기 자신을 억제하는 법을
배워야죠. 모든 사람들이 나처럼
당신을 이해할 수 있다고는 말할 수 없습니다.
서투름은 재앙을 가져오는 법입니다."

17

예브게니는 이런 말로 타일러 주었다.
타치아나는 눈물이 앞을 가려
아무것도 보이지를 않고
겨우 정신을 차려 한숨을 쉬면서
마냥 듣고만 있었다.
갑자기 그는 팔을 내밀었다.
타치아나는 고개를 숙인 채 슬프게
(세상에서 흔히 말하듯 기계적으로)
그의 팔에 느긋하게 기대었다.
둘은 야채밭 옆길을 걸어 집으로 돌아갔다.
둘이 나란히 돌아왔는데도
누구 하나 타박하지 않았다.
자유로운 시골 생활에는
거만한 모스크바와 같이 행복할 권리가 주어졌다.

18

독자 여러분도 이의는 없으리라.
오네긴은 비탄에 싸인 타치아나를
매우 친절하고 훌륭하게 대했다.
그가 더없이 고결한 그 심정을

발휘한 것이 처음은 아니었지만
사람들의 적의와 혐의는 계속되어
전혀 나아지지 않았다.
적도, 친구들도(어느 편이고 마찬가지지만)
그의 일이라면 못되게
이러쿵저러쿵 입방아를 찧었다.
이 세상에 적이란 누구에게나 있는 법이지만
친구만은 제발 이러지 말아 주었으면!
아! 친구 생각만 해도 소름이 끼쳐
그것은 그럴 만한 까닭이 있는 것이다.

19

도대체, 무엇인가, 아무것도 아니다.
어둡고 터무니없는 망상을 억누르기로 하자.
다만 하나 괄호 안에 넣어서 이야기한다면
어느 거짓말쟁이가 다락방*에서 낳아
상류 사회의 어중이떠중이에게
인기를 끌던 비열한 비방이나
몹시 바보스러운 잡담이나 용렬한 비꼼을
여러분의 소위 친구*는
악의나 적의는 없으면서도
신사 숙녀가 모인 자리에서 비웃음을 띠고

엉터리인 줄 알면서
하나도 빼지 않고 수백 번이나 거듭하였다.
그러면서도 그는 믿을 만한 여러분 편이어서
여러분을 친애하고 있다고 합디다 ― 마치 친척과도 같이!

20

응, 그렇다구요! 그런데 독자 여러분!
일가친척들은 모두 다 건강하신가요?
실례지만 어쩌면 당신은
그 '친척'이란 표현을 내가
어떻게 해석하는지 듣고 싶을는지도 모르겠소.
친척이란 요컨대 우리들이
아껴 주어야 할 사람
진심으로 경애해야 할 분들
세상 풍습에 쫓아서 크리스마스에는
집으로 찾아가 인사를 하든지 그렇지 않으면
우편으로 신년 인사를 해야 할 분들
그런 다음 나머지 일년간 우리들의 일은
까마득하게 잊어 주는 사람들…… 그러니
나도 그들의 만수무강을 빌기로 하지!

21

그 대신 상냥한 미녀들의 사랑
그것이라면 우정이나 혈연보다는 탐탁하리다.
불어닥치는 삶의 폭풍우 한가운데에 몸을 내맡길지라도
여러분은 당연히 그 사랑을 요구할 수 있다.
그 일 자체는 그르지 않다.
그러나 유행의 회오리바람
자연의 변덕, 거기다 상류 사회의 도도한 풍조라는 것이 있다.
더욱이 여성이란 그 본질이 솜털처럼 가벼운 것
그 위에 남편의 의견도
정숙한 아내로서는 늘 존중해야 한다.
이런저런 이유로 성실한
여러분의 여자 친구도
하루 아침에 연기처럼 사라지는 것도 이 세상
연애는 악마의 장난이다.

22

그러면 누구를 사랑해야 하는가?
누구를 신용하면 되는가?
오직 한 사람 우리들을 등지지 않을 사람은 누구일까?
그게 누구일까? 모든 행위, 모든 말을 친절하게

우리들의 척도에서 재어 줄 사람은?
우리들의 욕을 퍼뜨리지 않을 사람은?
우리들의 결점을 싫어하지 않을 사람은 누구일까?
누구일까, 우리를 한 번도 진력이 안 나게 해줄 사람은?
환영의 뒤를 헛되이 쫓는 이들이여
정력을 헛되이 낭비하지 말고
자기 자신을 사랑함이 좋으리라.
존경하는 독자 여러분!
이것이야말로 가치 있는 대상이다.
이 이상 귀중한 것은 없을 것이다.

23

두 남녀의 만남의 결과는 어떠했을까?
아 짐작하기 어렵지 않지!
미칠 듯한 사랑의 괴로움은 젊디젊은
슬픔과 고뇌에 애타는 마음을
잠시도 쉬지 않고 물결치게 했다.
아니 그뿐이랴, 타치아나는
가엾게도 전보다 더
충족되지 않는 정열에 가슴을 태웠다.
잠은 그녀의 침대를 떠났다.
건강도, 생명의 꽃과 그 반짝임도,

미소도, 처녀의 평안도
모든 것이 공허한 소름처럼 사라지고
사랑스런 타치아나의 청춘은 시들어 간다.
새벽에 불어닥치는 폭풍우와도 같은 얄궂은 하루.

24

슬프도다, 타치아나는 시들어 가고,
창백하게 야위어 갔다. 말도 없이!
무엇 하나 흥미를 끄는 것도,
마음을 움직이는 일도 없다.
이웃사람들은 뭐나 아는 듯 머리를 끄덕이며
소곤소곤 주고받는다.
"그 애도 이제 시집을 가야 할 나이야……."
그러나 이제 염려 없을 거요.
나는 재빨리 행복한 사랑의 장면에서
독자 여러분의 상상을 들뜨게 할 필요가 있어.
친애하는 독자여, 뜻하지 않게
내 가슴은 가엾어 못 견디겠소.
아무쪼록 용서하십시오. 나는 그만큼이나
나의 타치아나를 사랑하고 있소.

25

젊은 올가의 아름다움에 시시각각
이젠 못 견디게 반해서
렌스키는 넋을 잃게 하는
상쾌한 황홀경에 젖어 있었다.
언제나 그녀와 같이 지내고
그녀의 방에서 불도 켜지 않고
둘이 나란히 앉아 있든지
아침 일찍 뜰에 나가 손을 잡고 거닐곤 했다.
그런데 이게 웬일?
사랑의 환상에 도취하여
순진한 부끄러움에 휩싸여 버렸네.
겨우 한두 번 올가의 미소에 이끌리어
풀어진 머리털에 손을 대거나 옷자락 끝에
입맞춤을 해보는 것이 고작이었다.

26

때로는 샤토브리앙* 이상으로 자세히 아는 작가가 쓴
교훈적인 설득이 담긴
소설을 지성의 계발을 위해
올가에게 읽어 주었는데

읽는 중에 어떤 곳에서
(처녀에게 좋지 않은 영향을 끼칠 듯한
터무니없는 이야기가 나오면)
얼굴을 붉히며 2, 3페이지나 건너뛰었다.
그들 둘은 아무도
가까이 안 가는 곳에서
장기판을 가운데 놓고 들여다보며
심사숙고할 적도 있었지만
그런 때라도 블라디미르는 아차 실수,
제 차를 제 졸로 잡곤 했다.

27

집에서조차도 렌스키는
올가 생각으로 머릿속이 꽉 찼다.
그녀를 위하여
속기용 앨범의 몇 페이지를 정성껏 장식했다.
마을의 풍경, 묘비,
비너스의 궁전,
하프에 앉은 비둘기를
펜화로 그리고 채색까지 하였다.
추억의 페이지마다 갖가지 서명 아래
상냥한 시 몇 구절을

공상의 말없는 기념비를,
순식간에 떠오른 영감 같은 추억을
몇 해 뒤에도 변하지 않을
영원한 자취를 써 넣었다.

28

여러분은 물론 이 시골 아가씨의
앨범을 여러 번 보았으리라.
친구들이 모두 첫장에서 끝장까지
꽉 차게 써 넣은 앨범을.
거기에는 마치 정서법을 모르는 듯
귀로만 왼 운이 없는 시가
영구히 변치 않을 우정의 표시로
길게 또는 짧게 적혀 있었다.
첫 페이지에는 이런 시구가 적혀 있었다.
"당신은 이 수첩에 무엇을 쓰십니까?"*
그리고 서명은 "모든 것을 당신에게 바친 아네트"*
마지막 페이지에 보이는 문구는 이러했다.
"나보다 더 당신을 사랑하는 이 있다면
그 사랑을 증명하도록 뒤에 이어 써 주시오."

29

여러분은 거기서 두 개의 하트와
횃불, 꽃 다발을 발견할 것이다.
그리고 "무덤에 갈 때까지 사랑한다"는
맹세를 읽게 될 것이다.
어느 날 어떤 통속 시인이
고약한 시구를 멋대로 덧붙였다.
실은 나도 이런 앨범이라면
기꺼이 무언가 써 넣고 싶다.
왜냐하면 나의 열성적인 농담은
호의에 찬 시선과 마주치게 될 것이며
또 뒷날 이 재치가 어울리든 어울리지 않든
심술궂은 미소 띠며 거만하게
따지고 덤벼들 사람은
없으리라고 확신하기 때문이다.

30

그렇다고는 하지만 너희들,
악마의 서고에서 꺼내 온
유행의 엉터리 시인들에게는
골칫덩어리인 잡서들도

저 톨스토이*의 영필(靈筆)이나
바라틴스키*의 신묘한 펜으로
일기가성(一氣呵成)으로 꾸며진
너희들 꼴보기 싫은 호화판 앨범들이여
신의 번갯불에 타 버리리라!
매우 고귀한 귀부인에게 앙 쿠아르토*
앨범 따위를 내보이면 나는
전율과 증오를 참지 못해
마음속에서 풍자시가 생겨나기 시작하지만
그래도 역시 칭찬하는 노래를 쓰지 않으면 안 된다!

31

블라디미르가 젊은 올가의 앨범에 쓴 것은
절대로 칭찬하는 노래가 아니다.
모정(慕情)이 넘치는 그의 시에
냉철한 기지의 섬광은 없었다.
이 모든 것의 소재는
올가에 대하여 보고 듣고 한 것을
다만 그대로 쓴 것뿐이다.
그것만으로 생동하는 진실에 찬 애가(哀歌)가
영감의 시인 야즈이코프*와 같다.
너 또한 정열의 샘 솟아

신만이 아는 자를 노래하리라.
너의 귀한 애가집(哀歌集)은 이윽고
너의 운명을 소상히 말하는
책이 되어서 남을 것이리니.

32

그러나 조용히! 들리지 않는가? 잔소리꾼 비평가*가
곤드레로 취하여 애가(哀歌)를 쓰지 말라고
우리들의 서투른 시인 무리에게
호령하고 있는 것이.
"자! 그만두지 우는 것은.
'그립던 그 날' '지난 날' 따위를 그리워하여
언제까지나 개구리 같은 소리로 울어대지 말라고,
이제 그만 뭔가 다른 노래를!"
"그야 지당한 말씀. 그러면 자네는 우리에게
나팔이나 가면이나 비수 따위를 연상케 하여
죽은 사상의 재고품을
여러모로 되살려서 쓰라는 것이렷다.
그렇지 않아, 자네 말투는?"
"천만에, 무슨 소릴! 자네들더러 송시*(訟詩)를 쓰라는 거
야.

33

국운이 융성한 때는 고풍(古風)을 따라
너나없이 모두들 송시를 지었지……."
"저 장중체(莊重體)의 송시만을 말이지!
나는, 싫어, 어느 쪽이나 마찬가지가 아닌가?
저 풍자 시인이 뭐라고 했는지를 잊어서는 안 돼!
대체 자네는 〈사람의 의견〉*의 저 교활한
서정 시인이 서글픈
이 돌팔이 시인보다 낫다는 건가?"
"하지만 자네 애가의 내용은 무(無)에 가까워.
그 목표조차도 공허하고 비참할 정도야.
그런데 송시의 목표란 고원하고 또한 고상……."
이런 말을 들으면 이편도
할 말이 많기는 하지만 그만두자.
두 개의 시대*에 싸움을 붙일 생각은 없으니.

34

영광과 자유의 숭배자 블라디미르는
폭풍우와 같은 시상에 쫓기어
송시 하나쯤 썼을는지 몰라도,
읽지도 않는 올가에게는 소용없었다.

감상적인 시인 여러분은 사랑하는 사람 앞에서
자작시를 읽어 들려준 일이 있던가?
이보다 더한 포상은
세상에 없다고 사람들은 말했다.
참으로 지당한 말씀,
울적해하지만 유쾌한 듯한
미녀에게 공상을 들려주는
서투른 연인들은 행복하도다!
행복하도다, 당연히 여자는
전혀 딴 생각에 젖어 있을지 모르지만.

35

그러나 내가 나의 꿈과 운율 공부의 성과를
읽어 주는 것은
내 청춘의 반려자인
늙어빠진 유모*뿐이다.
그밖에는 쓸쓸한 오찬 뒤
이웃사람들이 느닷없이 찾아오면
못 가게 해 놓고
비극* 따위를 낭독하여 괴롭히는 정도.
또는 (농담이 아니지만)
우울증이나 운율 공부에 고생하면서

자주 가는 호숫가를 거닐면서
물오리 무리를 놀라게 한다.
물오리들은 유려한 나의 시구를
경청한 뒤 날아가 버린다.

36 37

그러면 예브게니는 어떻게 하고 있는가?
여러분! 이왕이면 좀더 참아 주십시오.
나날이 살아가는 그의 모습을
자세히 알려 드리겠습니다.
예브게니는 은둔자같이 살고 있었다.
여름엔 대개 여섯 시에 일어나
언덕 밑을 흐르는 시내로
가벼운 차림으로 떠난다.
귀르날의 작가*를 흉내내어
이 헬레스폰트를 헤엄쳐 건너간다.*
다음은 비속한 잡지를 넘기면서
으레 하는 버릇대로
커피를 마신다.
그리고는 옷을 갈아입고…….

(38) 39

말 타고 멀리 가기, 독서, 단잠,
숲의 나무 그늘과 시내의 속삭임
때로는 눈동자 검고 얼굴 흰 촌 아가씨들의
신선하면서도 젊디젊은 입맞춤
말 잘 듣는 기운 좋은 말
상당히 격식을 갖춘 점심
한 병의 백포도주, 고독, 정적.
이것이 예브게니의 기특한 생활이었다.
어느 틈엔가 몸에 배어
매일 똑같은 편안한
생활의 게으름 속에
아름다운 여름날의 날짜 가는 것도 모르고
도시와 친구도, 축제의 목적이라는
지루한 수단조차도 잊고 있었다.

40

그런데 우리 북극의 여름이란 것은
남쪽 겨울의 패러디이다.
잠깐 보이고는 금방 사라진다.
우리는 생각하고 싶지 않지만

누구나 다 아는 일.
하늘은 벌써 가을빛을 띠었다.
햇살은 이미 쇠퇴하여 낮이 짧아진다.
숲의 나무들은 슬픈 소리 내며
신비스런 옷을 하나둘 벗어 버린다.
들판에는 무서리가 내리고
애처로운 울음의 기러기떼
남으로 남으로 날아가고
이리하여 한층 더 쓸쓸한 계절이 다가온다.
2월은 이제 문턱까지 와 있었다.

41

아침 햇살은 차가운 짙은 안개 저편에서 비쳐 온다.
밭에서는 이제 일하는 소리도 끊겼다.
굶주린 암컷을 데리고
늑대는 길가로 내려온다.
길 가던 말은 냄새를 맡고 코웃음을 친다.
조심스런 나그네는 언덕 위로 말을 치닫는다.
벌써 목동도 새벽에
암소를 축사에서 내몰지 않고
대낮에도 피리를 불어
소를 모으는 일도 없다.

가난한 집의 처녀가 노래하면서
실을 잣고 있을라치면
겨울밤의 친구
나무쪽이 벽난로에서 튄다.

42

지금은 숲의 나무들도 얼어 터지는 겨울이
들 가운데서 은빛으로 빛나고 있다……
(여기서 벌써 morozy와 rozy의
각운*을 기대하는 독자도 있으리라. 빨리 골라 잡아요!)
얼음이 깔린 시내의 표면은
유행하는 쪽모이 세공 마루보다 맑은 빛 내고
추위를 반기는 아이들은 벌써부터
즐거이 얼음 지치기에 바쁘다.
붉은 발을 가진 몸이 무거운 거위 한 마리가
연못 위를 헤엄치려고 뒤뚱뒤뚱하면서
빙판 위에 내려섰으나
쑥 미끄러져 발랑 넘어진다.
첫눈은 별처럼 춤을 추며
냇가에 내려앉는다.

43

이런 계절에 산골 마을에서 무엇을 하랴?
소풍은 어떨까? 당신이 거니는
마을의 경치는 단조롭고 으스스해 쓸쓸해진다.
넓은 황야로 말을 몰아 볼까? 그러나 말의
닳아빠진 편자로 빙판을 뛰자니
언제 어디서 넘어질지 위험천만
쓸쓸한 집 안에 허리를 박고
책이라도 읽을 수밖에 없다.
플라트*도 있고 월터 스코트도 있다.
그것도 싫으면 지불장을 검사하든지
화를 내든지 술을 마시든지.
긴 밤이 그럭저럭 지나면
그 이튿날도 또 마찬가지.
이리하여 싫건 좋건 무사히 한 겨울을 보내게 마련.

44

차일드 해럴드*나 된 것처럼 예브게니는
수심에 가득 찬 게으름에 젖었다.
눈을 뜨면 곧 얼음을 넣은 목욕통이었고
진종일 집에만 있었다.

혼자서 다 닳아빠진 큐를 들고
점수 따기에 열을 올리며
아침부터 당구대에 매달려
연습으로 시름을 잊는다.
당구대와 큐는 뒷전이 되고
시골의 밤이 찾아든다.
벽난로 앞에 테이블이 준비되어
예브게니가 기다리는 동안에
트로이카를 몰고 온 블라디미르가 뛰어든다.
자, 빨리 식사하자구!

45

과부 클리코 또는 모에*의
자랑스러운 미주(美酒)가
시인을 위해 찬 병에 넣어진 채로
즉시 식탁 위에 놓인다.
이 술은 히포크레네*의 샘물 같은 빛깔과
그 멋진 거품으로(무엇에나 비유할 수 있지만)
그 옛날 나의 마음을 홀렸었다.
그것을 마시고 싶어 나는 때때로
빈털터리 주머니를 턴 일을
내 친구는 알고 있는지?

이 술의 요술 같은 맛은
바보 같은 짓을 수없이 낳게 하고
수많은 시와 농담과 논쟁과
즐거운 꿈의 계기가 되었다!

46

그러나 이 술은 소용돌이치는 거품으로
나의 위장을 배반했다.
그래서 지금은 온건한 보르도로 바꾸었다.
나는 샴페인의 거품을 선호한다.
아이*를 마실 기력은 이젠 없다.
아이란 비유한다면 여인과 같아
화려하고 변덕스러운가 하면 활기 있고
버르장머리 없고 그리고
속이 텅 비었고……
너 보르도야, 충실한 친구처럼
언제 어디서라도 내 반려로서
쾌히 우리를 위해 힘써 주고
조용한 한가로움도 같이 지내 주니
우리의 벗 보르도 만세!

47

불은 꺼졌다. 엷게 재를
뒤집어쓴 황금의 불덩이.
여봐란 듯이 하늘거리며 피어오르는 김.
숨이 끊길 듯 말 듯한
연기를 내뿜는 벽난로.
굴뚝에 빨려 들어가 사라지는 담배 연기.
빛 밝은 술잔은 식탁 위에서
아직 거품 꺼지는 소리를 내고 있다.
저녁 안개가 끼고 있다…….
(까닭은 모르지만 늑대와 개의 시간*이라고 불리는
이와 같은 때 친한 친구와 같이
술잔을 주고받으며
질정 없는 이야기 나누기를 나는 좋아한다.)
우리 둘은 이런 말을 주고받고 있다.

48

"이웃 마을 아가씨들은 어떻게 지내고 있을까?
타치아나는? 말괄량이 너의 올가는?"
"아아냐, 반만 따라 주게나…… 그걸로 좋아……
그 집 식구 모두 건재하지.

146

자네에게 안부 전하래.
그런데 자네 올가의 어깨가 훨씬 예뻐졌어.
거기다 그 가슴, 그 마음씨!
언제 한번 찾아가 봄세.
자네가 가면 기뻐할 거야.
그러니 글쎄 자네 생각 좀 해 보게
두어 번쯤 잠깐 들렀을 뿐
그 뒤에는 영 모른 체했잖아.
그런데…… 그러고 보니 참 내가 얼빠졌어!
자네는 다음 주일 그리로 초대됐어."

49

"내가 말야?" "암 그렇고말고.
타치아나의 영명 축일*이래.
이번 토요일이지. 올린카와 그 어머니로부터
불러 달라 부탁받았네.
자네라고 초대를 받고 안 갈 까닭 없지?"
"그러나 여럿이 모이겠지. 어중이떠중이들이……."
"뭘, 아무도 안 갈걸. 확실히 그래!
거길 누가 간단 말인가. 집안 잔치겠지.
가보자구. 꼭 승낙해! 좋겠지?"
"그럼 좋아."

"고마워!" 그리고는
이웃 지주의 딸을 위해 건배를 하고
끝없이 올가 이야기를 주고받았다.
사랑이란 이런 것이다!

50

렌스키는 들떠서 떠들어대고 있었다.
경사가 3주일 후로 정해졌기 때문이다.
원앙 침대의 비밀과
달콤한 사랑의 월계관이라는
환희를 기다렸다.
살림살이의 고생, 슬픔도
금방 닥쳐올 차디찬 하품도
그의 꿈과는 멀리 떨어져 있다.
우리들 같은 휘멘의 적은 가정 생활이란 것을
라 퐁텐*의 소설에 나오는
진력나는 정경의 연속으로 보는데
생각하니 딱하고 가엾은 렌스키
타고난 그의 마음씨가
이러한 생활에 어울렸다.

51

그는 여자에게 사랑을 받고 있었다 —— 적어도
그렇게 생각하고 행복했다.
남을 믿고 의심하지 않는 사람
냉철한 이성의 소리를 잠재우고
주막에 들어 술에 취하는 나그네처럼
더 우아한 비유를 든다면
마치 봄꽃들에 파묻혀 사는 나비처럼
일락(逸樂)에 마음껏 안도하는 자 참으로 행복하도다.
그와 반대로 모든 것을 내다보고
미혹되는 일 따위 조금도 없이
모든 움직임, 모든 말에
자기식의 해석을 내리고 미워하는 자
경험에 일깨워져 자기 자신을 잊는 경지에 들지 못하는 자
이들이야말로 비참의 극이리라!

제5장

오! 스베틀라나, 무서운 이 꿈들을
알지 말지어다!
쥬코프스키*

1

그해 가을은 화창한 날씨가
오래오래 계속되어
자연은 동장군을 이제 오나
저제 오나 기다리고 있었다.
첫눈이 온 것은 1월 2일 밤중.
이른 아침 눈을 뜬 타치아나는
밤새 희게 바뀐 뜰과 화단

지붕과 울타리를 창 너머로 보았다.
유리창에는 엷은 얼음의 그림.
은빛 겨울옷을 입은 나무들,
즐거운 듯 지저귀는 까치.
반짝이는 겨울의 담요,
사뿐히 덮어 놓은 언덕과 언덕.
사방에 보이는 것은 모두 마냥 밝고 희다.

2

겨울이 왔다······ 농민들은
축하하며 짐썰매로 새로운 길을 닦는다.
그의 작은 말은 눈이 온 것을 알아채고
길을 따라 느릿느릿 발굽을 껑충거린다.
솜털 같은 눈밭에 홈을 만들며
기세좋게 달리는 포장썰매.
마부 자리에는 누런 털두루마기에
붉은 띠를 띤 마부가 앉아 있었다.
아니, 저건 저택에서 일하는 머슴 아이 아닌가.
작은 썰매에 검은 개를 태우고
말이 되어 개를 끌어주다니.
장난꾸러기 머슴 아이는 손끝이 꽁꽁.
아프기도 하지만 재미도 있어.

어머니가 창문 열고 야단친다…….

3

하지만 이런 따위 광경은
여러분의 흥미를 끌지 못하리라.
자연의 있는 그대로의 반응이기 때문에
아름다운 풍취가 되지 못하리라.
또 다른 시인*은 영감(靈感)의 신의 불에 가슴을 태우며
첫눈을 시제 삼아 화려한 시구를 구사하여
겨울의 온갖 풍경을 그려 놓았다.
남의 눈을 피하는 먼 썰매 여행을
불꽃 같은 시구로 그려 여러분을 매료시킨다.
나도 그것을 의심치 않는다.
그렇다고는 하지만 나는 당장은
이 시인들, 아직 새파랗게 젊은
핀의 처녀*의 창작자여 당신들을 상대로
재주 겨룰 생각은 없다!

4

타치아나는(바탕은 러시아 아가씨이면서

왠지 까닭 모르게 스스로)
냉정한 아름다움에 가득 찬
러시아의 겨울을 사랑했다.
혹독히 추운 날의 양지쪽 고드름, 썰매와
불그스름하게 작열하는 늦은 해돋이
언덕을 덮은 눈은
공현절 전야를 희미하게 비춘다.
라린의 집에서는 이날 저녁을
옛 습속대로 축하하였다.
온 집의 하녀가 총출동하여
주인 아가씨들을 점쳐 주며
군인 사위가 언제 출정할지
해마다 예언하였다.

5

타치아나는 믿고 있었다.
오래 전부터 전해오는 전설을
꿈이랑 카드랑 점이랑
달님의 위상이 보여주는 고지(告知)를,
여러 가지 전조가 그녀의 가슴을 어지럽혔다.
보는 것, 듣는 것이
이상하게도 무엇을 알리는 것 같았다.

예감은 가슴을 찍어 눌렀다.
수코양이 얌체가 젠체하며
벽난로 위에 앉아
그르릉대며 앞발로 세수를 하노라면
그것은 손님이 온다는 틀림없는 전조였다.
왼쪽 하늘에 두 뿔이 뻗은 것 같은 초생달을
그녀는 언뜻 바라보곤 했다.

6

그녀는 몸을 떨며 새파랗게 질렸다.
또 유성이 검은 하늘에
한 줄기 선을 긋고 사라져 간다.
타치아나는 어리둥절하면서
혼란스럽고 걱정이 되어
다음 유성이 지나는 동안
허겁지겁 가슴속의 소원을 별에게 속삭인다.
그리고 마치 우연히 어디서
검은 제복의 사제를 만나게 된 듯,
또는 마치 재빠른 산토끼가 자기 앞을 건너뛰어
들판을 가로질러 가는 듯,
가파른 공포에 질려
무서워 어쩔 줄 몰라 동요하며

슬픈 예감에 눈을 감고 불행을 기다린다.

7

그러나 이 두려움 속에서도 그녀는
신비스런 매력을 느끼고 있었다.
본성상 모순의 친구를
우리는 만들어 놓았다.
크리스마스 시즌*이 다가온다. 그 얼마나 즐거우냐!
후회할 아무것도 없고
먼 앞날이 눈앞에 끝없이 밝게 펼쳐진
젊은이들은 점을 쳐 본다.
모든 것을 돌이킬 재주도 잃고
묘석 가까이까지 온 노인들도
안경을 코에 걸고 점을 쳐 본다.
그래도 결국은 마찬가지
희망은 아이들 같은 굳은 혀로
한결같이 속이게 마련이니까.

8

타치아나는 호기심에 차

물에 가라앉은 납(蠟)을 들여다본다.
그 납이 만들어 내는 신기한 모양이
불가사의한 것을 알리는 것이다.
물을 그득히 채운 대접 속에서
차례로 가락지가 떠오른다.*
그녀의 가락지가 떠올랐을 때
처녀들은 옛날 노래를 부른다.
"그 마을 농민들은 모두 부자,
가래로 은돈을 긁어 모은다.
우리들 노래에 당첨된 자는
돈이 듬뿍 들어온다. 영광 있으라!"*
그러나 이 노래의 슬픈 가락은 누군가가 죽을 전조였다.
젊은 아가씨 마음에는 암코양이* 쪽이 즐겁다.

9

맑게 갠 하늘, 대지는 얼어붙었다.
멋진 천체들의 합창이
고요히 정연하게 어울려 흐른다…….
타치아나는 어깨가 드러나는 옷을 걸치고
넓디넓은 뜰로 나와서
달을 향하여 거울을 비춘다.*
그러나 어두운 거울 속에서는

쓸쓸한 달이 떨고 있을 뿐…….
어머나…… 눈 밟는 발소리……
나그네가 오는데. 발끝걸음으로
처녀는 가까이 다가가 갈대 피리보다 상냥히 묻는다.
"성함이?"
남자는 얼굴을 뚫어지게 보더니 대답하기를
"아가폰."*

10

유모가 권하는 대로
타치아나는 밤점을 치러
집의 목욕간에
식탁을 2인분 준비하도록 몰래 일렀다.
그러나 타치아나는 별안간 무서운 생각이 들었다.
이렇게 말하는 나도 ─ 스베틀라나*를 생각하니
역시 무서워졌다 ─ 할 수 없지
타치아나의 점은 내게 맞지 않았다.
타치아나는 비단 벨트를 풀어 버리고
잠옷으로 갈아입은 뒤 침대로 들어갔다.
머리 위에서는 레리*의 신이 날아다니고
새털이 든 베개 밑에는
처녀의 거울이 들어 있었다.

조용해졌다. 타치아나는 잠이 들었다.

11

타치아나는 이상한 꿈을 꾸었다.
꿈속의 그녀는 눈 덮인 평원을
우울한 안개에 싸여 걸었다.
저 앞에는 바람에 싸인 눈 사이를
겨울의 사슬을 벗어난
거뭇거뭇한 분류(奔流)가
물보라를 튀기면서
굉장한 소리를 내고 있다.
얼음덩이에 이어
얼어붙은 두 막대기가
흔들흔들 일렁이며 위험한 다리가 되어
계곡 위에 놓여져 있다.
흰 거품을 일으키는 소용돌이 위에서
어찌할 바를 몰라 그녀는 발걸음을 멈추었다.

12

애석한 이별을 불평하듯

타치아나는 강을 저주했다.
저편에서 손을 뻗쳐 줄 사람은 없다.
그런데 별안간 회오리바람이 일고
무엇이 나타났던가?
털을 곤두세운 큰 곰 한 마리.
타치아나가 "아!" 하고 외치니
그 곰은 "우!" 소리를 지르면서
발가락이 칼날 같은 앞발을 내놓았다.
그녀는 죽을 힘을 다해
떨리는 손으로 곰의 앞발을 휘어잡았다.
자기를 잡아먹으러 온 곰이 아닌가 보다.
곰의 앞발에 매달려 강을 건너간다.
곰은 그녀를 돌보아 주면서 따라온다.

13

뒤돌아볼 용기도 없어
강을 건너가서야 곰의 가슴을 벗어났다.
그리고 줄달음. 그런데 징그러운 순종자
털짐승인 곰의 앞을 멀리 벗어날 수가 없다.
울부짖고 악을 쓰면서
기분 나쁜 곰은 여전히 뒤를 따른다.
갈 곳이라곤 숲속.

움직이지 않는 소나무는 암울을 자랑하고
가지는 모두 눈을 얹어 굽어 있었다.
잎이 떨어진 백양,
자작나무 · 보리수 따위
나무 끝 위로는 별이 반짝반짝 빛나고 있다.
길은 없다. 눈보라에 관목 숲도 절벽도 싸여 있었다.
온 세상이 깊이 파묻혔다.

14

타치아나는 숲으로 들어갔다. 곰은 뒤쫓는다.
눈이 무릎까지 푹푹 빠진다.
어느 때는 긴 나뭇가지가 엄습해 별안간 목에 걸렸다. 그리
고 이제
그녀의 귓밥에서 귀고리를 비틀어 당기고
그녀는 살짝 녹은 눈 속에 빠져
사랑스런 발을 감싼 젖은 구두 한 짝만 쑥 빠져 버렸다.
손수건도 떨어뜨렸지만
주워 올릴 겨를이 없었다.
온몸에 땀이 흠뻑 뱄다.
뒤에선 여전히 곰의 발소리.
떨리는 손으로
치마를 치켜올리는 것조차 부끄럽지 않다.

그녀는 뛴다. 곰이 쫓는다.
어디까지나 뛰고 쫓고. 이젠 기진맥진.

15

그녀는 눈 위에 앞으로 고꾸라진 채 일어나지 못했다.
곰은 냉큼 어깨에 엎고 간다.
그녀는 정신 나가 곰이 하는 대로
몸도 꼼짝 않고 숨도 쉬지 않는다.
곰은 약탈 결혼이나 하는 듯
의기양양 그녀를 업고 걸어간다.
숲속 나무 사이에 보잘것없는 집 한 채가 나타났다.
울창한 나무 줄기에 싸여 있는
조그만 창에선 등잔불이 비치고
집 안에선 무슨 울부짖음, 물건 부딪치는 소리.
곰은 말했다.
"나의 이름을 지어 준 아버지가 여기서 살지.
조금 몸을 녹이는 것이 좋을 게야!"
그리고 뚜벅뚜벅 현관에 들어가 문지방에 그녀를 내려놓았다.

16

타치아나는 정신을 차리고 사방을 둘러보았다.
곰은 없고 자기 혼자 어느 집 현관에 와 있다.
문 저편에선 울부짖는 소리
마치 대가집의 장사라도 치르는 듯.
아무래도 까닭을 모르겠고
한 눈을 찡그리고 틈새로 들여다보니
이건 웬일! 테이블을 가운데 놓고
괴물들이 쭉 둘러앉아 있다.
개 얼굴에 뿔이 돋은 것도
수탉 머리에 사람 몸뚱이를 한 것도 있다.
염소 수염을 단 마녀가 있다.
뽐내며 점잖은 체하는 해골이 있다.
꼬리가 달린 난쟁이,
대가리는 학, 몸은 고양이인 변종도 있다.

17

그보다 더 기괴망측하고 소름이 끼치는 것도 있다.
거미 등에 탄 새우
거위 모가지 위에서 빙빙 돌고 있는
붉은 모자를 쓴 해골

날개를 펄럭이면서 춤을 추는 팔랑개비
짖는 소리, 웃음소리, 노랫소리, 휘파람!
박수, 사람 목소리, 말발굽소리!
그런데 이건 또 웬일!
이런 괴물만 모인 손님 중에서
저 그립고도 무서운 양반
이 소설의 주인공을 찾아냈을 때의
타치아나의 마음은 어땠을까!
예브게니는 테이블에 손을 얹은 채
자꾸 문 쪽을 흘끔거렸다.

18

그가 무슨 신호를 하면 모두들 손뼉을 친다.
마시면 따라서 모두들 마신다.
웃으면 역시 따라 웃는다.
와! 와! 떠들다가 그가 찡그리면 모두들 입을 다문다.
아무리 보아도 그가 주인인 듯.
이런 줄 짐작하니 이젠 타치아나도 과히 무섭지 않고
도리어 호기심조차 나서
문을 살며시 열어 보았다.
혹 불어 들어간 바깥 바람에 등잔불이 꺼졌다.
괴물들은 어쩔 줄 몰랐다.

예브게니는 두 눈을 번득이면서
덜커덕덜커덕 소리를 내며 우뚝 일어섰다.
모두들 따라 일어섰다.
그는 문 쪽으로 걸어 나오고 있다.

19

타치아나는 소름이 오싹,
급히 밖으로 도망가려 했다.
그게 안 된다. 당황하여 급하게
허우적거리고 외치려 했으나
그것도 안 된다. 예브게니는 문을 열었다.
이 아가씨는 지옥의 망령들 눈에 띄었다.
집이 떠나갈 듯한 웃음소리가 기분 나쁘게 울렸다.
그들의 눈, 굽은 코,
말굽, 텁수룩한 꼬리,
삐죽 내민 어금니, 징그런 턱수염, 피처럼 뻘건 혓바닥,
흉한 뿔, 뼈만 앙상한 손과 손가락
이 모든 것이 그녀를 가리키면서 일제히
"저건 내 것이다."
"아냐, 내 거야." 하며 외치고 있다.

20

"이놈들, 그건 내 것이야!"
하고 살기가 등등하여 예브게니가 한마디 호령을 하니까
도깨비 괴물들은 홀연히 없어지고
이 혹한의 암흑 속에 타치아나와 예브게니
단 둘이 남았다. 그는 그녀를
살금살금 방구석으로 데리고 가서
흔들흔들하는 벤치 위에 누이고
어깨 쪽으로 얼굴을 굽혔다.
갑작스레 밝은 빛…… 이상하여라……
그 순간 올가가 뛰어들었다. 뒤이어 블라디미르.
예브게니는 한 손을 번쩍 들고
눈을 부라리며 초대받은 두 손님에게
욕설을 퍼부었다. 벤치 위의 타치아나는
쥐구멍이 있으면 들어가고 싶었다.

21

말다툼은 점점 커져만 갔다.
별안간 예브게니가 긴 칼을 쑥 빼들고
블라디미르를 눈 깜짝할 사이에 살해했다.
죽어 넘어가는 그의 그림자가 점점 더 진해졌다.

가슴이 터질 듯하고 비명이 울렸다.
집 전체가 흔들릴 때……
타치아나는 부들부들 떨며 눈을 떴다.
이미 방안은 환했다. 창으로 젖빛 레이스를 통해
새벽의 밝은 햇살이 쏟아져 들어온다.
문이 열렸다. 올가가 왔다.
북극의 오로라보다 붉은 얼굴로
제비보다도 날쌔게 달려들었다.
"자 언니! 말해 주어요.
어느 남자 분 꿈을 그렇게 신나게 꾸셨나이까?"

22

동생 들어온 줄도 모르고
타치아나는 책을 들고 누운 채
한 장 한 장 넘기면서
한 마디도 대꾸를 안한다.
시인의 달콤한 공상도, 심오한 진리도,
또는 생생한 묘사도
그 책 속에 없었음을 아마 모르겠지요.
베르길리우스도, 라신도,
스코트도, 바이런도 또한 세네카도
《부인 패션 잡지》조차

그 어떤 것도 그렇게 열중하지 못했다.
〈마르틴 자데카〉*는 사이렌,
칼데아의 현자 중 제일인자
최고의 해몽가가 지은 책이다.

23

심원한 이 노작은 언젠가 나그네 상인이
외따로 떨어진 이 집으로 가지고 와서
졸라대는 데 못견디어 타치아나에게
〈말비나〉*, 짝 안 맞는 책과 더불어 양도해 주고 간 것
그러나 거래를 더욱 정확히 하기 위해
그는 3루블 반을 청구했고
덤으로 통속적인 우화집과 문전(文典)과
〈표트르 대제 송시〉* 두 권과
마르몽텔*의 제3권.
얼마 안 있어 〈마르틴 자데카〉는
타치아나의 비장본이 되었다.
슬픔에 억눌릴 때
이 책은 기쁨의 샘이었다.
잘 때도 그녀의 곁을 떠나지 않았다.

24

아까의 환상이 그녀의 마음을 소란케 한다.
저 무서운 꿈에 시달린 타치아나는 기어이
몇몇 징조를 풀어내고
몽마가 무엇을 의미하는지 알고 싶다.
타치아나는 목차를 해석하면서
알파벳 차례대로
송림, 폭풍우, 마녀, 왜전나무
고슴도치, 암흑, 곰, 눈보라라는 단어를 찾아냈다.
그러나 마르틴 자데카는
그녀의 의문을 풀어 주지 못했다.
이 흉몽은 그녀에게
갖가지 슬픈 사건을 예고하고 있었다.
며칠 동안 그녀는 끊임없이
꿈 걱정을 하고 있었다.

25

그러나 이젠 오로라가 붉은 손으로
새벽 계곡에서 태양을 끌어올려
아침 햇살은 더 이상 남아 있지 않고,
즐거운 영명(靈名) 축일을 이끌어 내고 있다.

아침 일찍부터 라린 저택은
온통 손님으로 가득 찼다.
동네 사람들이 궤짝썰매, 포장썰매,
반뚜껑썰매, 평썰매 따위를 타고
몽땅 모여 온다. 현관에선 밀고 당기며 법석이고
객실에서는 처음 만나는 사람들의 인사,
개 짖는 소리, 아가씨들의 반가운 입맞춤,
웃음, 와자지껄 문간의 혼잡,
손님의 인사, 슬리퍼 끄는 소리,
애들 우는 소리, 유모들이 외치는 소리.

26

뚱뚱이 푸스차코프*가
뚱뚱이 마나님을 데리고 온다.
농노가 아사 직전이라 소문난
노랑이 농장주 그보즈진.
두 살부터 서른 살까지의
갖은 연령의 자식을 이끌고 오는
백발이 성성한 스코치닌 내외. 그리고 주목,
군내 제일의 멋쟁이 페투슈코프.
차양 달린 모자를 쓴 솜털투성이*의
(물론 여러분은 다 아실 테지만)

나의 사촌 동생 브야노프,*
잘난 체하고 소문 퍼뜨리는 나팔 할머니
대식가이고 뇌물 대장에다 성격은
매우 소탈한 퇴직 카운셀러 프리야노프.

27

또 하필 하를리코프* 집안과 더불어 무슈 트리케도 왔다.
요전에 탐포르에서 온 빈정대기 선수로서
안경을 끼고 붉은 가발을 쓴 사나이.
트리케 씨는 진짜 프랑스인이니까
타치아나에게 선물을 하겠다고
애들도 다 아는
'눈을 떠라, 잠자는 미녀여'*의 가락에 맞춰
부를 수 있는 노래를 하나 포켓에 넣고 왔다.
이 노래는 옛 가요책에 실린 것을
눈치 빠른 시인 트리케가
먼지 속에서 이 세상에 내놓고
가사 가운데 아름다운 니나*라고 있던 것을
"에이!" 하고 망설이지 않고 용감하게
아름다운 타치아나*로 고친 것이다.

28

이윽고 가까운 군 주둔지에서
혼기가 된 양가집 아가씨들의 우상이자
군내의 부모들의 기쁨이기도 한
중대장이 들이닥쳤다.
안으로 들어서자…… 이건 무슨 희소식!
연대의 군악대가 온다!
연대장의 특청으로 파견된다.
"어머나 기뻐라, 무도회도 있다구요!"
처녀들은 악대가 오기 전부터 뛰고 있다.
식사 준비가 되었다.
처녀들은 둘씩 팔을 잡고 식탁으로 가서
타치아나 곁에 모여
상대 남자를 골라잡아 하나씩 짝을 짓는다.
십자를 긋고 일동은 지껄이며 자리에 앉는다.

29

잠깐 조용해진다. 누구의 입이나 우물우물 움직인다.
여기저기서 접시나 쇳소리가 난다.
글라스 닿는 소리가 난다.
그러나 조금 지나서는

한쪽 구석이 떠들썩해진다.
누구 하나 남의 이야기는 듣지 않고
떠들든지 웃든지 토론하든지
모두들 열심히 지껄이고 있다.
그러는 차에 별안간 문이 열리고 블라디미르가 들어온다.
예브게니도 그와 더불어 들어선다.
"어머나! 늦으셨군요!" 이 집 여주인이 환성을 올린다.
손님들은 자리를 좁혀 새로운 손님들의 자리를 만들어 준다.
급히 빈 그릇을 치우고 다시 상을 본다.
두 새 손님의 이름을 불러 자리에 앉힌다.

30

그 자리는 마침 타치아나 맞은편.
새벽 잔월(殘月)보다 푸른 얼굴
포수에 쫓기는 사슴처럼 떨며
그녀는 점점 흐려만 가는 두 눈을 떠보지 않는다.
정열의 불이 거세게
그녀 가슴속에서 타고 있다.
숨이 가쁘다. 기분이 나쁘다.
두 친구의 축하의 말조차 안 들리고
눈물이 눈에서 드디어 떨어질 듯하다.
가엾은 아가씨는 금방 실신할 것만 같다.

그러나 의지와 이성의 힘이 이겨냈다.
그녀는 그 자리를 굳세게 지켰다.
두어 마디 들릴 듯 말 듯
사례를 하는 말이 미약하게 입 밖에 나왔다.

31

비극적이고 신경질적인 반응이나
젊은 아가씨의 졸도나 눈물은
예브게니에게는 그전부터 아주 질색이었다.
어지간히 참고 또 참아 왔다.
우리 별난 사나이는
이 향연에 얼굴을 내놓자마자
기분이 나빠 조바심을 하고 있었는데
울적한 아가씨가 파랗게 질려 있는 것을 보곤
화가 불끈 나서 눈을 감고 부루퉁해서
렌스키를 화나게 하여
마음껏 보복하기로 결심했다.
그는 벌써 개가를 울리면서
식사를 하면서 모든 손님의 캐리커처를
마음속에다 그리기 시작했다.

32

물론 타치아나의 난색을
예브게니만이 눈치챈 건 아니지만
마침 그때 기름진 피로시카가
일동의 주목과 대화의 목표가 되었다.
(아아, 좀 짰다.)
더구나 그러는 동안에 군고기와 젤리 사이에
타르 마개를 한 병에 든 침랸스코에*가 들어왔다.
이어 지지의 허리를 연상시키는
가늘고 긴 와인 글라스가 주욱.
지지!* 내 영혼의 크리스탈이여!
맑디맑은 나의 노래의 대상이여,
사랑의 매혹의 술잔이여
나는 일찍이 몇 번이나 너에게
마음을 빼앗겼더냐?

33

축축한 코르크 마개를 빼면 펑 하는 소리.
쭈욱 하고 거품이 나는 와인.
노래부를 기회를 전부터 찾고 있던
트리케 씨가 점잔을 빼고 일어선다.

모두들 그를 쳐다보자 매미가 울음을 쉰 듯.
타치아나는 점점 정신이 없다.
트리케 씨는 종이를 들고 그녀를 향하여
입을 벌려 노래를 한다.
박수와 환호성이 그를 맞는다.
그녀는 마지못해 가슴을 굽히고
트리케 씨에게 꾸벅한다.
위대하고 겸손한 시인은
그녀의 건강을 축복하면서 술잔을 비우고
노래를 쓴 종이를 그녀에게 넘긴다.

34

그리고는 모든 손님들의 인사와 축사가 뒤를 잇는다.
타치아나는 그 한 사람 한 사람에게 일일이 사례를 한다.
예브게니의 차례가 되었을 때
울적한 그녀의 얼굴이나
그 곤혹과 피로의 빛이
그의 가슴에 연민의 정을 자아냈다.
잠자코 그는 인사를 했지만
그의 시선은 그녀에게 어쩐지
여느 때와는 달리 정답게 보였다.
정말로 감격해서인가 아니면

짐짓 그렇게 보이려는 것인가
무의식에서인가 선의에선가
여하튼 그 시선은 정답게 보여
타치아나의 마음을 되살아나게 했다.

35

뒤로는 미는 의자 소리가 나고 일제히 일어섰다.
손님들은 웅성웅성하면서 응접실로 몰려갔다.
꿀벌이 일제히 벌통에서 나와
붕붕거리면서 메밀밭으로 날아가듯
어느 손님은 잔치 음식을 배가 터져라 먹고
이웃 사람끼리 소파에 앉아 코까지 골고
부인들은 벽난로 곁에 자리를 잡는다.
아가씨들은 방구석에 옹기종기 소곤소곤.
자, 녹색 테이블이 펴지고
노름판이 벌어진다.
노인들에게 알맞은 보스턴, 옴버,
그리고 한창 유행인 휘스트*가 인기.
단조로운 그 세 식구는
탐욕스런 권태가 낳은 자식이다.

36

휘스트의 영웅들은
이미 여덟 번이나 싸우고
이미 여덟 번이나 자리를 바꾸었다.
그러는 사이에 차가 나온다.
차임 소리 대신에 나는
디너나 차나 저녁 식사를 정해 주었다.
시골에 살면 몇 시인지 아는 데 문제가 없다.
우리들의 밥통이 잘 맞는
브레게 시계* 구실을 해 주니까.
겸하여 한 마디 괄호 속에 넣어서 말해 두거니와
이 소설 속에서 내가 여러 번
술잔치나 갖가지 요리나 코르크 이야기를 꺼내는 것은
신 비슷한 호머여
30세기가 우러러보는 당신이 했던 것을 흉내 내는 것이오!

(37 38) 39

어떻든 차가 나온다. 아가씨들이 범절대로
접시에 손댈까 말까 할 때
마루 깊숙한 저쪽 문이 열리더니
파곳과 플루트가 울려 퍼졌다.

이 근처 마을에서 미남 파리스* 역을 하는
페투슈코프는 울리는 악대 소리에 신이 나서
램이 든 홍차 잔을 집어 던지고
올가 곁으로 다가선다.
블라디미르는 타치아나 곁으로.
과년한 아가씨인 하르리코바는
탐보프에서 온 시인의 손에 잡히고
푸스차코프의 마나님은 브야노프가 살짝 데리고 간다.
모두들 마루로 밀려 나가
화려한 무도회가 벌어졌다.

40

이 소설의 첫 대목에서
(제1장을 보십시오.)
알바노* 식으로 페테르부르크의 무도회처럼
바로 그렇게 묘사하려 했지만
헛된 몽상에 사로잡혀 가까이하던
어떤 부인들 각선미의
추억에 정신없었다.
오! 그 다리여! 그대의 홀쭉한 다리를 따라
방황하는 것은 이젠 진력이 났다!
내 청춘에 배반을 당한 지금

나도 이젠 좀 약아빠져
일에도 문체에도 더 숙련이 되었다.
이 제5장도 옆길로
벗어나지 않도록 노력해야겠다.

41

약동하는 생명의 회오리바람 그대로
감미롭고 황홀한 왈츠의 선풍이
회오리치고 춤추는 남녀의 무리가
멀리 가까이서 빙글거린다.
한 시각 한 시각 복수의 순간에 다가서면서
예브게니는 속으로 비웃으면서
올가의 곁에 다가가
그녀와 짝이 되어 손님 사이를
빙글빙글 재빨리 돌아 춤추고
그녀를 의자에 앉힌 다음
이 이야기 저 이야기 주고 또 받고
그리고 잠시 후에 또다시 손에 손을 맞잡고 왈츠를 계속.
모두들 어안이 벙벙. 올가의 짝이 될 블라디미르는
믿을 수 없다는 듯 두 눈을 휘둥그레 떴다.

42

마주르카가 울려 나왔다.
옛날엔 마주르카가 울려 나오면
큰 마루가 진동을 하고
널을 붙인 마룻바닥이 깨어지고
창틀이 덜커덩 흔들렸었다.
그런데 지금은 상황이 변하여, 우리 남자는 부인들처럼
왁스를 칠한 마루 위를 미끄러져 나갈 뿐.
그러나 시골 마을에서 마주르카는
아직도 그 옛날의 매력을 지니고 있다.
춤추다 못해 수염을 흔들든지,
발꿈치를 올리든지, 뛰어오르든지
모든 감정 노출은 예와 그대로.
우리들에게 군림한 폭군, 현대 러시아 사람의 병폐인
저 두려운 유행도 이것만은 바꾸지 못했다.

(43) 44

덤비는 성질인 내 사촌 아우 브야노프는
우리 주인공 곁으로 타치아나와 올가를 같이 데리고 갔다.
예브게니는 금방 올가와 춤추기 시작.
부드럽게 편하게 그녀를 이끌면서

고개를 숙여 그녀의 귀에
상냥한 목소리로 눈이 번쩍 뜨일 만한
기쁜 이야기를 속삭이고
그녀의 손을 꼬옥 쥐었다 ── 매우 만족한 듯
올가의 얼굴은 홍조가
더욱 짙어 타오르는 듯했다.
이 광경을 본 블라디미르는 화가 머리끝까지 치밀었다.
질투의 원한에 이글이글 타면서
마주르카가 끝나는 것을 기다려
코티용*으로 그녀를 꼬여냈다.

45

그런데 그녀는 안 된다고 거절했다. 뭐 안 된다고! 왜?
하지만 벌써 예브게니에게 약속했노라고 올가는 말한다.
뭐라고! 약속을? 도대체……
그래 이럴 수가 있을까?
겨우 머리에서 딱지가 떨어지자
아양을 파는 들뜬 꼬마 마녀 같으니!
벌써 남자 농간하는 수작을 알고 있다니
서방 배반하는 재주를 알고 있었다니!
블라디미르는 이 충격을 지탱할 수가 없었다.
계집의 간악을 저주하면서

그는 집을 나가 말을 불러 그저 달렸다.
피스톨 두 자루. 탄알 두 발뿐,
그것만이 단 한 번에
그의 운명을 결정하리라.

제6장

La Sotto I giorni nubilosi e brevi,

Nasce una gente a cui l 'morir non dole.

*Petrarch**

1

블라디미르가 자취를 감춘 것을 안
예브게니는 또 게으름에 쫓겨
스스로가 행한 복수에 만족하며
올가의 곁에서 명상에 잠겼다.
그의 뒤에서 올가도 하품하며
블라디미르를 눈으로 쫓고 있었다.
끝없이 코티용이 악몽과 같이 그녀를 괴롭혔다.

그러나 이제 그것도 끝났다.
모두들 야식의 자리로 모였다.
잠자리가 펴졌다.
모든 지붕 밑은 침대가 열을 짓고 손님들에게 배당되었다.
누구나 이젠 잠자리를 필요로 했다.
우리 예브게니는 다만 홀로
자기 위해 집으로 돌아갔다.

2

잔칫집엔 이제 고요가 찾아들었다.
객실에서 몹시 무거운 푸스차코프가
아내와 같이 코를 골고 있다.
그보즈진, 브야노프, 페투슈코프,
몸이 좋지 않은 프리야노프 이 네 사람은
식당 의자에서 나란히 자고 있고
무슈 트리케는 다 낡은 나이트 캡에
스웨터를 입고 침대 위에
아가씨들은 타치아나와 올가 방에서
깊이 잠이 들어 있다.
단 한 사람 타치아나만이 가엾게도
잠 못 이루어 슬프게
창가에서 달빛에 묻혀

어두운 뜰을 내다보고 있었다.

3

예브게니의 생각지도 않은 출현과
잠깐 번뜩인 저 눈의 상냥함과
올가 상대의 알 수 없는 짓이
영혼의 속속들이까지 그녀를 꿰뚫었다.
어쩌자는 것인지 알 수가 없다.
질투의 괴로움이 그녀의 가슴을 쥐어짰다.
마치 섬뜩한 손으로 가슴을 동여매는 듯
마치 그녀의 발 밑에서 시꺼먼 깊은
못이 빙빙 돌고 있는 듯.
"나는 파멸이야"라고 타치아나는 말했다.
"하지만 그 사람을 위해서라면 그 파멸도 난 기뻐.
불평은 말아야지.
원망할 것도 없어.
그 사람은 다만 나에게 행복을 줄 수 없을 뿐이니까."

4

자! 어서 빨리빨리 들어 주게나, 내 이야기를

처음 듣는 사람들이
재촉을 한다니까 글쎄.
블라디미르 영지의 크라스노고리에서 5킬로미터 떨어진 곳
철학적인 고립 상태의 영지에서
지금 정착하여 살아가려고 애쓰는
자레츠키는 일찍이 지독한 난봉꾼
그리고 도박 대장이자
장난 대장으로서 선술집 웅변가.
그러던 그가 이젠 친절하고 호인인
홀아비이며 한 가정의 아버지
믿음직한 친구, 상냥한 지주,
심지어 청렴지사라고까지 일컬어지는 인물이다.
지금 세상에는 이런 일도 있다.

5

전에는 흔히 사교계에서 아첨하는 소리가
악착같은 그의 용기를 북돋았다.
실제는 그는 권총으로 10미터 거리에서도
에이스 패를 쏘아 구멍냈다.
또 어느 때는 싸움터에서
곤드레만드레가 된 상태로
칼뮈크*에서 보기도 좋게

큰 대자로 진창에 떨어져
프랑스군의 포로가 되어 이름나기도 했다.
참 고귀한 인질이여!
신의의 화신 레굴루스*의 재림은
매일 아침 벨리*에서 포도주 석 잔
외상으로 주기만 한다면
또 한 번 포로가 되어도 좋다고 생각한다.

6

전에는 흔히 싱숭생숭 장난도 치고
바보 자식들을 속여도 먹고
약은 놈들을 대놓고 또는 은밀한 방법으로
통쾌하게 데리고 놀기도 했다.
그야 어느 때는 장난이 지나쳐
사과를 하기도 하고
바보짓을 저지르고
난처한 일도 있었다.
그는 또 남과 유쾌하게 토론을 하든지
약아빠진 또는 미련한 대답을 하든지
짐짓 잠자코 있든지
짐짓 다치고 덤비든지
젊은 친구에게 싸움을 시켜

결투를 시키든지 했다.

7

그런가 하면 그는 화해를 시키든지
셋이서 아침을 든 뒤 상쾌하게 웃고 즐기든지
거짓말을 늘어놓아 어느 틈에 두 얼굴에 똥칠을 하든지
그런 짓엔 선수였다.
그러나 시대가 바뀌었다! 이런 엉터리 짓은
(또 다른 희롱 · 연애의 꿈도 그렇지만)
활기에 찬 청춘과 더불어 과거의 것이 되었다.
앞에서도 말했지만 자레츠키도
드디어 앵두, 홰나무 따위 그늘에서
폭풍우를 피하는 늙은 몸이 되어
지금은 참된 현자처럼 살면서
호라티우스의 눈썹 찡그리는 것을 배워 양배추를 심고
거위와 오리를 기르며,
애들에게 글씨를 가르치며 산다.

8

그는 결코 바보는 아니었다.

그래서 우리 예브게니도 마음속으로는 얕보면서도
그가 가진 상식이나
그가 내린 판단의
효과를 좋아했다. 그래서
또 기꺼이 만나도 보았다.
그래서 그날 아침 일찍 왔을 때도
조금도 이상하게 생각지 않았다.
인사말을 끝내자 자레츠키는
대화를 별안간 그치고
예브게니에게 시인의 편지를 넘겨 주었다.
자레츠키가 히죽거리며 지켜보는 가운데
예브게니는 창가로 가서
잠자코 편지를 읽었다.

9

그것은 간결하고 점잖게 쓴 도전장,
블라디미르는 결투를 신청했다.
공손하지만 얼음처럼 냉정하게.
예브게니는 자동적으로 반응했다.
이 편지를 가지고 온 심부름꾼에게
쓸데없는 소리는 한 마디도 않고
"좋소! 언제 어디서라도 응하겠소"라고 단언했다.

자레츠키도 두말없이 일어섰다.
집안에 일이 많아서
이 이상 오래 앉았긴 싫었던 것이다.
그는 재빨리 나갔다.
그러나 홀로 자기의 영혼을 바라보는 예브게니는
자기의 넋과 자기의 몸이
영 성에 차지 않았다.

10

그것도 그럴 것이 마음속 깊은
저 법정에 나를 세워놓고 내가 나를 규문해 보아도
솔직히 말해 책망받을 점이 많았다.
우선 첫째로 엊저녁 그렇게 주책없이
소심하고 정다운 사랑을 조롱한 짓이
이미 무정하고 나빴다.
둘째로는 설사 시인이란 사람이 저렇게
어리석은 짓을 했다고 할지라도
18세의 나이로 보아 용서해 주는 것이 당연.
예브게니가 그 청년을 진심으로 사랑하고 있는 이상
철없는 아이도, 혈기에 찬 소년도
싸움 잘하는 건달패도 아닌데
성실하고 분별 있는 당당한 남자로서

뭔가 다르게 처세해야 옳았다.

11

짐승처럼 털을 세워 싸우지 말고
흉금을 터놓고 말해도 좋았을걸.
젊은 마음의 무장을 스스로 풀게 해 주는 것이
이 편의 의무가 아니겠는가?
"허나 이미 때는 늦었다……
거기다가 또 이 사건에는
결투의 경험자가 끼어 있어.
심술궂고 입이 싼 놈……
물론 그런 놈의 이 소리 저 소리
일일이 걱정할 것은 없지만
바보 같은 놈들의 속삭임이나 껄껄대는 소리……."
(이것이 여론이다!)*
명예의 태엽, 우리들의 우상!
세상은 사실 이 위를 맴돌고 있다.

12

한편 시인 렌스키는 참을 수 없는 증오에 불타

집에서 답장을 기다리고 있었다.
곧 수다스런 이웃 지주가
큰일이나 치른 듯 답장을 가져왔다.
질투하는 시인의 우울한 마음은
천하를 휘어잡은 듯!
장난꾼들이 이 사건을 조작해서
농담 속에 어름어름 얼버무려
총구를 그의 가슴에서 빗나가게 하지 않을까?
그것만을 걱정하고 있었다.
그러나 이제 의심은 풀렸다.
그 둘은 내일 새벽 해 뜨기 전
약속한 물레방앗간으로 나가서
상대의 넓적다리나 관자놀이를 향해 방아쇠를 당겨야 한다.

13

노여움에 불타는 블라디미르는
바람둥이 처녀를 미워했기에
결투가 끝나기 전에는
올가를 안 만날 작정이었는데
햇살과 시계를 보고 있는 동안에
드디어 될 대로 되라 하고
손을 저으며 이웃 마을로 향했다.

이 방문으로 마치 책망받은 양
올가를 혼란스럽고 깜짝 놀라게 할 속셈이었다.
막상 도착하자 이 속셈은 대번 무너져 버렸다.
올가는 예전처럼 대문에서 뛰어나와
가엾은 시인을 기꺼이 맞았다. 믿을 수 없는 희망이지만
발랄하고 명랑하고 거리낌도 없이
즉 그전과 똑같은 그녀가 되었다.

14

"엊저녁은 왜 그렇게 일찍 돌아가셨나요?"
올가의 첫 질문이었다.
렌스키는 감각이 모두 마비된 듯
말 한 마디 못하고 고개 숙였다.
이 티없이 맑은 시선 앞에서
이 순진한 천진난만 앞에서
이 발랄한 영혼 앞에서
분노는 사라지고 질투도, 섭섭함도 말끔히 사라졌다.
쾌감이 넘쳐흐르는 눈으로 그는 그녀를 뚫어지게 본다.
그는 알았다. 자기가 지금도 지극히 사랑받고 있음을.
후회에 책망을 받으면서 용서를 빌려고 생각해도
다만 덜덜 떨기만 할 뿐 입을 열어,
아무렴, 거의…… 할 말이 없다.

그는 이제 행복한 순간이다.

(15 16) 17

그리고는 다시 생각에 잠기면서
그렇게도 그립던 올가 앞에 서서
블라디미르는 그녀에게
어제 일을 입에 올릴 힘이 없었다.
그는 머뭇거리며 속삭였다.
"올가라는 구원의 신 앞에
나는 영원히 임하는 것이다.
호색한들이 탄식과 칭찬의 불을 뿜어
젊은 여성의 마음을 홀리는 것을
저 더러운 독충이 귀여운 백합의 줄기를 갉아먹는 것을
겨우 어제 핀 꽃이 반도 못 피어 시드는 것을
내가 모른 체할 수는 없다."
친구 여러분! 들어 주십시오! 이것은 곧 이런 뜻입니다.
"나는 친구와 피스톨로 결투를 합니다."

18

만약 그가 타치아나의 마음을 태우는

상처의 깊이를 알고 있었다면!
내일은 블라디미르와 예브게니가
무덤 밑 움집을 향해
목숨을 걸고 겨루는 것을
만약 타치아나가 알고 있었다면,
아, 어떻게 알기만 했다면 그녀의 사랑은
두 친구를 다시 한번 결합시켜 주었을지도 모른다!
그러나 열렬한 이 정열을
우연히 알아차린 자는 없었다.
예브게니는 아무런 말 한 마디 없었다.
타치아나는 남몰래 슬픔에 싸여 있었다.
다만 유모만은 알 수가 있었을 텐데
아뿔싸! 둔감해서 탈이었다.

19

밤이 새도록 블라디미르는 멍청한 상태로 있었다.
조용히 묵도를 하는가 하면 별안간 웃다가 울었다.
뮤즈에게 사랑을 받고 자란 자는 언제나 이 모양이다.
낯을 찡그리고는 클라비코드 앞에서
화음을 긁어 소리를 내고
그러다가는 올가 쪽을 보면서 말하는 것이다.
"나는 행복해. 그렇지 않아, 올가?"

그러나 이젠 밤도 깊었다. 돌아갈 시간이다.
심장은 고민에게 주리를 틀리고
젊은 그녀와 작별 인사를 할 때는
심장이 찢어지는 듯했다.
그녀는 정면으로 사나이의 얼굴을 뚫어지게 본다.
"왜 그런 표정을?"
"뭐 별로." 이 한 마디를 남겨 놓고는 문 밖으로.

20

집에 돌아오자 피스톨을 살펴보고는
다시 상자에 넣고
옷을 벗고 촛불 밑에서 실러의 책을 펴보았는데
다만 한 가지 생각이 그를 붙들고 놓지를 않는다.
수심에 싸인 그의 마음은
이 밤을 그대로 뜬눈으로 새운다.
뭐라 말할 수도 없이 아름다운
올가의 모습이 눈앞에 떠오른다.
블라디미르는 책을 덮고 펜을 잡는다.
사랑이 쓰게 하는 애절하고 슬픈 시구들이
리듬에 붙어 조용히 흐른다.
그것을 그는 사랑의 열에 들떠
소리도 드높게 낭송한다.

항연의 자리에서 만취가 된 델비크*와도 같이.

21

그때 그의 시는 우연히 지금까지도 내 손에 남아 있다.
여기 그 시구를 인용한다.
"어디로 아! 어디로 가 버렸느냐?
내 봄의 황금의 날이여!
다가오는 내일은 나에게 무슨 운명을 준비해 주느냐?
그 대답은 모든 인간의 지나온 광경,
어둠에 싸여서 알아 볼 길이 없다.
상관 없도다. 운명의 판결은 항상 옳은 것이매.
설사 내가 맞아 쓰러진들
그냥 스쳐 지나간들
그 모두가 좋다.
눈을 떠도 눈을 감아도 정해진 시간은 다가오리니.
심로(心勞)의 나날에도 축복은 있다.
암흑의 나날에도 축복은 있으리니!

22

내일도 여명은 비치고

휘황한 햇살이 빛날 것이리.
그러나 나는 아마도 무덤 아래의
신비한 안식처를 찾아 가리라.
젊은 시인의 추억은
흐름이 느린 레테 강에 쓸려가리.
이 세상은 나를 잊고 또 버리리.
그러나 너는! 미의 조그만 화신이여
너 하나만은 내 무덤을 찾아 눈물 흘리리라고 나는 믿는다.
저 사람은 나를 사랑하고 있었느니라.
폭풍우 같은 생애의 슬픈 한 새벽을
나를 위해 바쳤노라고……
마음의 벗이며 사랑하는 벗이여
오려마! 오려마! 나는 너의 단 하나의 새신랑이니……."

23

이와 같이 애매하게 또 힘도 없이 시인은 썼다.
(이것은 낭만주의라고 불린다.
물론 나는 이것이 낭만주의 시 라고는
조금도 생각하고 있지 않지만 그건 아무래도 좋다.)
드디어 동이 트기 전 블라디미르는
밤을 새운 머리를 숙이고
'이데알' 이라는 당시 유행어를 되새기며

꿈의 세계를 헤맸다.
잠의 마법이 적절한
망각을 사용하여, 조용히 잠 들려는 순간
이웃 자레츠키가 조용한 침실로 급히 들어와서
이렇게 큰 소리로 떠들었다.
"자! 여섯 시가 넘었다고.
오네긴도 우리를 기다릴 텐데."

24

그러나 그것은 당치도 않은 소리.
예브게니는 이 시각에 죽은 듯이
깊은 잠이 들어 있었다.
밤의 장막이 걷히며 동녘이 밝아오고
닭 우는 소리가 별을 맞이하는 그 시각에도
예브게니는 세상모르고 곯아떨어져 있다.
태양이 이미 높이 솟아 하늘을 돌고
바람을 탄 눈조각이 반짝이면서
회오리로 맴도는 시간이 되었는데도
예브게니는 잠자리를 떠나지 않는다.
잠은 아직도 그를 사로잡고 있다.
이윽고 침대에서 일어나 두 눈을 비비며
장막 끝을 치켜 들고 자세히 보니

벌써 떠날 시각이 지났다.

25

깜짝 놀라 그는 벨을 울렸다.
기요라는 이름의 프랑스인 하인이 뛰어 들어오더니
그에게 가운과 슬리퍼를 내놓고
바지를 손에 쥐어 준다.
예브게니는 서둘러 떠날 차비를 하면서
하인에게 같이 갈 준비를 시키고
군용함(軍用函)도 가져가도록 일렀다.
빠른 썰매도 준비되었다.
서둘러 물레방앗간으로 달렸다.
잠깐 만에 거기에 닿더니
하인에겐 르파쥬*가 만든
치명적 무기를 가지고 따라오라고 이르고
썰매는 들판의 저편 두 떡갈나무 밑에
갖다 놓으라고 일렀다.

26

제방에 몸을 기대고 블라디미르는

오랫동안 초조하게 기다리고 있었다.
그 사이에 시골에 와 사는 기계기사 자레츠키는
맷돌을 점검하고 있었다.
예브게니가 양해를 구하면서 다가온다.
"그렇지만⋯⋯." 하고 자레츠키는 기가 막힌 듯
"어디 있소, 당신의 시중꾼은?"
결투에 관해서는 정통하며
잔소리꾼인 자레츠키는
진정으로 형식주의자.
사람 하나 해치우는 데도
아무렇게나 끝내는 것은 허락하지 않고
모두 옛 법식에 따라 엄격한 법칙을 지키게 했다.
(이 점만은 칭찬해 주는 것이 마땅할 것이다.)

27

예브게니는 이렇게 말했다.
"내 시중꾼 말입니까?"
"이 사람입니다. 나의 친구 무슈 기요.
이 소개에 무슨 이의는 없으시겠죠?
세상에 알려진 분은 아니지만
양심적인 사람임에는 틀림없습니다."
자레츠키는 아랫입술을 물었다.

예브게니는 블라디미르에게 물다. "어때, 시작하면?"
"좋겠지, 시작하세." 블라디미르는 이렇게 말했다.
일동은 물레방앗간 뒤로 갔다.
조금 떨어져서 자레츠키와 '양심적인 사람'이
중대한 결정을 하고 있는 동안
원수이자 친구인 두 사람은
눈을 지그시 감고 서 있었다.

28

원수! 과연 오래 전부터 원수였던가?
피의 갈망이 두 사나이를 격리시킨 것은 과연 오래 전이던가?
전에 둘이 혈연 관계의 형제처럼
한가한 식사나 대화를 나누거나
또 그밖에 여러 가지 인간으로서 영위를 도탑게 나누던 것은?
이제 뜻하지 않게 두 친구는
적이라는 의식에 가득 찬
부모 죽인 원수와도 같이 무섭고 이상스런 꿈이라도 꾸듯이
새벽 적막 속에 냉엄하게 상대의 멸망을 준비하고 있다…….
손에 피가 묻기 전에
웃고 그만둘 수는 도저히 없는가?
유쾌하게 인사하고 헤어질 수는 없는가?
그러나 러시아 상류 사회의 반목은

이상하게도 거짓의 수치를 두려워한다.

29

이러는 동안에 피스톨이 번쩍이고
포목을 망치로 때려박는 소리가
새벽 공기를 음침하게 뒤흔들었다.
육각형 총신에 탄알이 장전되고 한 방이 울렸다.
이윽고 화약 터진 잿빛 연기가 약실에서 흘러나왔다.
사람 키보다 조금 높이 잿빛으로
신호 피스톨은 다시 장전되었다.
가까운 숲속에는 입장이 난처한 기요가 서 있다.
이 총소리를 신호로 등을 맞대고 서 있던 두 사나이는
망토를 휙 벗어 땅에 던지고 각기 앞으로 당당히 걸어갔다.
자레츠키가 재놓은 32보 거리를
두 사나이는 16보씩 나누어 걸어갔다.
두 사나이는 그대로 그 자리에 서 있었다.
그리고 각기 피스톨을 오른손에 쥐었다.

30

"자! 돌아설까요?"

냉정하게, 아직 겨누지는 않고
원수끼리는 어엿한 발걸음으로
네 걸음씩 서로 다가섰다.
죽음의 계단을 네 단씩.
먼저 예브게니가 계속 걸음을 옮기면서
자기 피스톨을 쳐들기 시작했다.
이어 다시 다섯 걸음씩 앞으로.
숨막히는 순간이다.
렌스키도 왼쪽 눈을 실눈으로 감으면서
겨누기 시작한다.
이때 예브게니가 발사를 했다.
시인 블라디미르는 말없이
자기 피스톨을 떨어뜨렸다.

31

조용히 가슴에 손을 대고 힘없이 땅에 넘어졌다.
흐려진 눈은 고통이 아니라
'죽음'을 나타내고 있었다.
마치 큰 눈덩어리가 햇빛을 받아 번쩍이면서
산의 찬물에 뛰어드는 느낌으로
예브게니는 시인 곁으로 달려갔다.
얼굴을 어루만지며 이름을 불렀다.

소용이 없었다.

그는 이미 이 세상 사람이 아니었다.

젊은 시인은 때아닌 죽음을 당하고 만 것이다.

폭풍우가 불어치더니

성벽의 햇살 속에

아름다운 꽃은 시들어 버렸다.

제단의 불은 사라져 버렸다…….

32

그는 꼼짝도 않고 누워 있다. 마치 꿈꾸듯이.

이마 위에는 이승에서 지쳐 버린 평안이 음산히 비쳤다.

탄환은 가슴 바로 밑을 관통해 있었다.

상처에서 연기 같은 핏줄기가 샘솟고 있다.

얼마 전 이 심장에서는 영감이나

미움, 사랑, 희망이 울리고 있던 것을.

생명이 뛰고 피가 맴돌고 있던 것을.

그런데 지금은 마치 사람 없는 흉가처럼

쓸쓸하고 암담한 채

영원히 침묵을 지키고 있다.

덧문은 모두 닫히고

창문 유리는 분필로 칠해졌다.

여주인은 사라져 버렸다.

어디로 갔는지는 신만이 안다.

33

서슴지 않고 풍자시로 서투른 짓을 한 적을 화나게 한다.
이것이 유쾌한 일이다.
그 적이 굳이 뿔을 세워 덤벼들려 할 때
불현듯 거울을 보면서 자기 모습에 놀라
부끄러워하는 꼬락서니를 바라다본다.
이것도 유쾌한 일이다.
만약 그가 "친구 여러분! 쑥스럽게도
이것은 바로 납니다." 하고 실토하게 된다면
그것은 더욱 유쾌하다. 그보다 더 속이 시원한 것은
무언중에 그 적에게 명예스러운 영구를 준비시켜
규정대로의 거리를 두어
파랗게 질린 그의 이마에 조용히 겨냥하는 일.
그러나 그를 그의 조상 앞으로 보내는 것은
여러분이 생각해도 그리 유쾌한 일은 아닐 것이다.

34

건방진 눈치나 대답 또는

그밖의 조그마한 일 때문에
술자리에서 당신에게 창피를 주든지
아니면 격분하여 거만하게 도전해 온
나이 젊은 당신 친구가
이 편에서 쏜 권총에 쓰러졌다면?
그 친구가 여러분 앞에서 죽음의 그림자를
이마에 나타내며
땅바닥에 쓰러져 있고
점점 굳어 가면서 당신의 필사적인 부름도
못 듣고 말이 없을 때
도대체 어떤 생각이
여러분의 마음속을 휘어잡을 것인가?
그 대답을 나는 듣고 싶다.

35

양심의 가책에 옥죄이면서 예브게니는
피스톨을 손에 쥔 채 렌스키를 지켜 보았다.
"이젠 할 수 없군, 심장을 맞았군."
결투 입회자 자레츠키는 이렇게 단언했다.
심장을 맞았군! 이 무서운 한 마디에
예브게니는 일루의 희망도 끊겨 버린 채
부들부들 떨면서 돌아서 썰매를 불렀다.

자레츠키는 얼음처럼 찬 유해를 조심조심 썰매에 실었다.
그리고는 이 가엾은 시체를
그가 살던 집으로 옮겼다.
말들은 주검의 냄새를 맡고
흰 거품을 뿜어 재갈을 적시고
콧소리를 내며 발을 구르더니
채찍을 맞고 화살처럼 달린다.

36

친구 여러분! 여러분은
시인을 아까워하시리라.
기쁨에 넘치고 갖가지 희망에 찬
꽃봉오리가 세상을 위해
그 희망을 이룰 겨를도 없이
배내옷을 벗으려는 순간에
그만 시들어 버렸다.
저 뜨거운 가슴의 동계(動悸),
저 고상하고 상냥하고 용감한
저 젊은 사상과 감정의
고귀한 지향은 그 어디메뇨?
너희들이 감춘 공상의 여러 가지,
또 신비스런 세계의 환상은

또다시 너희들의 신성한 시의 꿈은?

37

아마도 그는 이 세상의 행복을 위해
적어도 인간다운 명예를 세우기 위해
태어난 것인지도 모른다.
지금은 말없는 그 고귀한 임무의 하프는
대대로 쉼 없이 울릴 텐데
아마도 세상의 층계 중 가장 높은 한 계단이
블라디미르를 기다리고 있었던 것인지도 모른다.
괴로움에 찬 그의 영혼은 신성한
비밀을 가지고 떠나 버려
우리들을 위해서 생명을 가져오는 소리가
영구히 사라져 버렸다.
무덤 속 그 영혼에게는
대대손손의 찬가도 모든 사람의 축복도
이제는 들리지 않겠지.

(38) 39

또 어쩌면 평범한 운명이

블라디미르를 기다리고 있었는지도 모른다.
세월이 흐르고 청춘의 한때가 지나
마음의 정열도 식어 사람이 달라져서
뮤즈와는 인연을 끊고 평범한 여인을 아내로 맞아
시골에 파묻혀 30년을 같은 생각 하고
다행히 계집 빼앗긴 서방노릇 하며
솜 기운 가운 따위 입었을지도.
인생의 참됨을 이제야 알자
마흔엔 중풍, 쉰엔 할아버지
마시고 먹고 하염도 없이 뚱뚱해지는데 몸은 약하고
드디어 말 안 듣는 자식들이나 훌쩍이는 계집일랑
돌팔이들의 이제 그만이란 선고를 받고 침대를 등에 지고서
행복하게 숨을 거두었을지도 모르지.

40

그건 어떻든 독자 여러분!
시인이기도 하고 사려 깊고
분별 있는 몽상가이기도 한
이 젊은이는 가엾게도 친구 손에 살해당했다!
여기에 한 장소가 있다.
영감(靈感)의 후손이 살고 있던
이 마을의 왼편 쌍소나무가 난 곳이다.

그 그늘에서는 가까이 여울 소리가
굽이굽이 흐르는 강을 만들어
그 언덕에서는 농부들이 일손을 쉬고
또 추수하는 여인들이 찾아와
맑은 여울에 주전자를 담가 물을 떠간다.
여울 곁 녹음 속에는
간소한 묘비가 하나 서 있다.

41

그 묘비 아래 봄비가 촉촉이 내리는 날이면,
들판 위에 초록빛 풀들이 물결칠 때면
목동이 나무껍질로 여러 가지 빛깔의
신을 삼으면서 볼가 강 어부의 뱃노래를 부른다.
여름을 지내러 시골에 와 있는
젊은 도시 아가씨 한 분이
말을 몰고 혼자 단숨에
들을 건너 숲을 지날 때
언뜻 가죽 고삐를 당겨
묘비 앞에 말을 내려 발을 멈추고
모자에 달린 베일을 쳐들어
조촐한 묘비명을 바라본다.
그러자 두 눈에는 눈물이 글썽이고

상냥한 눈이 흐려진다.

42

이 아가씨는 목도하듯 고개를 숙이더니
말을 천천히 몰아 넓은 들을 되돌아간다.
아가씨 마음은 자기도 모르게
블라디미르의 운명이 가엾어진다.
그녀는 생각한다. '올가는 어떻게 되었을까?
그녀는 오래 고민했을까?
눈물의 세월은 곧 끝났을까?
그녀의 언니 타치아나는 지금 어디에?
그리고 저 세상만사가 다 귀찮은 사람은
젊은 미녀의 훌륭한 적수는,
저 우울한 별난 사나이는
젊은 시인을 죽인 자는 지금 어디 있을까?'
이 모든 의문들을 나는
독자에게 자세히 밝힐 예정이다.

43

그러나 지금은 기다려야 되겠다.

나는 나의 주인공을 진심으로 사랑하고 있으며
물론 언젠가는 그가 있는 곳으로 돌아갈 것이지만
지금의 나는 그를 상대하고 싶지가 않다.
나이는 음울해진 산문으로 나를 유혹한다.
나이는 헛되이 좋아하는 각운을 쫓아낸다.
한숨 섞어 고백하자면
나는 쫓아다니기 싫어졌다.
나의 펜은 종이를 한 장 또 한 장
삽시간에 더럽혀 버리는 옛날 흥미를 잃고 말았다.
그것과는 다른 차디찬 꿈,
또 다른 호된 걱정이
상류 사회의 시끄러움 속에서도 혹은 정적 속에서도
고이 잠든 넋을 깨워 놀라게 한다.

44

새로운 욕망의 소리를 나는 들어서 알아차렸다.
새로운 비애도 나는 느꼈다.
그러나 그러한 욕구에 결코 지나친 기대를 걸지 않았다.
나에게는 낡은 비애가 그립다.
꿈이여! 꿈이여! 어디에 있느냐 너의 달콤함은?
언제나 너에게 붙어다니는 각운과 젊음은 도대체 어디로
갔느냐?

그 영예는 드디어 정말로 시간의 마른 바람을
정녕 진정으로 틀림없이 말하건대,
애가(哀歌)의 본뜻도 나오기 전에
내 삶의 봄은 날아가 없어졌느냐?
(지금까지는 장난으로 그렇게 말해 왔지만)
정말 그 봄은 되돌아오지 않을 것인가?
과연 나는 일생에 한 번, 곧 서른 살*이란
소리를 들어야만 하느냐?

45

그렇다, 나에게 정오가 온 것이다.
어쩐지 나도 그건 인정해야 한다고 생각한다.
하지만 그것으로 좋다. 그럼
내 빛나던 청춘과 화목하게 헤어지자.
내 청춘의 소중한 선물에 감사하오!
서러움과 즐거움에 감사하오,
고통과 그 기쁨에 감사하오,
폭풍우와 시끄러운 연회석에도,
모든 것에, 네가 보낸 준 모든 것에 나는 감사한다.
오로지 너에게 감사한다. 불안한 날에도 한가로운 날에도
나는 너를 받아들였다…… 마음껏. 그것으로 됐다!
청명한 마음을 안고 이제

나는 새 나그네길을 떠난다.
지난날의 피로를 잊고 쉬기 위해서.

46

또 한번 뒤돌아보자꾸나! 그럼 안녕! 나의 은둔처여!
숲 속의 은둔처에서 정열과 권태와
근심을 안은 영혼의 꿈이 가득 찬
나의 날들은 흘러갔다.
그러나 그 젊은 날의 영감이여,
아무쪼록 나의 상상을 불러일으켜다오.
혼미한 내 마음을 흔들어 깨워 다오.
내 방에 더 자주 날아와 주게나!
그리고 저 시인의 넋이
당신들과 내가 몸을 담은 상류 사회의
죽음과 도취의 저 못에서
아슬아슬해지고, 무자비해지고, 완고해지며
그리고 나중에는 바윗덩어리가 되지 않도록
지켜보아 다오!

제7장

모스크바여, 러시아의 귀여운 딸아!
너만한 딸을 어디서 찾아볼 수 있을 것인가?
드미트리예프*

고향의 모스크바를 어찌 사랑하지 않을소냐?
바라틴스키

"모스크바에서 시비를 거시는군요?
세상을 보시노라면 그렇게 되는가 보죠.
그럼 대체 어디가 좋으신가요?"
"우리들이 없는 곳."
글리보에도프*

1

봄의 햇볕에 쫓긴 눈이
벌써 주변 언덕 위에서
흙탕물 짙은 시내가 되어
새파란 풀밭 위로 흘러 내려갔다.
자연은 맑은 미소를 띠고
꿈같은 기분으로 한해의 아침을 맞는다.
마냥 푸르게 빛나는 하늘은 투명해 보이고
아직은 띄엄띄엄 보이는 숲들은
보드라운 털 같은 새 잎에 싸여 간다.
꿀벌은 들이 주는 공물을 받아 모으려고
밀랍의 벌집 봉방(蜂房) 위를 날아다닌다.
계곡은 말라 얼룩진 빛으로 물든다.
가축 마음대로 울어대고
꾀꼬리 밤마다 적막을 설레게 한다.

2

아, 봄이여! 사랑의 계절이여!
네가 오는 것이 나에겐 왜 이리 슬픈가
내 가슴 속의 핏줄기 속에,
오, 봄이여, 너의 존재 자체가

얼마나 바보 같은 아픔인지,
어인 울적한 홍분인가!
전원의 적막 속에서 내 얼굴로 불어오는
봄의 입김을 즐기면서
얼마나 무거운 감상에 나는 젖을 것인지!
원래 즐거움이란 나에게는 인연이 없는 것인가?
기쁨이나 생기를 주는 모든 것, 희희낙락한 빛을 내는 모든 것
그것은 벌써 생명 끊긴 영혼에
쓸쓸함과 괴로움을 가져올 뿐인가?
그 영혼에는 무엇이나 암담하게 보이는가?

3

아니면 지난 가을 떨어진 나뭇잎이
되살아나는 것도 기쁘지 않고
숲의 새로운 웅성거림을 들으면서도
애처로운 상실을 추억하는가?
그렇지 않으면 뒤숭숭한 생각 가운데
생생한 자연의 모습을
두 번 다시 돌아오지 않는
청춘의 조락과 비교하려는가?
간혹 시적인 꿈 가운데
또 다른 옛날 봄이 빛나

사고 속에 기어 들어와
매혹적인 밤의 공상,
먼 나라, 달빛 따위의 공상을 꾀어내어
우리들의 가슴을 흔들지도 모른다…….

4

때는 왔도다. 마음씨 좋은 게으른 사람들
에피크로스파의 현인들,
운명에 몸을 맡기는 행복한 자들,
레프신*학파의 병아리들,
시골의 프리아모스*들,
온갖 연령대의 다정다감한 부인들
봄이 당신을 시골로 부르고 있다.
따뜻한 해와 꽃들과 일하는 계절,
영감이 가득 찬 산보의 계절,
가슴 설레는 밤의 계절이.
자! 여러분 들판으로 나가시라! 빨리빨리!
잔뜩 쌓아 실은 짐마차에 우리집 말이랑 역마랑
어떻든 밧줄 매고 주렁주렁
도심의 문 밖으로 나가시라.

5

또 너그러우신 독자 여러분!
먼 데서 주문해 온 포장마차를 타고
여러분이 겨우내 들떠 고대하던
피로를 모르는 시가지로 나가시오.
나의 방자한 뮤즈와 더불어
저 촌락의 이름도 없는 냇가에 가서
떡갈나무 숲의 웅성대는 소리에
귀를 기울이시오.
그 자리는 할 일 없는 은둔자 예브게니가
내가 좋아하는 꿈꾸는 여인
젊은 타치아나와 이웃하면서
지난 겨울을 같이 지내던 곳이라오.
그러나 지금 그의 모습은 더 이상 없고
대지 위에 슬픈 흔적만 남았을 뿐.

6

둥그렇게 이은 언덕 사이를 쉬엄쉬엄 찾아가 보자!
좁은 시내 푸른 풀밭이 굽이굽이 흘러
보리수 숲을 돌아 강으로 서두르는 저 자리로.
거기서는 봄의 연인 꾀꼬리가 밤새 울어대고

들장미도 피어 넘치고
샘솟는 물소리 네 귀에 들리리.
그 곁 산기슭의 노송 그늘에
묘비 하나 외로이 서서
길 가는 사람에게 이렇게 고한다.
"블라디미르 렌스키의 무덤,
젊어 용자(勇者)와 같이 죽어
이 땅에 잠들도다.
○○년 ○○월 향년 ○○세
젊은 시인이여 고이 잠들라."

7

일찍이 새벽바람이
이 단정한 묘석 위에 늘어진 소나무 가지에 걸린
신비스런 화환을 흔들고 있었다.
일찍이 밤이 깊으면
두 처녀가 이곳에 찾아와서는
묘비를 보며 눈물 흘리고
달빛을 받으며 껴안고 울곤 했다.
하지만 이제는 돌보는 사람 없고
달빛만 고요한 채 모든 사람의 기억에서 사라졌다.
사람들의 발에 밟혀 생긴 오솔길도

이젠 풀에 덮여 버렸다.
가지의 화환도 없어졌다.
무덤 아래에서는 늙은 목부(牧夫) 한 사람이
노래를 웅얼대면서 나무껍질 신발을 삼고 있을 뿐.

(8 9) 10

가엾은 렌스키! 슬픔에 야위어
그리 오래 올가는 울지도 못했다.
아! 애석하게도 젊은 약혼녀는
그 슬픔에도 정열을 지키지 못했다.
부실한 사나이가 그녀의 마음을 낚아,
달콤한 말이라는 사랑의 수단을 부려 그녀의
슬픔을 감쪽같이 기쁨으로 바꾸었다.
한 창기병(槍騎兵)이 그녀를 사랑의 포로로 만들었다.
그녀 또한 창기병을 진심으로 그리기 시작했다.
그리고 보라!
그녀는 벌써 그와 나란히
제단 앞에 서서 거북한 듯이 결혼식을 올렸다.
머리를 숙이고 감은 눈에 불길을 태우며
입술엔 가벼운 미소를 띠며…….

11

가엾은 렌스키!
무덤에 있는 당신의 목소리가 들리지 않는
영원한 곳에 있으면서도 근심에 찬 이 시인도
이 배반한 여인에 대한 소름끼치는 소식에 가슴이 쓰렸던가?
그렇지 않으면 레테 강가에서 무의식의 행복을 얻은 시인
은
이제 가슴 아파할 일도 없거나,
꾸벅꾸벅 졸고 있는 그에게 이 세상은 장벽을 쳐서
말을 듣지 못하게 한 것인가?
그렇다! 저 세상에서 우리를
기다리고 있는 것은 냉정한 망각이다.
적들, 벗들, 연인들, 모든 이의 목소리가 뚝 그친다.
다음은 다만 땅을 다투는 상속인들의
화가 치미는 합창이
차마 들을 수 없는 언쟁을 시작할 뿐이다.

12

이윽고 목청 큰 올가의 목소리도
라린 집에서는 들을 수 없었다.
운명의 포로라고도 할 창기병은

그녀를 데리고 연대로 돌아가야 했다.
슬픔의 눈물이 앞을 가리고,
늙은 어머니는 부디 소리만 하며
딸과 헤어지는 허전함을 어찌할 수도 없었다.
그러나 타치아나는 울 수도 없고
다만 슬픔이 그 얼굴을 덮어
죽음 같은 창백함에 싸여 있었다.
모두가 대문 밖까지 나와 작별을 하고
신혼부부의 마차가 도는 동안
공연히 바빠 안절부절못하는 사이에
타치아나는 새 부부의 출발을 전송했다.

13

한참동안 안개를 뚫어져라 쳐다보고는 그 속으로
사라져 가는 마차를 보니 허전함은 더욱 가슴을 메웠다.
타치아나는 이제는 혼자, 쓸쓸하게, 버림받았다!
아! 오랫동안의 소꿉동무,
타고 난 비밀 청취자인 그녀의 어린 비둘기
피를 나눈 마음의 친구는
운명의 손을 거쳐 별처럼 멀리 나뉘어 간 채
영원히 떨어져 살아야 했다.
하염없이 그림자처럼 혼자 거닐고

사람 없는 뜰을 내다보곤 했다.
어디를 가나 무엇을 보나
즐거움은 없고 참았던 눈물을
실컷 흘려 볼 기회도 없었다.
가슴은 둘로 쪼개질 것만 같았다.

14

거기다 그녀의 정열은
참혹한 고독 속에서 더욱 더 타오르고
마음은 더욱 더 소리 높이
저 멀리 있는 예브게니를 따진다.
다시 만나는 일은 설마 없겠지.
제부(弟夫)의 살인자로서 미워해야 할 사람.
시인은 제 명에 죽지를 못했는데…….
이젠 누구도 그를 추억하는 사람 없고
피앙세조차 딴 사나이에게 몸을 맡겼다.
시인의 기억은 사라졌다.
푸른 하늘에 흩어진 연기와 같이.
아니! 어쩌면 아직 두 개의 마음이
시인을 그려 슬퍼하고 있는지도.
허나 슬퍼한들 무엇하랴?

15

어느 저녁, 날은 점점 어두워지고
시내는 조용히 소리도 없이 흐르는데
풍뎅이는 윙윙거리고 있었다.
윤무의 무리는 흩어지고
강 가운데에서는 고기잡이배의 불이
붉게 타며 연기를 내고 있다.
은빛 달 아래 넓은 벌판을 깊은 몽상에 빠진
타치아나가 홀로 오래오래 거닐고 있었다.
정처도 없이 방향도 없이 한없이 간다.
그런데 별안간 언덕 위 지주의 집과
언덕 아래 마을과 나무들과
밝게 빛나는 개울가의 뜰이 보인다.
그녀는 뚫어지게 그 광경을 바라보고 있다.
심장이 한층 빨리 고동치기 시작한다.

16

그녀는 주저한다. 의심이 가슴을 뒤흔든다.
'앞으로 갈까? 뒤돌아 갈까?……
그 사람은 거기에 없다. 나의 일은 아무도 모른다……
잠깐 그분 댁을 찾아가 보자, 그리고 그 뜰로.'

타치아나는 이렇게 생각하고 언덕을 내려간다.
숨 쉬는 것도 불안한 듯
겁에 질려 두리번거리면서…….
이윽고 황폐한 정원으로 들어서자
개들이 일제히 짖으면서 달려든다.
겁에 질린 사람 소리를 듣고
저택에서 일하는 농노 아이들이
누구요 누구요 하면서 모여 들었다.
한참 수고를 하여 소년들은 개들을 쫓고
아가씨를 안으로 불러들였다.

17

"집을 보여주시면 하고…….."
타치아나는 물었다. 아이들은
아니샤에게 열쇠를 달래러
무슨 기쁜 일이나 생긴 듯 뛰어갔다.
아니샤가 곧 그녀를 맞으러 오고
방문은 열렸다. 타치아나는 발을 옮겼다.
바로 전까지 주인공이 살던 빈집 빈방으로.
잊혀진 과거들을 그녀는 보았다.
거실에 놓인 당구대에서는 큐가 휴식을 취하고 있고
주름투성이 소파 위에서는 승마용 채찍이 잠자고 있다.

타치아나는 더 안으로 들어간다.

아니샤 노파는 그녀에게 이렇게 말했다.

"여기가 벽난로입니다.

여기서 도련님은 늘 혼자만 계셨죠.

18

이 자리에서 한 겨울 내내 이웃 마을 돌아가신 렌스키 도련님

그분이 우리 도련님과 다정하게 식사를 하셨죠.

이리 오세요 아가씨, 여기가

우리 도련님 서재. 도련님은 여기서 주무시고

커피를 드시고 나서

그날의 농사 일정을 보고받으시고요.

아침마다 책을 읽으시고요.

어디 도련님뿐인가요.

도련님 아버님께서도 여기서 기거하셨죠.

주일에는 흔히 저 창 밑에서 안경을 쓰시고

저를 불러서 카드 게임을 하시곤 했죠.

젊은 분에게 은총이 내리시기를 빕니다.

어머니인 대지의 무덤 속 유해에도

안식이 깃드시기를!"

19

타치아나는 주위의 모든 것에
한없는 감동의 시선을 보냈다.
여기 있는 모든 것이 한없이 귀중하게 보였다.
모든 것이 괴로움이 반은 섞인 기쁨으로
피로한 넋을 소생시켜 준다.
불 꺼진 램프가 놓인 테이블,
담요를 깐 창가의 침대
침대 아래에 깔린 카펫
창 밖 저 멀리의 달빛이 그려 놓은 야경
주위는 온통 으스름으로 찼다.
바이런 경의 초상화 모자 밑으로
음울한 이마를 내놓고
두 팔을 팔짱 낀 사나이*의
기둥이 달린 주철의 조그만 조상(彫像).

20

타치아나는 오랫동안 이 멋진 암실(庵室)에
매료된 듯이 우두커니 서 있었다.
그러나 이제 밤은 깊었다. 차디찬 바람이 일기 시작했다.
계곡은 어둡다. 안개 낀

강가에서 숲조차 잠이 들었다.
달은 이제 언덕 너머로 기울었다.
마냥 젊은 순례자는
집으로 돌아갈 시간이 되었다.
아니 벌써 와 있었다.
타치아나는 두근거리는 가슴을 달랜 후 한숨을 쉬었다.
그리고는 귀로에 접어들었다.
떠나기 전에 양해를 얻어 놓았다.
조용히 책을 읽기 위해
주인 없는 서재에 때때로 와도 좋다는.

21

타치아나는 문을 나서면서
아니샤 노파에게 작별 인사를 했다.
하루 뒤 그녀는 아침 일찍
주인 없는 서재로 찾아갔다.
너무나 고요한 서재 안에서
잠시 이 세상일을 모두 잊고
완전히 혼자가 되어 언제까지나 울고 있었다.
우는 자유가 이곳엔 있었다.
이윽고 책으로 눈이 쏠렸다.
덥석 읽을 생각은 안 났지만 그래도 다시 생각하니

책을 골라서 읽기도 우스운 생각이 들었다.
한두 장 읽어 나가다가
타치아나는 골몰하여 읽게 되었다.
새로운 세계가 그녀 앞에 펼쳐졌기 때문이다.

22

이전부터 모두들 알고 있듯이
예브게니는 훨씬 전부터
독서에 흥미를 잃고 있었지만
그래도 어느 종류의 작품은 그의 흥미를 돋우고 있었다.
자우어와 돈 후안의 시인*,
그밖에 한두 가지 소설에는
우리 시대가 반영되어 있고, 금지된 것이 부활되고 있다.
현대인과 그 이기적이고
윤택한 맛이 없는
싫증도 안 나는지 꿈을 좇는
패덕하는 넋과
헛된 행위에 분노하는
원망에 가득 찬 지성이
꽤 올바르게 그려져 있었다.

23

날카로운 손톱 자국도 뚜렷이 남겨 놓은
인상 깊은 페이지도 많았다.
주의력이 미치는 아가씨의 눈동자는
생생하게 그 페이지에 쏠린다.
예브게니가 언제 어떻게 어떤 사상,
어떤 말에 감동을 받았는지
어떤 의견에 말없이 동의하였는지
타치아나는 가슴 설레면서 보았다.
여백에는 연필로 메모한 곳도 있었다.
여기저기에 예브게니의 영혼이
어느 때는 간결한 일상 용어로써
어느 때는 열십자 표로써,
또 어느 때는 의문 부호로써
스스로를 밝히고 있었다.

24

이리하여 우리 타치아나는
고압적인 운명 탓에 열정적으로 사랑하게 된
사나이의 정체를 고맙게도
지금은 차츰 뚜렷이 알기 시작했다.

이 변덕스런 이방인,

슬픔과 함께 가는 이 위험스런 자,

천국이나 지옥이 점지한

천사 또는 매우 건방진 악마

그는 도대체 무엇인가? 사람 흉내인가!

보잘것없는 환상이런가?

아니면 해럴드의 망토를 입은 모스크바 사람인가?

남들이 제멋대로 붙인 주석이던가?

완벽한 유행어의 사전이던가?

결국 패러디가 아닐까?

25

과연 그녀는 수수께끼를 풀었는가?

과연 열쇠는 발견했는가?

시간은 점점 지나가고, 그녀는 잊었다.

집으로의 여행이 시간 초과했음을.

집에서 두 이웃 마나님이 만나

그녀의 일을 화제로 삼고 있었다.

"어떻게 하면 좋지? 타치아나도 이제 어린애가 아니고……"

한숨을 내쉬면 더 늙은 부인이 말했다.

"올가는 그 애보다 나이가 아래거든요.

제발 시집을 가줘야겠는데.

하지만 어떻게 할 재주가 있어야죠!
누구를 신랑으로 갖다 대 보아도
시집을 안 가겠다 고집하며
언제나 시무룩한 표정으로 숲속을 혼자서 거닐고만 있잖아요."

26

"연애라도 하고 있는 게 아닐까요?"
"도대체 어느 사내와? 브야노프도 거절했어요.
페투슈코프도 역시 거절.
경기병 피프친이 손님으로 우리집에 있을 때
저 애에게 반해서
분투 노력하고 끔찍할만치 적극적이었어요.
이번에는 반가운 대답일 줄 알았는데
천만에요! 이번도 역시 허탕."
"뭘 여보세요 마님, 단념하시진 마시라고요!
모스크바의 신부 시장에 데리고 가시죠!
거기라면 빈자리가 많다던데요."
"하지만 여보세요, 돈이 있어야죠!"
"한겨울쯤은 염려 없어요,
그래도 안 되겠으면 내가 빌려 드리죠."

27

사려 밝은 고마운 이 충고가
늙은 어머니는 퍽 마음에 들었다.
어쩌면 좋을까 궁리한 끝에 그 자리에서
이 겨울 모스크바로 가기로 결정했다.
그리고 타치아나도 이 소식을 들었다.
시골서 자라난 소박한 아가씨의 소탈한 성격이
사교계의 비웃음을 사고
유행에 뒤진 어법이 드러나면
모스크바 멋쟁이 사나이들과
상류 사회의 빈축을 사게 마련.
유행에 뒤진 그녀의 옷은
그들의 눈총을 받게 마련.
어이구머니! 그보다는 쓸쓸한 숲속에 남아
사는 편이 훨씬 나을 텐데.

28

아침 햇살과 같이 일어나
지금 그녀는 들로 뛰어가
감동의 눈으로 아침 들을 둘러보고는
혼자 중얼거렸다.

"잘 있어라, 평화스런 계곡과 샘이여!
잘 있어라, 너도 역시, 눈 익은 봉우리여,
잘 있어라, 정든 숲이여,
잘 있어라, 천상의 매력을 가진 아름다움이여,
즐거운 자연이여, 활기에 찬 공간이여.
나는 그립고 조용한 세계를 떠납니다.
화려한 허영과 도시의 시끄러움 속으로……
그리고 너 나의 평화여 안녕!
나는 어디로 무엇을 향해 가는가?
나의 운명은 나에게 무엇을 선사하려 하는 것인지?"

29

그녀의 산책은 아직도 계속된다.
아직 눈앞에 있는 언덕이나 시냇물이
제각기 아름다움을 자랑하여 그녀도 모르는 사이에
타치아나의 발을 못 가게 묶고 있다.
참말로 오랜 동무에게 말을 하듯이
그녀는 자신의 숲이나 풀에게
시간이 없으니 급히 이야기하였다.
그러나 순식간에 여름은 가고
황금의 가을이 왔다.
자연은 마치 제사장처럼 아름답게 꾸며지고

거기 놓인 희생의 양은
새파랗게 질려서 부들부들 떨고 있다.
이윽고 음산한 날씨와 더불어 삭풍이 불고 숲이 운다.
그 다음엔 동장군이 마녀를 이끌고 찾아왔다.

30

겨울은 와서 사방으로 흩어졌다.
눈은 솜줄기처럼 되어 가볍게 떡갈나무 가지에 걸렸다.
들판 가운데, 언덕 주위에
파상형의 양탄자가 되어 쌓였다.
움직이지 않는 강 위에도 푹신한 이불처럼 쌓여
언덕과 같은 높이를 만들었다.
반짝반짝 서리가 반사된다.
동장군의 장난을 우리는 모두 기꺼워한다.
하지만 타치아나의 마음은 여전히 우울.
겨울을 맞으러 밖에도 나가지 않고
뽀얀 눈보라를 맞을 생각도 않고
얕은 지붕에서 첫눈을 움켜쥐고
얼굴이나 가슴, 어깨를 씻지 않는다.
타치아나는 겨울의 나그네길이 무서운 것이다.

31

출발 날짜가 연기되어
마지막 기한도 다하려 한다.
잊혀진 듯 창고에 넣어 두었던 궤짝썰매가
먼지를 털어 버리고 튼튼히 고쳐졌다.
으레 그렇듯 세 대의 전통적 포장썰매가
온갖 종류의 가재도구를 싣고 간다.
프라이 팬, 의자, 트렁크,
병에 든 잼, 담요,
깃이불, 광주리의 닭,
항아리, 쇠대야 등
요컨대 필요한 모든 것을 잔뜩.
이러는 동안에 하인들이 사는 집에서는
생이별을 슬퍼하는 울음소리.
열여덟 마리 여윈 말이 뜰로 끌려나온다.

32

말들이 주인의 썰매에 매어진다.
조리사들이 조반을 준비한다.
포장썰매엔 이삿짐이 드높이 실린다.
여자나 마부들이 외치는 소리.

털이 긴 마른 말에는 수염도
훌륭한 말몰이꾼이 올라탔다.
종들은 마나님 일행과 작별하러
종종걸음으로 대문 앞에 모인다.
이윽고 일동이 썰매에 앉자
훌륭한 궤짝썰매는 대문 밖으로 나가 섰다.
"잘 있어라! 평화스런 땅이여!
조용한 안식처여!
또 볼 때가 있을는지?"
타치아나의 두 눈에선 눈물이 하염없이 흘러내렸다.

33

우리들의 문명과 개화의 혜택이
두메산골까지 미쳤을 때는
(드디어 철학적 일람표*의 계산으로
5백 년 뒤 이야기지만)
우리 나라의 오솔길도 멋진 도로로
깜짝 놀랄 만큼 바뀌리라.
포장도로가 가로 또 세로
러시아 전국을 거미줄 치듯 하고
철교는 폭넓은 원호를 그리며
어떤 강이라도 성큼 건너고

산과 들을 파헤쳐서
깊고, 깜짝 놀랄 만한 터널이 뚫리고
우리네 정교(正敎)의 신도는
마장(馬場)마다 식당을 개업하게 되리.

34

그러나 지금의 우리 나라 철도는 말이 아니다.
오랫동안 내버려 둔 다리는 폐교가 되고
마장 주막에는 빈대와 벼룩이 들끓어
그 누구도 쉴 수 없다.
괜찮은 여관은 존재하지 않는다. 그리고 을씨년스러운
통나무집에서 공연히 허세부리며 성가시게 하는
메뉴는, 보기에도 배고프고,
온갖 종류의 해결 가망 없는 식욕을 돋울 뿐이다.
그런가 하면 시골에서 사는 키클롭스* 따위가
시원찮은 불 앞에서
서구의 화사한 세공품을
러시아의 망치로 수선하고 있고,
또한 조국을 찬미하는
바퀴자국이라는 지고한 상표를 축복하고 있다.

35

그 대신 추운 겨울 막바지에는
안심하며 여행을 즐길 수 있지.
유행가의 의미도 없는 문구처럼
겨울 길을 유리처럼 매끄럽다.
우리 나라의 아우트메돈*들은 기운도 좋아
우리 나라의 트로이카 또한 피로를 모르지.
이정표가 울타리와 같이 너무 빛나
얼빠진 눈을 위로해 준다.
다만 재수 나쁘게 라린 부인은
썰매 삯이 비싼 것이 겁이 나서
역전(驛傳) 썰매가 아니고
자기 썰매로 천천히 갔기 때문에
우리들의 아가씨도 나그네길 고생을 혼이 나도록 맛보았던 것.
모녀는 썰매로 일곱 낮 일곱 밤을 꼬박 갔다.

36

그러나 이제 여행은 끝났다.
그들 앞에는 흰 돌의 모스크바.
연륜을 쌓은 둥근 지붕이 벌써 금빛 십자가를
번쩍이면서 숯불처럼 타고 있다.

동포 여러분! 일찍이 눈앞에
교회 종루 정원 궁전 따위 반원이
뜻하지도 않게 나타났을 때
나는 얼마나 기뻤던가!
유랑하는 운명의 몸
슬픈 이별을 해야 할 때
모스크바여 그 몇 번인가 너를 추억했더냐?
오! 모스크바여…… 이 한마디 소리 속에
얼마나 여러 추억이 깃들어 있더냐!
얼마나 많은 것들이 메아리칠 것이냐!

37

떡갈나무 숲에 둘러싸여
보인다 페트로프스키 성채*가.
몇 해 전의 영예를 자랑하는
암울한 이름이 울려 퍼진다.
나폴레옹이 최후의 행운에 취하여
모스크바가 무릎을 꿇고 크레믈린 고성의 열쇠를
가지고 와서 인사할 것을
헛되게 기다리고 있던 곳이다*.
아니, 우리 모스크바는 맥없이 고개를 숙이고
항복 따위 하지 않았다.

초조해서 기다리던 영웅에게 모스크바가 준비한 것은
축제나 공물이 아니라 화재였다.
여기서 그는 침통해하면서
무서운 불꽃을 바라보고만 있었다.

38

그러면 땅에 떨어진 영광의 목격자
페트로프스키 성채여.
자! 우물쭈물 말고
서둘러라, 서둘러야지! 이제
성문 기둥의 대열이 희게 보인다.
벌써 궤짝썰매는 츠베르스카야의
울퉁불퉁한 길을 뛰어가고 있다.
흘낏흘낏 지나치는 경비원, 여자들,
아이들, 뜰이나 수도원,
브하라 사람*, 썰매와 텃밭,
장사꾼과 판잣집과 농부들,
가로수 길, 탑과 카자흐, 약국과 유행품점,
발코니의 문에 새겨진 사자*,
십자가 위에 앉은 까마귀의 무리.

진력이 나는 이 나그네길에서도
한두 시간은 더 걸리어서
하리토니*에 가까운 골목길
어느 저택의 문 앞에 썰매는 섰다.
이럭저럭 4년 폐를 앓고 있는 늙은 작은어머니 댁에
모녀는 겨우 닿았다.
이 두 손님을 맞아 대문을 열어 준 것은
안경을 쓰고 누더기 카프탄을 걸친
흰머리의 칼뮈크인으로서
손에 양말을 들고 있었다.*
객실 소파에 누워 있던 공작 부인의
큰 목소리가 모녀를 반긴다.
두 늙은 마님은 울먹이면서
부둥켜안고 감격하여 부르짖었다.

41

"아이고, 이게 누구야, 모낭쥬!"*
"파셰트!"* "알리나!"*
"정말로 뜻밖이야! ─ 참 오랜만이구려!
오래 있게 돼?" "참 반가워!" "자! 앉아요! 웬일이야!

그야말로 무슨 소설에 있는 이야기 같군……."
"얘가 딸 타치아나죠."
"아! 타냐! 자! 내 곁으로 오렴.
이게 꿈인지 생시인지…….
참 그랜디슨* 사촌을 알 텐데?"
"그랜디슨? 아! 그랜디슨 말이죠!
알아요 생각나는군요. 그래 그분은 지금 어디에 계시죠?"
"모스크바의 시메온* 가 근처지.
크리스마스 전날엔 글쎄 날 병문안을 다 오고.
바로 요전에 며느리를 보았다든가."

42

저 양반은 말요…… 이따가
이따가 자세히 이야길 할게. 좋겠죠? 옳아!
내일은 온 친척들에게 타냐를 보여 줄 테니.
서럽게도 마차를 타고
여기저기 나돌아다닐 수가 없어서 말야.
이놈의 몸이 겨우겨우 발을 끌고 걷고 있다니 글쎄,
그건 그렇고 먼 여행길 고생스러웠지.
같이 저기 가서 쉽시다.
어이 기운이 없어…… 어디 아픈 데 없는데……
지금은 슬픔뿐 아니라 기쁨조차 괴로워…… 그런데

난 이제 아무 소용에도 닿지 못해……
늙고 보니 살고 있는 게 귀찮다고…….”
이 말을 하고 나더니 눈물을 글썽이고
기침을 마구 했다.

43

앓는 이의 총애와 기쁨은
타치아나를 감동시켰다.
하지만 자기의 거실에서만 따로 살아 온 그녀에게
새 집 살림은 어쩐지 거북했다.
비단 커튼이 쳐져 있는 새 침대에서는
아무리 해도 잠이 안 온다.
어느덧 새벽을 알리는 교회의 새벽 종소리가
그녀로 하여금 침대에서 일어나게 하였다.
타치아나는 창가에 와 앉는다.
어둠은 물러가고 있지만
눈에 띄는 것은
그리운 들판이 아니라
낯선 뜰과 마구간과
뒤뜰과 울타리가 눈앞에 있을 뿐.

44

이윽고 타치아나는 친척 댁의 만찬회에
오늘도 내일도 초대받았다.
멍하고 나른한 모습으로
할머님 할아버님들께 초대면 인사.
멀리서 온 이 친척 아가씨를
가는 곳마다 정성어린 환경과 환호로
식사 대접하듯 환대를 했다.
"타냐, 퍽 컸구나! 세례 때
가 본 것이 엊그제 같은데!"
"꽤 안아 주고 얼러 주고 했는데."
"안아 주면 귀를 잡아당겼지."
"꿀 든 과자만 골라 먹더니!"
할머니들이 나중엔 함께
"세월은 참 빨라!"

45

그렇다고 하지만 이 할머니들은 아무 변화가 없다.
무엇이나 옛날 그대로.
공작의 영양 엘레나 작은 아줌마는
지금도 튤 두건을 쓰고 있고

루케리아 리보브나는 지금까지도 분을 바르고
류보피 페트로브나는 지금까지도 거짓말쟁이.
이반 페트로비치는 지금도 바보.
세미욘 페트로비치는 지금도 천박하고 인색.
노회한 사촌 펠라게야 니콜라브나 친구는
여전히 무슈 피누무슈.
그 개는 역시 그 스피츠, 주인도 역시 그 분.
주인 양반은 여전히 클럽*의 단골.
여전히 귀가 멀고 순해 빠져
마시고 먹기는 두 사람 몫.

46

친척의 따님들은 차례차례로 타치아나를 안았다.
모스크바의 젊은 여신들은 처음에는
말도 않고 타치아나를
머리끝에서 발끝까지 뚫어지게 보았다.
어딘지 모르게 이상한 느낌이 드는
시골뜨기 잘난 체하는 아가씨.
얼굴도 이상하게 푸르고 말라깽이인데
꽤 이쁜 편이라 돌아보았다.
그러는 동안 타고난 성질이 좋아 단짝이 되고
자기들 방에 데려가

입맞춤을 하든지
두 손을 마주 잡든지
머리 풀어 현대식으로 느슨히 땋아 주든지
노래라도 부르듯 마음속 비밀, 처녀의 비밀이랑

47

자기와 남들의 사랑의 승리와
희망, 장난, 몽상을 밤중에 털어놓았다.
가벼운 비방이, 꼬리를 문 악의 없는 고백담이
한바탕 지난 뒤,
그 수다의 갚음으로 이번엔
그녀의 거짓 없는 고백을
어리광을 부리며 조르기도 했다.
그렇지만 타치아나는 꿈꾸듯
사람 이야기나 멍청히 듣고 있을 뿐.
도무지 무슨 소린 줄 모르겠고
그러면서도 자기 가슴에 숨긴 일은
행복과 눈물로 고이 감춘 구슬은
시치미 딱 떼고 지켜나가려고
아무에게도 그것을 털어놓지 않았다.

48

타치아나는 남들의 이야기를
정성들여 들으려고 생각했는데
객실에서 모두가 귀를 기울이는 것은
끝없는 속악한 이야기뿐
이도저도 쓸쓸하고 냉정하고
중상(中傷)조차도 재미없었다.
나중엔 점점 맛도 없는 이야기
질문, 뒷공론, 뉴스 따위
설사 24시간을 계속한들 그 흔한 사상 이야기
불성실한 지성은 미소조차 않고
어쩌다 한번도 비치지를 않는다.
장난으로도 가슴이 뛰는 일도 없다.
공허한 사교계, 그 내용에는
다만 어리석고 우스꽝스런 것뿐.

49

문서과의 귀공자님*들은 한 모퉁이에 모여
없는 점잔을 빼면서 타치아나를 보고는
그녀를 이야깃거리삼아 뭐니뭐니
심술궂은 소문을 퍼뜨리고 있다.

다만 한 사람 슬픈 표정의 어릿광대가
그녀야말로 '이상의 여성'이라 생각하고
어깨를 문에 기대고 서서
그녀를 위하여 엘레지를 짓는 듯.
진력나는 작은어머니 댁을 찾아
타치아나를 만난 브야젬스키*는
언젠가 그녀 곁에 앉아
요령 좋게 사기를 돋우어 주었다.
그 곁에서 우연히 그녀에게 눈독을 들인 어느 노인은
에헴 하고 가발을 만지더니 그녀에게 이것저것 물어댔다.

50

그러나 광란의 멜포메네*가 긴 소리로 절규하면서
냉담한 관객을 앞에 앉히고
금실은실 망토를 흔들고 있는 곳
또는 타리아*가 상냥하게 고개 숙이고 인사해도
예의상의 박수소리도 들리지 않는 곳
냉정하게 졸고 있는 곳
이번엔 또 단 혼자 테르프시코레가
젊은 관객의 눈을 휘둥그렇게 뜨게 하는 곳
(이것은 일찍이 독자 여러분의 시대와
나의 시대도 마찬가지였지만)

그런 데서는 앞자리나 좌석에서
귀부인들의 질투어린 안경도
신식 한량들의 오페라 글라스도
그녀에게 향해지는 일은 없었다.

51

귀족회*에도 끌려갔다.
거기서는 혼잡, 흥분, 열기,
울리는 기악, 성악, 촛불의 밝음 그리고
바람 스치듯 원무의 쌍쌍
가볍고 사뿐한 미녀들의 옷차림,
별사람들이 다 지나가는 발코니
반원형으로 늘어앉은 결혼 적령기의 아가씨들
이 모든 것이 별안간 타치아나를 쥐고 흔들었다.
여기서는 오만할 자격이 있는 멋쟁이들이
뻔뻔스러움과 다변과 조끼와
금테안경을 자랑삼는다.
휴가를 얻은 경비병들도 허둥지둥 달려와서는
공연히 소리를 질러 남을 놀래게 하고
애가 타도록 괴롭혀 놓고는 도망가 버린다.

52

밤에는 반대로 또 어여쁜 별들이 뜬다.
모스크바 거리의 수많은 미인들.
그러나 하늘에 있는 그 어느 친구보다도
빛나는 것은 푸른 하늘을 건너는 저 달.
내가 감히 내 하프로써
괴롭히고 싶지 않은 그 여자는
그 우아한 달같이 단 한 사람,
부인들과 처녀 가운데 빛나고 있었다.
얼마나 천상적(天上的)인 자랑을 안고
땅에 발을 딛고 있을 것인가!
얼마만한 일락이 가슴에 넘쳐 있을 것인가!
저 훌륭한 시선의 나른함이여!
그러나 이젠 그만 어지간히 해 두자.
광란에 대한 공물은 이미 다 바쳤을 터.

53

지껄이고 웃고 인사하고 뛰놀고
갤럽, 왈츠 또는 마주르카…….
이것들을 도외시하고 원기둥 뒤 두 아주머니 사이에 끼어
아무에게도 눈에 띄지 않게 은밀하게

타치아나는 사방을 둘러보았으나
아무것도 눈에 들지 않고
사교계의 무가치한 소란이 오직 미울 뿐.
그녀는 여기가 숨이 막혔다……
숲과 들판의 생활로
가난한 농촌사람들과 오두막집으로
맑은 내가 흐르는 조용한 저 고향으로
꽃이 핀 뜰로, 그녀의 소설로, 그분이 흔히 모습을 보였던
보리수 가로수길의 컴컴한 곳으로
그녀는 꿈 속에서 달리고 있었다.

54

이리하여 생각은 점점 먼 곳을 방황한다.
사교계도 듣기 싫은 무도회도 그녀는 잊었다.
그러나 그 시간에도 늠름한 어느 장군 한 분이
그녀로부터 시선을 떼지 않는다.
두 아주머니는 눈짓을 하여
팔꿈치로 동시에 타냐를 찌르고
제각기 이렇게 속삭였다.
"빨리 왼쪽을 보라고."
"왼쪽이요? 어디? 뭐가 있어요?"
"글쎄, 뭐든 보기만 하래도……

저 사람 말이야. 보이지 않아?

저 앞쪽 군복을 입은 두 사람이 있는 곳.

자! 떨어졌지…… 아니 옆으로 섰잖아……."

"누구 말씀이에요? 저 뚱뚱한 장군?"

55

그런데 여기서 사랑하는 나의

타치아나의 승리를 축하한 뒤에

이야기의 방향을 바꾸기로 하자.

내가 누구를 노래하고 있는지를 잊지 않게 하기 위해서…….

마침 됐어! 이 문제에 관해 여기서 한 마디 말해 둬야겠어.

"나는 노래한다, 젊디젊은

내 친구와 그 여러 가지 변덕을.

오! 서사시의 뮤즈여! 원컨대

나의 긴 노작에 축복을 내리소서.

믿음직한 지팡이를 나에게 쥐어 주시어

여기저기로 방황하지 않게 해 주소서."

이로써 충분하리라. 겨우 어깨에서 무거운 짐이 내려졌다.

이로써 겨우 고전주의에 대한 의리를 다했다.

어쨌든 늦게나마 서문도 마련된 셈이니까.*

제8장

Fare thee well, and if for ever

Still for ever, fare thee well,

Byron[*]

1

일찍이 내가 리체[*]의 뜰에서
한가하게도 꽃으로 피어
아플레이우스[*]를 애독하고
키케로[*]는 읽지 않고 있을 때
아, 저지의 신비한 계곡
조용히 빛나는 물가에서
백조가 우는 봄날에

처음 뮤즈가 나에게 나타났다*.
그리고 학생의 다락방을 홀연히 빛내는
뮤즈는 다락방의 문을 열고 들어와
거기서 젊디젊은 공상의 잔치를 벌이고
나이 어린 자들의 즐거움이랑
우리 나라의 먼 옛날의 영광과
떨리는 가슴의 꿈을 노래하였다.

2

사람들은 미소로 그녀를 맞이하고
첫 성공은 나를 고무했다.
늙은 델자빈*은 나를 알아보고
임종 직전에 나를 축복했다.
....
....
....
....
....
....
....
....

3

열정의 변덕만을
내 행동 원칙으로 삼으며
또 모든 사람들과 생각을 나누면서
헛되이 내 좋아하는 뮤즈는
야경꾼의 귀를 놀라게 한다.
떠들썩한 잔치나
이론이 백출하는 토론의 자리에 꾀었다.
그러자 뮤즈는 광란의 연회석에 선물을 가지고 와서
바커스의 무당 부럽지 않게 지껄이면서
술잔을 들고 손님들을 위해 노래했다.
그 즈음의 젊은이들은 무턱대고
그녀의 궁둥이를 따라다니고
나는 친구 중에서도 이 경박한
여자 친구를 자랑삼고 있었다.

4

내가 굳게 약속한 친구들을 떠나
멀리 도망갔을 때*…… 뮤즈는 나를 따랐다.
상냥한 뮤즈는 얼마나 자주
말없는 내 나그네길을 격려해 주고

감추어진 이야기의 마력으로써 나를 위로해 주었던고!
코카서스*의 바위에서 바위로
레노레*처럼 달빛에 비치면서
얼마나 자주 나와 더불어 말을 달렸던가!
타우리스*의 해안을 따라
밤안개 속을, 밀물 소리를,
네레이스*의 끊이지 않는 속삭임을
깊고 영원한 구원의 물결의 합창을
만물의 아버지에게 바치는 찬가를 듣고자
얼마나 자주 나를 데리고 걸었던가!

5

이리하여 도시의 망각도,
그 휘황한 향연도, 성가신 일들도 잊고
가엾게도 몰다비아* 벽지의 저 끝에서
그녀는 보잘것없는 천막에 사는
유랑민* 부족을 방문하였다. 한편
참혹하게 사는 그들 사이에 끼어 시골뜨기가 되어
가난하고 이상한 말이랑
사랑하는 광야의 노래*를 위해
신들의 말투를 잊고 말았다……
그러자 별안간 주위 모습이 홱 달라져

그녀는 이제 슬픔을 가득히 안고
프랑스 문고본을 손에 쥐고,
시골서 자란 아가씨로서
나의 뜰*에 홀연히 나타났도다.

6

그리고 지금 나는 비로소 뮤즈를
상류 사회의 야회로 데리고 가서
야성적인 그녀의 매력을
질투 섞인 불안과 더불어 응시한다.
명문 귀족과 멋부리는 사관과
외교관과 품위 높은 부인들이
여봐란 듯이 줄지은 사이를
그녀는 사뿐사뿐 지나가
소리도 없이 자리를 잡고 소란스런 혼잡과
의상과 오가는 말들과
나이 젊은 여주인 앞에 정숙하게
인사하러 나오는 손님들이랑
그림을 둘러싼 검은 사진틀처럼
신기한 듯 눈여겨본다.

7

과두 정치체제 같은 냄새를 풍기는 환담의 그 훌륭한 질서
조용한 자랑의 그 냉정함
여러 가지 벼슬과 나이의 이 혼합이 그녀는 좋았다.
그러나 이러한 엘리트들 사이에서
말도 않고 무표정하게 앉아만 있는
저 양반은 도대체 누구일까?
누구와도 연고가 없는 듯한데.
그의 앞을 홍이 깨진 요괴들의 행렬 모양
얼굴들이 슬쩍 지나간다.
저 얼굴에 드러나는 고뇌는
스플린*인가 상처를 입고 괴로워하는 자부심인가?
어떻게 여기 왔을까?
정말 저 사나이?…… 맞았어, 역시 그 사나이다.
이곳엔 언제 흘러들어온 것일까?

8

　지금도 옛날과 같을까? 지금은 더 이상 의기양양해하지 않
을까?
　그렇지 않으면 아직도 무슨 이인(異人)인 체하고 있는 것인가?
　어떻게 돼서 돌아왔을까? 무슨 역할을 할까?

우선 무슨 연극을 할 작정일까?

이번엔 또 무슨 위장을 할지 모르겠군.

멜모트*, 차일드 해럴드?

애국자, 세계주의자?

고집쟁이 또는 무뢰한? 그렇지 않으면

전혀 다른 가면을 써 보일까? 그렇지 않으면

바람직하지 않지만, 너나 나 같은 세상 사람과 비슷해졌을

까?

어떻든 나의 충고를 하고 싶어.

썩어빠진 유행과는 손을 끊을 것.

세상 사람을 홀리는 짓은 이제 그만……

"그를 알고 있는가?" "그렇다고도 그렇지 않다고도 말할

수 있어."

9

그러면 도대체 왜 자네는

저 사나이를 그렇게 나쁘게 말하는가?

주제넘게 우리 생각에 대해

비판하려 하기 때문인가?

불과 같은 영혼들의 얼뜸이 독선적인 속인들을

혹은 상처를 주고 혹은 웃기기 위해선가?

자유 천지를 사랑하는 지성이 남을 압박하기 때문인가?

우리들이 공리공론을 너무 자주
실속 있는 일로 생각하기 때문인가?
어리석은 자는 경박하고 심술궂게 마련이기 때문인가?
진지한 사람은 사소한 일 가운데서도
진지한 가치를 찾기 때문인가?
범용만이 우리에게 이해되고
이상하다고 생각하지 않기 때문인가?

10

청춘 시절에 청년다웠던 자는 행복하다.
자신의 시대와 더불어 성숙한 사람
나이와 더불어 한 걸음 한 걸음
인생의 차가움을 견디어 낸 자는 행복하다.
기묘한 꿈에 홀리지 않고 지낸 사람
상류 사회의 속물들과 거리낌 없이
지낼 수 있었던 사람
스무 살 때 멋쟁이고 사내답다고 일컬어지고
서른에 유리한 결혼에 들어선 사람
쉰 살에 공사의 의무에서 해방되고
이름과 돈과 지위를 차례차례로
시치미를 떼고 차지하여
줄곧 세상에서 훌륭하다고

우러르는 사람은 행복하다.

11

우리의 청춘이 우리가 만든 것이고,
함부로 낭비하여 소진해도 되는 것이라는 생각은 슬프다.
자기가 늘 청춘에 등을 보이고 살아 왔다고
또 청춘에 속임을 당했다고
또 우리들의 덧없는 희망
우리들의 신선한 꿈들이
비가 잦은 늦가을의 나뭇잎처럼 차례차례
떨어졌다고 생각하는 것은 퍽 슬픈 일이다.
자기 앞에 오찬의 긴 행렬만이
줄지은 모습을 보게 되든지
인생 만사를 한 의식으로 보고
예의 바른 군중의 뒤를 따라
세상의 평범한 견해도 정열도 나눔이 없이
걸어가는 것은 못 견딜 노릇이다.

12

떠들썩한 소문의 표적이 되어

철난 사람들 사이에서
겉 꾸미는 별난 사람이라든가
걱정도 팔자인 미친놈이라든가
사탄을 자처하는 요물이라든가
나아가서는 내 꿈속의 데몬*이라든가 하고
소문이 나면 견딜 수 없어(독자들도 동의하시리라).
예브게니는(다시 그에게로 붓을 옮기자)
결투로 친구를 죽인 뒤로는
목적도 마음을 괴롭히지 않고
스물여섯 살까지 살아 왔지만
의무도 아내도 일도 없어
한가한 나날을 힘겨워하며
무엇 하나 한 일 없이 세월을 보냈다.

13

그는 어떤 불안감 때문에
늘 있는 자리를 바꾸는 습관이 들었다.
(까다로운 성질로서 이 십자가를
스스로 지는 사람은 드물다.)
내일 또 내일도 피투성이 유령이
들과 숲속 공터에서 그에게 나오는
쓸쓸한 숲이나 밭을

그의 촌락을 버리고 멀리 떠나
하나의 오로지 하나의 감정에만 몸을 맡기고
정처 없는 나그네길을 그는 떠났다.
그러나 곧 세상만사가 그렇듯
여행도 싫증이 나 되돌아와서는
마치 저 챠스키처럼 배에서 곧장
무도회*로 뛰어들었다.

14

그러나 별안간 군중이 술렁이기 시작하고
속삭임은 홀을 메웠다.
이 집 여주인에게 어느 귀부인이 다가간다.
당당한 장군이 뒤를 따른다.
그녀는 서두르지도 않고
냉담하지도 않고, 수다스럽지도 않고
일동에게 주저하는 빛도 보이지 않고
주목을 끌려는 야심도 없이
어떤 교태도 보이지 않고
어떤 기교를 부림도 없이……
모든 것이 늠름하고 단순하고
그야말로 시슈코프*의
화신으로 보였다…… (시슈코프여 용서하라.

le comme il faut*를 무엇이라 번역해야 좋을지 나는 잘 모르
겠다.)

15

부인들은 그녀 곁으로 다가간다.
늙은 부인들은 방긋이 웃는다.
신사들은 그녀의 시선을 잡으려고
조심스레 허리를 깊이 굽히며 인사한다.
홀을 지나가는 처녀들도 그녀의 앞을 지날 때는
발소리를 죽인다. 그녀와
같이 모습을 나타낸 장군의
두 어깨와 얼굴만이 우뚝 솟아 보인다.
누구 하나 그녀를 미인이라고 부르는 자는 없겠지만
그러나 머리에서 발끝까지 자세히 뜯어보아도
누구 하나 그녀에게서 런던의 귀족 사회가
천박한 의무로서 전제적인 유행 삼아
벌거*라고 흔히 부르는 것을
무엇 하나 찾아 낼 수가 없었다. (번역이 곤란하군.)

16

나는 매우 좋아하는데도 불구하고
이 벌거란 말을 번역할 수가 없다.
현재의 러시아에서는 이것이 신어(新語)이며
이 후에도 명예스런 대우를 받을 것 같지는 않다.
풍자시라면 소용이 닿겠지만…….
다시 우리 귀부인 이야기로 돌아가자.
대범하고 침착한 것이
매력인 이 귀부인은
네바 강의 클레오파트라로 알려진
요염한 니나 보론스카야*와 나란히
테이블에 앉아 있었다.
여러분도 아마 동의하실 것이지만
대리석을 연상케 하는 눈부신 니나의 미모도
곁에 앉은 부인의 빛을 빼앗지는 못했다.

17

'설마 그럴 리가' 하고 예브게니는 생각한다.
'정말 그 여자일까? 그러나 확실히…… 아냐……
설마! 넓디넓은 들판 저 쓸쓸한 시골에서…….'
잊은 지 오래인 모습을

어렴풋이 회상하게 하는 부인 쪽으로

끈덕지게 귀걸이 안경을

쉴 사이 없이 향하는 것이었다.

"그런데 공작! 그녀가 누군지 모르겠어,

스페인 대사와 이야기하고 있는 저 빨간 베레모를 쓴 부인을?"

공작은 예브게니를 가만히 쳐다보고

"그렇군! 사교계에서 자네도 오랫동안 자리를 비웠었지.

기다리게나 내가 소개해 줄 테니."

"글쎄 누군가 말이야, 저분은?"

"내 아내야."

18

"뭐 결혼을 했어! 난 전혀 몰랐지.

오래됐어?" "2년쯤."

"상대는?" "라리나야."

"타치아나!"

"알고 있었나?"

"이웃에서 살았지." "아! 그렇던가. 그럼 가세."

공작은 아내에게 다가서서

친척이기도 한 이 친구를 인사시킨다.

공작 부인은 그를 보았다……

얼마나 가슴이 뛰었겠냐만
놀라움과 감동이 얼마나 컸겠냐만
조금도 그것을 나타내지 않고
이전과 변함없는 범절을 지키며
인사하는 모습도 전과 같이 조용했다.

19

그렇다! 몸을 떤다든가, 새파래진다든가, 빨개진다든가
그런 변화를 보이지 않을 뿐 아니라
눈썹 하나 까딱 하지 않고
입술을 깨물지도 않았다.
아무리 눈여겨 살펴보아도
예브게니는 이전의 타치아나의 모습은
찾을 길이 없었다.
무언가 이야기 실마리를 찾으려 해도 할 수가 없었다.
그녀는 물었다. 여기에 전부터 있었는가?
어디서 왔는가? 혹시
옛날 둘이 있던 데서 온 것은 아닌가?
이윽고 남편에게 지친 듯한 시선을 돌리더니
슬며시 어디론가 사라져 버렸다.
그는 굳은 듯이 그 자리에 남아 있었다.

20

그녀가 그 타치아나라니!
그 옛날 이 소설의 처음에서
인적이 드문 먼 시골에서
기특하게도 교훈 열에 끌렸던 그가
유창한 설교를 들려 주어
간곡히 타일렀던 그녀, 타치아나라니!
지금도 그가 간직하고 있는 편지로
마음의 소리를 있는 그대로
남김없이 써 보냈던 그 처녀…….
그런데 이게 꿈이 아닌가?
삼가야 할 처지일 때는
자기가 마음에 두지 않았던 그 아가씨,
그녀가 지금 자기에게 저렇게도
무뚝뚝하게, 냉정하게 대접하다니?

21

혼잡한 야회에서 발길을 돌려
여러 가지 생각에 잠겨 그는 집으로 돌아왔다.
한밤중의 잠은 때로는 슬픈
때로는 즐거운 공상으로 설치고 말았다.

눈을 떴다. 편지가 왔다.

N공작의 정중한 야회 초대장이다.

"고마워라! 그녀의 집이다!

가야지, 물론 가야지!"

그는 서둘러 정중한 답장을 썼다.

도대체 어쩌자는 건가? 어떤 기묘한 꿈을 꾸고 있는 것인가?

그의 차고 게으른 마음속에서

대체 무엇이 꿈틀거리기 시작한 것일까?

허영심인가? 초조해선가?

그렇지 않으면 청춘의 고뇌 ── 사랑인가?

22

예브게니는 또다시 시간을 센다. 벨이 울린다.

역시 해지는 것을 기다린다.

이윽고 열 시를 알리는 벨이 울리자 그의 마차는 떠난다.

마차는 새가 날듯이 달린다.

현관에 가 닿았다.

가슴을 설레면서 공작 부인의 방으로 들어간다.

타치아나는 혼자 방에 있다.

둘은 잠깐 같이 앉아 있다.

예브게니의 입에서는 한 마디 말도 나오지 않는다.

어색한 표정으로 겨우

그녀의 물음에 대답할 뿐.
떳떳치 못한 생각만 들고
눈은 완고하게 앞을 바라본다.
그녀는 여유 만만하게 쉬고 있다.

23

남편이 들어온다. 그리고
이 불쾌한 데타테트*를 깨뜨린다.
예브게니와 어울려 지난날의 나쁜 장난
좋은 장난의 추억담을 즐긴다.
둘은 웃는다. 손님들이 들어온다.
이윽고 양념을 곁들인
상류 사회의 독설로 활기를 띤다.
요령 부득의 싼 입놀림이나 바보 같은 자기 자랑이
여주인 앞에 쏟아져 나온다.
그런가 했더니 이번엔 점잖지 못한 화제도
영원한 진리도, 현학적인 과시도 포함되지 않은
총명한 토론이 때로는 이것을 막는다.
더욱이 그 발랄한 자유스러움은
누구의 귀에도 거슬리지 않는다.

24

그렇지만 여기에는 모스크바의
꽃의 명문 귀족, 유행의 귀감
어느 자리에서나 마주치는 얼굴과
없어서는 안 될 바보도 있었다.
또 거기엔 모자를 쓰고 화사하게
장미꽃으로 꾸민 심술쟁이 노부인도 있었다.
또 거기엔 꾸어다 놓은
보릿자루 같은 두세 명의 귀족 따님도 있었다.
또 거기엔 국사를 논하는
공사도 있었다.
또 거기엔 흰머리에서 향수를 풍기며
한 세대 묵은 재담을 늘어놓는 노인도 있었다.
그 재담은 예리하고 재치 있으나
젊은이들에게는 약간 우스꽝스러웠다.

25

거기엔 몹시도 경구를 좋아하는,
모든 일에 화를 잘 내는 노신사가 있었다.
나온 차가 너무 달다느니
숙녀들의 평범한 일, 신사들의 말투

뜻을 알 수 없는 피상적인 소설
나아가서는 두 자매에게 하사하셨다는 벤젤리*도
잡지의 거짓말도 전쟁도 내리는 눈도 자기의 아내도
이 모두가 그에게는 화를 돋우는 것이었다.
....
....
....
....
....
....

26

또 여기엔 점잖지 않기로 유명한
프롤라소프*도 와 있었다.
생 프리*여, 앨범마다
너에게 연필을 닳게 한 그 사나이.
출입구에는 또 다른 무도회의 독재자
이 양반은 의상 잡지의 삽화처럼 서 있었는데
성지 주일의 천사*같이 붉은 볼에
탱탱한 옷을 입고 입을 다물고 있었다.
여행 중에 잠깐 들른 뽐내는
강심장의 사나이도 와 있었는데

죽어라 점잔을 빼는 그의 모습은
손님들의 웃음거리가 되고
모두들 주고받는 눈치와 눈치는
그에 대한 일동의 판결이었다.

27

그러나 우리 예브게니는 그날 밤
줄곧 타치아나만을 생각했다.
사랑에 마음을 빼앗긴 순진하고, 가엾고, 낙담한
그가 아는 아가씨가 아니라
냉담한 공작 부인,
장려하고 지고한 네바 강의
다가가기 어려운 여신이었다.
오! 인간의 후손들이여! 당신들은 모두
인류의 조상인 이브를 닮았다.
주어진 것은 당신들의 마음을 끌지 않는다.
자꾸만 뱀이 당신들을 부른다.
자기에게로 신비의 나무에게로.
금단의 열매야말로 당신들의 소원
그것 없이는 에덴의 동산도 동산이 아니라니.

28

타치아나의 변신은 놀라웠다!
자신의 새로운 역할을 얼마나 알뜰히 익혔는지!
저 사람을 압도하는 위엄 있는 태도를
얼마나 재빠르게 몸에 익혔는지!
누가 그 품위 있고 안온한
야회 홀의 여왕에게서 저 귀여웠던
조그만 여인의 모습을 감히 떠올릴 수 있으랴!
일찍이 그도 그녀의 마음을 설레게 했는데!
일찍이 그녀도 그를 사모하여
모르페우스*가 찾아들기 전의 어둠에 휩싸이면서
수심에 잠기게 되었는데
언젠가는 평안한 삶의 행로를
저이와 함께하려고 꿈꾸면서
울적한 달에게 보냈었는데!

29

사랑은 나이를 이길 수 있지만
아직 젊고 깨끗한 마음에는
폭풍우가 닥칠 때 봄의 들판처럼
그 충동과 분노로부터 축복을 보인다.

정열의 비를 맞으면 젊은 마음은 생생히 되살아나고
여문다. 새로운 표현으로 말한다면
왕성한 삶의 힘이
아름다운 꽃을 피우고 달콤한 열매를 맺게 한다.
그러나 때늦은 메마른 나이
우리들 생애의 전기에 있어서
죽어 버린 정열의 흔적은 슬픔뿐이다.
그것은 마치 으스스한 가을 비바람이
초원을 늪으로 바꾸고
가까운 수풀의 옷을 벗기는 것과 같다.

30

이제 의심할 여지는 없다.
가엾어라! 예브게니는 타치아나에게
어린애 같은 사랑을 했던 것이다.
연모의 정으로 괴로워하면서 흘려 보낸 나날.
이지의 준엄한 비난에는 귀도 기울이지 않고
오늘도 내일도 그저
그녀의 집 현관 유리문 앞에 마차를 댄다.
그림자처럼 그녀의 뒤를 쫓는다.
그녀의 어깨에 부드럽고 따뜻한 목도리도 주고
뜨거운 정으로 손을 잡기도 하고

앞길을 가로막는 각색의 제복 입은
시종을 물리쳐 길을 터 주고
손수건을 집어 주고……
그러한 동작이 그를 참으로 행복하게 해 주었다.

31

아무리 그가 죽을 듯이 발버둥쳐도
그녀는 눈도 깜짝 않는다.
집에선 자유로이 만나고
손님들 앞에선 두세 마디 건넨다.
때로는 머리를 까딱 하고 맞을 뿐
어느 때는 아는 체도 않는다.
아양 따윈 털끝만큼도 없다.
그런 처신은 상류 사회의 금물이다.
예브게니는 얼굴이 창백해진다.
그녀는 그것을 보지 않거나 또는 가엾다고 생각지 않는다.
예브게니는 수척해져 스스로도
폐병이 아닌가 할 정도였다.
누구나 그에게 진찰을 받으라고 권하고
의사들은 이구동성으로 온천에 가라고 권한다.

32

그렇지만 그는 가지 않는다. 그럴 바엔 차라리
지하의 선조를 쉬 뵙겠다는 편지라도 내고 싶은 심정.
하지만 타치아나는 아는 체도
않는다(여자란 그런 것이다).
그래도 그는 완고하게 물러가지 않겠다고
여전히 희망을 걸고 버티어 나간다.
병약한 몸으로 건강한 사람보다 더 대담하게
공작 부인에게 그 힘도 없는 손으로
열렬한 편지를 써서 보낸다.
지당한 말씀이나 그는 편지에
원래부터 그다지 의미를 두지 않았다.
그러나 연모의 고민은 이미
견딜 수 없는 지경까지 이른 듯하다.
다음에 그 편지를 그대로 실어 본다.

타치아나에게 보낸 오네긴의 편지

무엇이든 저는 예감할 수가 있습니다.
슬픈 비밀의 이 고백은 당신 기분을 나쁘게 만들 겁니다.
자랑스런 당신의 눈동자는
괴롭고 모멸스러운 빛을 띨 것입니다.
나는 무엇을 희망하고 있는 걸까요?

무슨 목적으로 내 마음을 속속들이 당신 앞에 털어놓을까요!
얼마나 심술궂은 웃음거리가 될지 안다 해도
나는 선언하렵니다.

언젠가 나는 뜻밖에도 당신을 뵈어
당신의 가슴속에 있는 정다움의 불꽃을 또렷이 보았음에도
나는 감히 그것을 믿으려고 하지 않았습니다.
상쾌한 감동을 나는 억누르고 있었습니다.
자유를 구가하려는 내 자신의 편견,
내 자신의 취향 탓에 그리 했습니다.
그밖에 나와 당신 사이를 떼어 놓은 것은……
비극적 희생물이 되어 블라디미르가 죽은 일입니다……
자기 마음이 그립다고 생각하는 모든 것을
마음으로부터 나는 그때에 모두 베어 버렸습니다.
이 세상 아무에게도 인연이 없고 속박도 없는 그러한 나는
자유와 평화가 행복에 대신하는 것이려니 생각했습니다.
아! 그런데 이것은 무슨 잘못!
얼마나 벌을 받았을까요…….

그게 아니죠, 끊임없이 당신을 보고
어디를 가나 당신을 뒤쫓아가서
당신의 입에서 흐르는 미소나 눈의 움직임을
사랑의 눈으로 보고 느끼며,
당신의 말소리를 싫증 안 나게 귀담아듣고

완벽한 당신의 미를 남김없이 이해하려고 노력하고
당신 앞에서 쓰러져, 피폐해지고
소리 없이 사라진다…… 이것이야말로 행복이죠!

그런데 나는 그것을 부정합니다.
오로지 당신을 위해 어디를 가나
그냥 우물쭈물하면서 따라만 갔을 뿐
완벽한 당신을 파악하지 못했습니다.
나에게는 하루도 소중합니다.
단 한 시간조차 중요한 시간입니다.
더욱이 나는 운명이 나를 위하여 짜 놓은 나날들을
공연한 괴로움으로 낭비하고 있습니다.
그 나날이 이제 괴로워서 못 견딜 지경입니다.
나는 이제 얼마 남지 않은 나의 여명을 잘 알고 있습니다.
이 목숨을 조금이라도 끌어 나가려면
잠이 깨면 오늘도 당신을
만날 수 있을까 하는 확신이 필요합니다…….

이 조심스런 소원 속에도 당신의 엄숙한 시선은
경멸할 만한 나의 음모가 있다고
보시지 않을 것인지 걱정됩니다 ──
그리고 보니 노기를 띤 꾸지람이 내 귀에 들리는 것 같습니다.
아! 적어도 당신이 이 심정을 알아만 주신다면
얄궂은 이 사랑의 갈증에 몸을 태우며 ── 들끓는 피

이것을 이성으로 억누르는 것이 얼마나 무서운가를.
당신의 무릎을 껴안고 발 아래 엎드려 울며
애원, 고백, 원망, 무릇 표현할 수 있는
모든 것을 고백하려 하면서도
더욱이 말투도 눈치도 짐짓 냉정한 듯 가장하면서
시치미를 딱 떼고 대화를 나누며 자못 즐거운 듯한 눈으로
당신을 쳐다본다는 것이 얼마나 두려운 일인가를……

그렇지만 이것은 불가능합니다.
나 자신을 거역할 기력은 이제 나에게는 없습니다.
모든 것은 결정되었습니다.
나는 이제 당신 마음에 달려 있습니다.
그리고 내 운명에 몸을 맡기겠습니다.

33

답장은 오지 않는다. 그는 또다시 편지를 보낸다.
두 번째 편지에도 답장이 없다.
세 번째 편지에도 답장은 없다.
어느 모임에 출석했다.
들어가자마자 그녀가 나타났다.
그 얼굴의 엄숙함이란!
보지도 않고 말 한 마디 없다.

아니 그녀를 감싸고 있는 것은
십이야* 전후의 극한의 분위기이다!
심술궂은 그녀의 입술은 격한 분노를 누르려고 필사적이다!
예브게니는 날카로운 시선을 기울였으나
대체 어디에 동정의 빛이 있겠는가?
어디에 눈물 자국이 있겠는가? 절대로 없다!
그 얼굴엔 분노의 자취만 있을 따름…….

34

그리고 아마 거기엔 대단치 않은
탈선이나 언뜻 보인 약점이나……
우리 예브게니가 알고 있는 여러 가지 일을
남편이나 상류 사회의 사람들이 눈치채지 않을까 하는
그런 공포의 흔적도 있었겠지만…….
어쨌든 절망이다! 그는 그 자리를 떠났다.
자기 번뇌를 저주하면서 ── 그 번뇌에 깊이 잠식되어
그는 두 번째로 모스크바 사교계와 작별했다.
그리고는 조용한 서재에서 언뜻 머리에 떠오른 것은
시끄러운 저 사교계 한가운데서
저 잔학한 우울증에 쫓기고 쫓고
나중에 갈 데가 없어 우울증에 목덜미를 잡혀
방 한 구석 컴컴한 곳에 갇혔던

그 즈음의 추억이었다.

35

그는 손에 잡히는 대로 책을 읽기 시작했다.
기번*, 루소,
만조니*, 헬더*, 샹포르*
스탈 부인*, 비샤*, 티소*를 숙독하고,
토론 금지를 무시하고 때론 헤르더도,
회의주의자 벨*도 읽었다.
퐁트넬*의 책도 읽었다.
우리 나라 것도 몇 가지를 싫다 않고 읽어 보았다.
문집*도, 잡지도 읽었다.
우리에게 걸핏하면 교훈을 내리고
또 요새는 나를 한창 비난의 대상으로 삼는 잡지도.
일찍이 나는 바로 그 잡지에서 나에 대한
대단한 칭찬을 들은 일도 있지만*.
뭐, 언제나 태연하오*, 신사 여러분.

36

어찌 되었을까? 눈은 글자를 쫓고 있었지만

생각은 저 멀리를 헤매고 있었다.
갖가지 공상이나 소원이나 비애가
머리에 밀물처럼 치닫는다.
종이에 인쇄된 글자와는 다른 글줄을
그는 영안(靈眼)으로 읽고 있었다.
그러한 행간 읽기에만 몰두하고 있었다.
그것은 저 그리운 어슴푸레한
먼 옛날의 신비스런 설화.
아무 일에도 관계가 없는 꿈
또 꿈이나 갖가지 위협이나 교훈
아니면 기나긴 민화의
생생한 느낌의 쓸데없는 소리
그것도 아니면 젊은 처녀들에게서 오는 갖가지 편지.

37

이렇게 그는 차츰차츰 감정과
사상의 수면 속으로 빠져든다.
'상상(想像)'의 육안 앞에서
갖가지 파라온* 딱지를 배부한다.
어느 때는 녹기 시작한 눈의 이불 위에
야영하듯 꼼짝 않고 쓰러져 있는 청년을
흔들어 깨운다. 몸이 굳어 있다. 으스스하다.

"이젠 할 수 없군*……." 하는 소리가 들린다.
또 어느 때는 잊은 지 오래된 적이나
비방하는 자나 심술궂은 비겁자나
젊은 배반자의 여인 군상이나
멸시를 받아 마땅한 동무들의 모임이 보인다.
또 어느 때는 어느 지주의 집 ──
창가에는 그녀가 앉고…… 꿈이라면 으레 그녀가 나타난다.

38

이러한 경지에 자기도 모르게 빠지는 버릇이 생겨
그는 금방 발광을 할 듯
무슨 시인 따위가 될 듯도 했다.
(그랬다면 아마도 매우 재미있었을 것이다.)
아니 정말 그 당시 최면술의 힘을 빌려
어쩐지 머리가 둔한 내 제자 하나도
러시아 시의 메커니즘을 조금만 더 했더라면
터득하기로 되어 있었다.
방구석에 혼자 앉아 눈앞에서 벽난로가 활활 타고 있는데
그런 때 〈베네데타〉*라든가
〈아이돌 미오〉*를 중얼거리며
불 속에 때로는 슬리퍼 때로는 잡지를 떨어뜨리는 모습은
바로 시인 그대로다.

39

세월은 기다리지 않아도 간다. 데워진 대지에서는
벌써 겨울이 끝나려는 기색이 보인다.
그러나 그는 시인도 되지 못하고
열기도 식은 채 죽지도 않았다.
봄 기운이 깃들자 그는 소생한 느낌이 들었다.
모르모트 모양 그가 동면하고 있던
꽉 닫았던 방들이나 이중창이나
벽난로 따위를 모른 체하고 그는 오랜만에
바깥 공기를 심호흡하고 네바 강가로 썰매를 달렸다.
이리저리 금이 가 있는 얼음 위를
햇살이 비쳐 반짝이고 있었다.
길가에서는 파헤쳐진 눈이
구중중하게 녹아 내려간다.
그 위를 썰매를 몰아 예브게니는

40

대체 어디로 가려는 것인가?
여러분이 짐작하는 대로다.
반성하는 빛이 조금도 없는 우리의 별난 사람은
주책없이 또 타치아나 집으로 직행하고 있다.

그 안색은 썩어 송장 같지만, 의젓하게 찾아 들어갔다.

입구의 복도에는 개미새끼 한 마리도 없다.

거실로 들어간다. 또 더 들어간다. 아무도 없다.

문 하나를 불쑥 열었다.

이때 그를 몹시 놀라게 한 것은 무엇이었던가?

눈앞에 공작 부인 ── 타치아나가 혼자 있을 뿐이다.

실내복을 입고 안색이 새파래져 있다.

무언가 편지를 읽고 있다.

턱을 괴고 홀로

조용히 눈물을 줄줄 흘리고 있다.

41

아! 누가 잠깐 동안에

말없는 그녀의 괴로움을 알아차리지 못할 자가 있겠는가?

옛날의 타냐 가엾은 타냐가

누가 지금 공작 부인임을 인정하겠는가?

미칠 듯한 회한에 가슴이 막혀 예브게니는

털썩 그녀의 발 밑에 몸을 던졌다.

그녀는 움찔 몸을 떨었다.

말없이 예브게니를 지켜보고 있다.

노여운 빛도 놀란 표정도 없다…….

병자 같은 그의 광채를 잃은 눈

애원으로 가득 찬 그의 표정, 말없는 비난
그 모두를 그녀는 알아차렸다.
이제야 다시 지난 꿈을 추억하고
순진한 처녀가 그녀 자신의 마음속에서 되살아났다.

42

그녀는 그를 일으키려고 하지 않는다.
또렷이 내려다보며 강제로 끌어당겨 입맞춤을 당한
감각 없는 자기의 손을 잡아당기려고도 않는다.
이제 어떤 몽상에 젖어 있는 것인가?
오랜 침묵의 시간이 흘러갔다.
드디어 그녀는 낮은 목소리로
"자! 이젠 일어나세요.
제 기분을 당신에게 감추지 않고
모두 말씀드리고 싶어요.
오네긴님! 당신은 뜰의 줄나무 길에서
운명이 우리들을 어울리게 해서
제가 그러한 솔직한 타이르심을 끝까지 들었을 때
그때 일을 기억하시겠습니까?
오늘은 저의 차례가 왔습니다."

43

"오네긴님! 그 당시의 저는 더 젊었고
아마 지금보다는 이쁜 편이었을 겁니다.
저는 당신을 사랑하고 있었습니다.
그런데 참 기가 막혀요.
도대체 어떤 대답을 준비하셨는지요? 다만 냉혹뿐.
당신에게는 순진한 계집아이의 애정 따위는
전혀 새로운 것이 아니라는 것이었습니까?
지금도, 신이여, 당신을 생각하면
차디찬 그 눈동자, 엄숙한 설교,
지금 생각을 해도 피가 얼어붙는 걸요…….
그렇다고 저는 당신을 공격하지는 않습니다.
무서웠던 그때 당신은 고상하게 처신해 주셨습니다.
저에 대해서 취해 주신 태도는 인도에 벗어나지 않았습니다.
이제서야 진심으로 감사드립니다……."

44

"그때는 그렇지 않으셨는지? 세상의 쓸데없는
소문을 떠난 황야의 가운데 있던 탓으로
당신의 눈에 띄지 않던 저였습니다…….
그런 저를 왜 지금은 쫓아다니시는 겁니까?

왜 이제야 제가 당신의 눈에 띄었나요?
제가 이젠 상류 사회에 얼굴을 내놓아야 할 일
저에게는 돈도 높은 지위도 있는 일
전쟁에 나간 제 남편이 병신이 된 일
그 때문에 궁중의 은총을 받고 있는 일
그런 일이 있었기 때문이 아닙니까?
지금이라면 저의 불명예가
세상에 널리 알려져 이야깃거리가 된다면,
이런 일이 당신에게는 추문을 이용한
명예가 될는지도 모르기 때문이 아닙니까?"

45

"저는 울고 있습니다…… 당신의 타냐를
아직 잊지 않고 계신다면 아무쪼록 이해해 주세요.
그 힘만 저에게 있으면
저주스러운 정열이나
여기에 있는 편지나 눈물 따위보다는
오히려 당신의 신랄한 꾸지람이나
냉철하고 엄숙한 말씀을 저는 기꺼이 듣겠어요.
그때 당신은 저의 유치한 꿈을 적어도 가엾게 여겨 주셨습니다.
나이에 대한 고려만은 해 주셨습니다……

그런데 지금은! 무엇이 당신을
제 발 밑에 무릎을 꿇게 했겠습니까?
무슨 쓸데없는 짓을 하시는 겁니까!
당신만한 정감과 지성을 가지신 분이 보잘것없는
감정의 노예가 되어도 좋으신 겁니까?"

46

"오네긴님! 저에겐 이 화려함,
화가 날 만한 이 생활의 화려찬란
사교계의 회오리바람 속에서 남의 눈을 끄는 일
현대식 저택이나 야회 따위
저에게 그러한 것이 무슨 소용이 있겠습니까?
지금 당장이라도 저는 무도회의 이 따위 옷차림이나
눈부신 화려함이나 떠들썩함이나 독기 같은 것은
낡은 책과 황폐한 뜰, 우리들의 다소곳한 안식처
제가 처음 당신을 뵈온 그곳이나
저의 가엾은 유모가 이제는
십자가와 나무 그늘 아래에
고이 잠들고 있는 조촐한 무덤
만약에 그런 것들을 위해서라면
기꺼이 그 화려한 것들과 바꾸겠습니다."

47

"행복은 당신에게도 실현될 듯했는데
당신 가까이에도 행복이 문을 두드리고 있었는데……
하지만 저의 운명은 벌써 결정되어 버렸습니다.
어쩌면 제가 취한 태도는 경솔했는지도 모릅니다.
당신을 굳이 기다리라고 어머니는 눈물 흘리며 말렸습니다.
그러나 박복한 이 타냐에게 어떤 운명도 마찬가지였죠.
저는 결혼했습니다. 저의 뒤를 쫓는 것만은
제발 그쳐 주십시오. 소원입니다.
당신 가슴 속에는 자랑도 있고
순수한 체면이라는 것도 있음을 알고 있습니다.
저는 지금도 당신을 사랑하고 있습니다.
감춰도 소용없고 나타내도 이젠 소용이 없지만요.
어떻든 저는 당신 이외의 남자분과 결혼을 한 몸
그분에게 일생을 바칠 각오에 흔들림은 없을 것입니다."

48

그녀는 자리를 떠나 버렸다.
예브게니는 벼락이라도 맞은 듯 우두커니 서 있다.
만감교교(萬感交交) 회한의 폭풍우에
그는 쓰러질 듯했다.

별안간 마차 소리가 들리고
타치아나의 남편이 모습을 나타냈다.
여기서 나의 주인공 예브게니를
그를 위해선 매우 불리한 지금 이때에
독자 여러분 우리 내버려 두고 갑시다.
오래…… 아니 영구히.
그의 뒤를 따라 우리들은 꽤 오래
단 하나의 길만을 골라 세계를 헤맨 셈입니다.
지금은 서로 육지와 닿은 것만을 축복합시다.
만세! 벌써 와 있었던 것이다! 정말로.

49

독자여 당신이 누구이든 간에
친구이건 적이건 나는
당신과 정다운 친구로서 헤어지고 싶다.
그럼 안녕. 이제 헤어져야 할 때.
당신이 나를 따라오면서
이 오만한 말에서 찾아낸 게 무엇이든
가슴 설레는 추억이나 일을 한 뒤의 휴식이거나
살아 움직이는 듯한 묘사거나 신랄한 경구거나
더 나아가서는 문법상의 잘못이든지
어떻든 당신이 책 속에서 조금이라도

위안을 위해, 공상을 위해, 정조를 위해
또는 잡지의 가타부타 싸움을 위해 필요한 것을
찾아낼 수 있다면 다행이다.
자! 그러면 헤어지자, 안녕!

50

그리고 안녕, 나의 기묘한 동행자여,
그리고 너도, 거짓 없는 나의 이상이여,
그리고 너도, 보잘것없지만
생명력에 가득 찬 부단한 노고여.
너희들과 더불어 나는 시인으로서
선망의 표적이 되는 모든 것을 알 수 있었던
이 세상의 폭풍우 속에서 삶의 망각이나
허심탄회하게 이야기하는 벗들과의 담소 따위.
젊은 타치아나와 더불어 예브게니가 몽롱한 꿈에 나타나
제멋대로 이어지는 소설의
저 요술의 유리알을 거쳐
내가 아직 뚜렷이 분간을 못하고 있던
그 당시부터 얼마나
얼마나 많은 나날이 흘렀으랴.

51

그러나 만날 때마다 첫째의 연(聯)을
내가 읽어 들려 준 사람들.
그 옛날의 사디*의 말에도 있듯이
"어느 사람은 이미 없고
어느 사람은 저 멀리에 있다."
그들이 없는 곳에서 예브게니의 화상(畫像)은 완성되었다.
그러나 타치아나의 그리운 이상(理想)의 형태를 굳혀 준 여
인은······
아! 얼마나 많은 것을 '운명'은 빼앗아 갔더냐!
맛있는 술이 가득 부어진 술잔을
다 비우지도 못하고
인생의 제전을 일찌감치 떠나가 버린 자,
인생의 소설을 다 읽지도 않고
마치 내가 예브게니와 헤어진 것처럼
별안간에 그것과 헤어진 자는 진실로 행복한지고.

역주(譯註)

제1장

제명(題銘)

* 브야젬스키 공작─공작 표트르 브야젬스키(1792~1878)는 작가의 친구이며 시인이자 비평가였음. 이 제명은 이 공작의 〈첫눈〉이라는 제목의 장시(1822)에서 따온 것. 앞줄의 "혈기에 넘치는 젊은이는 이와 같이 하여 삶의 표면을 더듬어 간다."라는 구절에 이어진다.

1

* ……다시 보게 되었지─시골에서 살고 있는 독신의 숙부가 임종의 자리에서 그를 유산 상속인으로 지정한 것을 가리킴. 제1장 52조를 참조할 것.

2

* 루스란과 류드밀라─작자가 1820년에 발표한 풍자적 서사시 〈루스란과 류드밀라〉의 주인공들.
* 네바 강가의 도시─당시의 수도 페테르부르크를 가리킴.
* ……몸에는 독이었지─1820년 작가가 황제의 총애를 잃고 남러시아로 추방당한 사실을 가리킴.

3

* 아베─가톨릭의 수도원장. 자세히는 알려져 있지 않으나 예브게니의 이 가정교사는 19세기 초에 프랑스로부터 이주해 온 예수회원 중의 한 사람이었다고 생각된다.
* 여름 공원─페테르부르크의 네바 강변에 있는 공원 이름.

6

* 유에나리스―고대 로마의 풍자 시인.
* 발레―'안녕히!' 라는 라틴어.
* 〈아에네이스〉―고대 로마의 시인 베르길리우스(기원전 70~19)의 12권의 서사시.
* 로물루스―전설적인 로마의 건국자.

7

* 호메로스와 테오크리토스―호메로스는 〈일리아스〉, 〈오디세이아〉의 작자라 알려진 그리스 최고의 서사 시인(기원전 800년경). 테오크리토스는 역시 고대 그리스의 목가 시인(기원전 3세기 전반).
* 논쟁을 하는 재주를 알고 있었다―예브게니의 이 논쟁은 애덤 스미스보다 오히려 18세기 중엽의 프랑스에서 일어난 케네 등의 중농주의 이론에 근거하고 있다고 한다.

8

* 나소―고대 로마의 시인 푸브리우스 오비디우스 나소(기원전 43~후 17)를 말함. 작가가 좋아한 고대 시인 중의 한 사람. '사랑의 길'을 노래했다고 하는 말은 이 시인의 작품 중 하나인 〈사랑의 기술〉이 사랑의 기교를 가르치는 것이기 때문이다. 오비디우스는 아우구스투스 황제의 비위를 거슬려 몰다비아(제8장 제5의 주 참조)에서 가까운 흑해 연안의 거리 토미스로 추방되어 그 고장에서 죽었으나 추방당한 원인 중의 하나는 〈사랑의 기술〉에 있었다고 추측된다. 푸슈킨이 오비디우스를 좋아한 것은 그 자신과 로마 시인과의 운명이 비슷하다는 점에서 더욱 흥미가 돋우어졌기 때문이기도 하다.

12

* 포블라스―프랑스의 작가 장 바티스트 루베 드 쿠브레(1760~97)의 소설 3편에 공통된 주인공.

15

* 볼리바르 모양의 모자―실크햇의 일종. 명칭은 남미의 해방자 시몬 볼리바르(1783~1830)에서 유래한다. 1819년 파리와 페테르부르크에서 특히 유행하였다고 한다.
* 도시의 큰거리―작가의 청년 시절 페테르부르크의 중심가였던 네프스키 가의 일부인 네프스키 가로수길을 가리킨다.
* 브레게 시계―프랑스의 유명한 시계 기사 아브람 루이 브레게(1747~1823)가 고안한 시계. 스프링을 누르면 분 단위의 시각까지 알려 주었다.

16

* 탈롱―프랑스의 피에르 탈롱이 네프스키 큰거리에서 경영하고 있던 당시의 유명한 레스토랑.

* 카베린―작자의 친구 표트르 카베린(1794~1855)을 가리킴. 경기병 장교로서 당시의 대표적인 풍류 남아 중의 한 사람이었다.

* 혜성이 보인 해의 포도주―프랑스에서 포도 농사가 풍년 들었던 1811년에 만든 샴페인. 이 해에 혜성이 나타났으므로 그로 인해 풍년이 든 것이라고 생각되어 1811년에 제조된 포도주는 '혜성 포도주(vin de la cométe)'라고 불리어졌다.

* 통조림 필로그―프랑스의 스트라스부르의 명물인 거위의 간으로 만들어진 파이 요리(Pâté de foie gras). 통에 담아서 러시아에 수입되었다.

* 푸른 곰팡이가 낀 치즈―벨기에의 린부르크 지방에서 나는 부드럽고 맛이 좋은 치즈.

17

* 모이나―오제로프의 비극 〈핑갈〉(1805년 첫 공연)에 등장하는 여주인공.

18

* 폰비진―극작가 · 시인 · 평론가였던 데니스 폰 비진(1745~92). 유명한 풍자 희극 〈부모 등골 빼먹는 놈〉(1782년 초연)의 작가.

* 쿠냐주닌―극작가 야코프 쿠냐주닌(1742~91). 프랑스 극의 모방만 하였다.

* 오제로프―〈핑갈〉을 포함하는 다섯 개의 감상주의적 비극의 작가 브라지스라프 오제로프(1769~1816). 〈핑갈〉의 성공은 여주인공 모이나로 분장한 명배우 예카테리나 세묘노바(1786~1849)의 뛰어난 연기에 힘입은 바 크다.

* 카테닌―작가의 친구이며 시인 · 평론가인 파벨 카테닌(1792~1853). 코르네이유의 〈시드〉를 번역(1822)하면서 이름을 날렸다.

* 샤호프스코이―극작가 알렉산드르 샤호프스코이 공작(1777~1846). 프랑스 희극을 번안한 희극 작품을 많이 발표했다.

* 디드로―프랑스의 무용가 샤를 루이 디드로(1767~1837). 1801년부터 페테르부르크에서 발레의 연출을 맡아 '발레의 바이런'이라는 호칭을 받았다.

19

* 테르프시코레―그리스 신화에 나오는 무용의 여신.

20

* 이스토미나―당시의 유명한 발레리나 듀냐샤 이스토미나(1799~1848). 디드로의 제자. 그런 인연으로 그녀는 푸슈킨의 장시 〈코카서스의 포로〉에 근거한 같은 이름의 발레(1823년 초연. 디드로가 연출)에서 체르케스의 시녀역을 맡아 했다.

* 에올루스―그리스 로마 신화에 나오는 바람의 신.

22

* 손뼉을 치며―추위를 막기 위하여 두 손바닥을 앞뒤로 마주치는 동작.

24

* ……이상하게 생각했다—이 에피소드는 장 자크 루소(1712~78)의 〈참회록〉
제2부 제9장에 나와 있다. 그림은 독일 태생의 프랑스 백과전서파 프레데릭 멜
키올그림(1723~1807)을 말함.

25

* 챠다에프—푸슈킨과 친교를 맺고 있던 자유사상가 표트르 챠다에프
(1793~1856)를 말함. 러시아 사상에 이름 높은 〈철학서관〉(1836년에 일부 발
표)의 저자로서 당시 사교계에 이름난 멋쟁이였다.

26

* 아카데미아의 사전—1789~94년에 페테르부르크에서 발간된 《러시아 아카데
미아 사전》(6권)을 가리킴. 이 사전에는 외래어는 일절 수록되어 있지 않음.

32

* 다이아나—로마 신화의 달과 수렵의 여신.
* 플로라—로마 신화의 봄과 꽃의 여신.
* 엘비나—푸슈킨의 작품에 몇 번씩 나오는 가공의 여자 이름.

33

* 아르미다—타소의 서사시 〈해방된 예루살렘〉(1581)에 나오는 여마법사의 이
름. 18세기 프랑스에서 요염한 여인의 대명사로 쓰여졌다.

38

* 스플린—spleen. '우울증 환자.'
* 차일드 해럴드—바이런의 담시(譚詩) 〈차일드 해럴드의 편력〉(1812)의 주인
공. 원작의 철자 Childe Harold를 Child Harold로 한 것은 영어를 거의 몰랐던 작
가가 주로 사용한 프랑스식 철자법을 그대로 쓴 것.
* 보스턴—트럼프 놀이의 한 가지.

42

* 세—프랑스의 경제학자 장 바티스트 세(1836~96).
* 벤덤—영국의 법학자 제레미 벤덤(1748~1832).

43

* 저 무리—시인과 작가의 패거리를 가리킴.

45

* 포르투나—고대 로마의 운명의 여신.

48

* ……시에도 있듯이—'저 시인'이란 시인 미하일 무라비요프(1757~1801)를

가리킴. 이 시인의 〈네바의 여신에게〉라는 시에 "화강암 돌담에 기대어 잠 못
이루며 한밤을 지새우는 감격에 넘치는 시인은 호의에 가득한 여신의 현존하는
모습을 본다."라는 구절이 있다.

* 미리온나야—페테르부르크의 거리 이름.
* ……팔행시—여기서 작가는 베네치아(베니스) 곤돌라의 뱃사공이 밤에 토르
쿠아토 타소(1544~95)의 시를 노래한다(또는 노래하지 않는다)는 바이런 등의
영국 및 프랑스 문인이 전해 주는 말을 회상하고 있다.

49

* 브렌다—베네치아의 근처에서 아드리아 해로 흘러들어가는 강의 이름.
* 알비온의 하프—알비온은 영국의 옛날 이름. 하프란 바이런을 가리킴.
* 페트라르카—르네상스 시대 이탈리아의 대시인(1304~74).

50

* 나의 아프리카—작자의 외증조부 아브라함 한니발(1693?~1782)이 에티오피
아의 왕족 출신이었던 것에 대한 회상.

52

* ……테이블 위에 놓여 있었다—러시아에서는 고인의 유해를 테이블 위에 안
치하는 풍습이 있다.

55

* 파르니엔테(far niente)— '안일' 이라는 뜻의 이탈리아어.
* 일찍이—1817년 및 1819년의 여름을 어머니의 영지 미하일로프스코에서
보냈을 때의 일을 말함.

57

* 산의 처녀—작가의 시편 〈코카서스의 포로〉(1822)에 나오는 체르케스인 처
녀.
* 사로잡힌 여인—작가의 시편 〈바흐치살라이의 샘〉(1824)의 주인공. 크리미
아 강 어구의 바흐치살이에 있는 궁성의 후궁에 있는 연인들. 사르기르는 크리
미아에 있는 강 이름.

제2장

제명

* O rus! ···Hor./O Pycb!—O rus!는 라틴어로 '오오, 전원이여!' 라는 의미.
Hor.는 고대 로마의 시인 호라티우스(Horatius)로서 위의 구는 그 대표작의 하
나 〈풍자시〉(Saturae) 제2권에 "오오, 전원이여! 어느 날엔가 나는 너를 볼 수

있으리……."라고 되어 있는 것에 의함. O Pycb!는 러시아어로 '오오! 러시아 여!'의 의미이다.

3

* 나리프카—과일즙에 정류 알콜과 설탕을 섞어서 만드는 과일 술.
* 1808년의 달력—1808년 발행의 달력. 아마 푸슈킨의 《대위의 딸》 제1장에서 주인공의 아버지가 애독했다는 '궁정력'과 같은 것을 가리키는 듯하다.

5

* 파르마존—프랑스어 franc-macon을 틀리게 발음한 것으로 프리메이슨을 가리키는 것. 여기서는 '자유사상가', '무신론자', '혁명가' 같은 뉘앙스를 지닌다. 18세기 러시아의 프리메이슨 조합은 매우 자유주의적 경향을 띠고 있었으므로 보수적인 지주들의 공포의 대상이 되었는데 1832년에 이르러 공식적으로 금지되었다.

6

* 괴팅엔 정신—괴팅엔은 독일 서부의 하노버 주에 있는 유명한 대학 도시. 19세기 초기에 이 대학은 자유주의적 기풍이 넘쳐 러시아 유학생도 많았는데, 예를 들면 제1장 16에 나오는 작자의 친구 가삐린 등도 그런 유학생 중의 한 사람이었다.

12

* ……이 집으로—페르디난트 키우아(1751~1831)의 희가극 〈도나우 강의 처녀〉(1798년 초연)에서 따온 니콜라이 클라스노폴리스키의 《드네프르 강의 물의 요정》(1803년 페테르부르크에서 초연)의 제1막에서 여주인공 레스타가 부르는 아리아의 일절. 이 아리아는 당시 러시아에서는 모르는 사람이 없을 만큼 유명했던 것 같다.

16

* 북방의 시—스탈 부인(1766~1817)이 〈독일론〉(1810)에서 칭찬을 아끼지 않은 18세기 후반의 독일 시인들(클로프슈토크, 실러 등)의 작품, 그리고 제임스 맥퍼슨의 〈오시안 작품집〉(1765) 등을 가리키는 것이라 생각된다.

24

* 타치아나—타치아나는 아가폰(제5장 9 참조), 표클라, 표들라 등과 같이 '울림이 높은' 즉 그리스계의 이름인데 이런 이름은 그 당시에는 평민들만이 쓰고 있었다.

29

* 리처드슨—영국의 작가 새뮤얼 리처드슨(1689~1761). 편지체 소설 〈클라리사〉(1747~48), 〈찰스 그랜디슨의 이야기〉(1753~54)의 작가이다.
* 루소—소설 〈신엘로이즈〉(1761)의 작가 장 자크 루소이다.

30

* 그랜디슨—앞의 〈찰스 그랜디슨의 이야기〉의 주인공. 미남이며, 미덕의 화신이라고도 할 수 있는 청년 귀족.
* 로브라스—앞의 〈클라리사〉의 주인공인 탕아 라브레이스를 말함. 로브라스는 프랑스어 발음임.

32

* 깎든지—농노를 군대에 보내어 병사로 근무시킨 것. 군대로 보내진 농노는 구별하기 쉽게 앞머리를 깎게 하는 풍습이 있었다.

33

* 폴리나라고 부르고—플라스코비야의 애칭은 팔라샤 또는 파샤인데 그것을 프랑스식으로 폴리나라고 다시 바꿔 말한 것임. 또한 타치아나의 어머니 이름도 플라스코비야였던 것은 제7장의 41에서 파샤를 프랑스식으로 바꾼 파셰트란 이름으로 부르는 것을 보면 분명히 알 수 있다.
* 아클리카—아클리나라는 평민 출신의 여자에게 많은 이름의 비칭.

35

* 버터 주간—사순절 시작의 전주. 서유럽의 카니발 주간에 해당된다.
* 부링—러시아식 핫케이크. 버터의 주간에는 이것에 버터, 캐비어, 발효 크림을 발라 먹는 풍습이 있다.
* 접시의 노래—크리스마스로부터 공현절(1월 6일)까지의 크리스마스 시즌에 여자들이 점을 치면서 부른 노래. 자기의 반지나 패물을 물을 채운 접시 안에 넣고 접시를 덮은 다음 〈접시의 노래〉를 부르고 노래가 한 곡 끝날 때마다 패물을 하나씩 꺼낸다. 그 패물의 임자가 바로 전에 부른 노래의 가사로 자신의 운명을 점쳐보는 것이다.
* 삼위일체의 일요일—성령강림절 후의 첫째 일요일을 말함.
* 땅두릅 작은 다발—삼위일체의 일요일에는 땅두릅(그러나 땅두릅이 틀림없는지는 의문이긴 하지만)의 작은 꽃다발을 교회로 갖고 가서 지은 죄의 대가로 그 꽃다발의 꽃가지 수만큼의 눈물방울을 흘려야 한다고 믿었다.
* 쿠아스—라이보리와 엿기름으로 만든 러시아 특유의 청량 음료.

36

* 새 관이 씌워졌다—혼례를 받는 '첫 번째 관'에 이어 '두 번째 관'을 받는 것. 즉 죽음을 말한다.

37

* 불쌍한 요리크(Poor Yorick)—셰익스피어의 〈햄릿〉 제5막 제1장에서 햄릿이 어릿광대 요리크의 해골을 손에 들고 하는 말.
* 오챠코프—몰다비아에 있었던 터키의 요새. 1788년 러시아군의 공격을 받고 함락되어 1792년 러시아의 영토가 되었다.

40

* 레테 강—그리스 신화에 나오는 저승에 있는 강의 하나. 레테는 '망각'을 의미한다. 죽은 사람의 영혼은 이 강의 강물을 마시고 생전의 괴로움과 즐거움을 모두 잊게 된다고 한다.

제3장

제명

* Elle était fille……—그대로 풀이하면 "그녀는 처녀였다, 그녀는 사랑을 하고 있었다. 말피라트르." 말피라트르는 프랑스의 시인 자크 샤를 루이 드 말피라트르(1733~67). 이 제명은 그의 시 〈나르시스 또는 비너스의 섬〉(1768)에서 따온 것으로 '그녀'란 미소년 나르시스를 너무나 사랑하던 나머지 수풀 속의 메아리가 되어 살고 있다는 그리스 신화에 나오는 요정 에코를 가리킴.

2

* 필리스—베르길리우스의 〈시선〉에 나오는 양치기 여자 이름의 하나로 서유럽 문학의 유형의 하나인 '목가'에 자주 쓰인다.

5

* 스베틀라나—시인 바실리 쥬코프스키(1783~1852)의 유명한 발라드 〈스베틀라나〉(1812)의 여주인공. 이 발라드의 둘째 연에 "사랑스러운 스베틀라나는 말없이 슬픔에 잠긴 듯"이라는 구절이 있고 17번째 연에는 "그녀는 창가에 …… 앉았다."고 되어 있다.

9

* 줄리 볼마르의 연인—루소의 소설 〈신엘로이즈〉의 여주인공 줄리 데탕쥬가 폴란드 귀족 볼마르와 결혼하기 전에 그녀의 연인이었던 가정교사 생 풀을 가리킴.
* 말렉 아델—프랑스의 여류 작가 소피 코탕(1773~1807)의 소설 〈마틸드〉(1805)의 주인공. 제3회 십자군 시대의 사라센인의 용장으로서 영국의 공주 마틸드와 사랑하게 된다.
* 드 리나르—독일의 여류 작가 바르바라 율리아나 폰 클류데넬 남작 부인(1764~1824)이 프랑스어로 쓴 소설 〈발레리, 또는 귀스타브 드 리나르로부터 에르네스 드 G에 보낸 편지〉(1803)의 여주인공 백작 부인 발레리 드 M의 로맨틱한 연인의 이름.
* 베르테르—두말할 것도 없이 괴테의 감상주의적 소설 〈젊은 베르테르의 슬픔〉(1774)의 주인공.

10

* 클라리사―앞(제2장 29의 주)에 나온 〈클라리사〉의 여주인공 클라리사 해
로. 바람둥이 라브레이스(로브라스)에 의해 농락당하고 죽음.
* 줄리―제3장 9의 주를 참조할 것.
* 델핀―스탈 부인의 소설 〈델핀〉(1802)의 여주인공. 21세의 젊은 미망인 델핀
달베마르와 이미 아내가 있는 레온스 드 몽드빌과의 3년에 걸친 정사를 그렸다.

12

* 뱀파이어―바이런의 주치의 존 윌리엄 플리도리가 바이런의 이름으로 발표
한 소설 〈뱀파이어〉(1819)의 주인공.
* 멜모트―아일랜드의 목사 찰스 로버트 마튜린(1782~1824)의 소설 〈방랑자
멜모트〉(1820)의 주인공. 악마적인 프라이드와 지식욕을 가진 사나이.
* 영원한 유태인―방황하는 유태인이라고도 한다. 예수 그리스도가 십자가에
못 박히기 전에 예수를 비웃었기 때문에 예수가 재림할 때까지 이 세상을 방황
할 운명이 지워졌다는 전설적 인물. 아하스벨스라든가 그밖의 이름으로 여러
문헌에 나타나 있다.
* 코세어―바이런의 장시 〈해적〉(1814)의 주인공. 코세어는 프랑스식의 발음
이다.
* 스보가르―프랑스의 작가 샤를 노디에(1780~1844)의 소설 〈장 스보가르〉
(1818)의 주인공. 아드리아 해 연안에 출몰하는 로맨틱한 해적 두목이다.

22

* "영원히 희망을 버려라."―단테의 〈신곡〉 '지옥편' 3과 9에 "나를 지나서 가
려는 자는 영원히 희망을 버려라."고 되어 있음.

27

* 《선의의 사람》―우화 시인 알렉산드르 이즈마이로프(1799~1831)가 편집하
고 있던 월간지. 후에 주간지(1818~1827)의 이름.

29

* 보그다노비치―시인 이폴리토 보그다노비치(1743~1803). 라 퐁텐을 모델로
한 장시 〈두센카〉의 작가로서 초기 푸슈킨에게 약간 영향을 끼쳤다.
* 파르니―프랑스의 에발리스트 데지레 드 포르쥬 드 파르니(1753~1814). 초
기의 푸슈킨이 애독했다.

30

* ……비애의 시인―애가 시인 예브게니 바라틴스키(1800~44)를 가리킴.
1820년부터 4년간 병사로서 핀란드에 종군 중 오시언식의 애가 〈핀란드〉(1820)
및 페테르부르크에서 친구와 주연을 베풀었던 것을 회상한 애가 〈향연〉(1821)

을 썼다.

31

* 〈마탄의 사수〉—칼 마리아 폰 베버(1786~1826)의 유명한 오페라의 서곡을 가리킴.

제4장

제명

* La morale est⋯⋯—"모랄은 사물의 본성 안에 있다." 네케르가 밀라보에 게 했다는 말로서, 자크 네케르(1732~1804)는 프랑스의 재정가. 스탈 부인의 아버지. 이 말은 스탈 부인의 〈프랑스 혁명의 주요한 여러 사건에 관한 고찰〉 (1818)의 제2부 제20장에 나와 있다.

7

* 로브라스—제2장 30의 주를 참조할 것.

14

* 휘멘—그리스 신화에 나오는 혼인의 신. 아폴론의 아들.

19

* 다락방—그 무렵 이렇게 불리었던 페테르부르크의 샤호프스코이 공작(제1장 18의 주 참조)의 주택을 가리키는 말인 듯. 공작은 그 곳에서 정기적으로 야회 를 베풀고 푸슈킨도 1818년 12월 이래 가끔 이 야회에 참석하였다.
* 소위 친구—그 무렵 모스크바의 사교계에서 무법자라고 소문이 났던 백작 표 트르 이바노비치 톨스토이(1782~1846. 레프 톨스토이의 당숙이 됨)를 가리키 는 것이라 생각됨. 푸슈킨이 남러시아로 추방당하기 직전 그가 내무성 소관의 비밀경찰에 의해 고문당했다는 헛소문을 퍼뜨린 자가 있는데 이것이 바로 표트 르 톨스토이라는 사실을 추방지로 출발하고 나서야 알게 된 푸슈킨이 1826년 모 스크바로 돌아오자마자 즉시 결투를 신청했으나 친구의 중재로 화해하였다.

26

* 샤토브리앙—프랑스의 작가 프랑수아 르네 드 샤토브리앙(1786~1848).

28

* Qu'écrirez-vous sur ces tablettes?
* t. â. v.(tout â vous Annette)

30

* 톨스토이—당시의 유명한 화가 표트르 페트로비치 톨스토이 백작 (1783~1873). 앞의 19의 주에 나오는 톨스토이와는 다른 사람.
* 바라틴스키—제3장 30의 주를 참조할 것.
* 앙 쿠아르토—사절판(四折版).

31

* 야즈이코프—작가가 상당히 높이 평가하고 있던 시인 니콜라이 야즈이코프.

32

* 비평가—작가의 친구이며 시인인 빌리겔림 퀴헤리베켈(1797~1846)을 가리 킴. 그는 1824년, 당시 러시아의 애가(哀歌)를 비난하고 송시를 찬양한 에세이 를 발표했다.
* 송시(오드)—작가가 생각하고 있던 것은 19세기의 시인 바실리 트레지아코 프스키(1703~69)라든가 미하일 로모노소프(1711~65) 등이 쓴 송시로서 그는 이 시들에서 볼 수 있는 과장되고 생경한 수사를 싫어하였다.

33

* 〈사람의 의견〉—풍자 시인 이반 드미트리에프(1760~1837)의 풍자시(1795). 앞의 '풍자 시인'도 '교활한 서정 시인'도 이 작품 중의 인물로서 전자는 작가 자신, 후자는 송시 전문의 고전주의 시인을 말함. 〈사람의 의견〉은 당시 잘못되 어 〈외국의 교인〉(즉 프랑스 직수입의 의사 고전주의)이라고 해석되었으나 드 미트리에프의 작품 그 자체는 소위 고전주의와 이에 반항하는 센티멘털리즘 내 지 로맨티시즘 어느 편에도 치우치지 않았다.
* 두 개의 시대—고전주의적 송시가 많이 씌어졌던 18세기와 낭만주의적 애가 가 씌어지기 시작한 19세기 초까지의 약 4반세기를 가리킴.

35

* 유모—작가가 1824년 오데사에서 외가의 영지 미하일로프스코에로 이사 가 서 같이 지낸 가정부 알리나 로지오 오노브나(1758~1828)를 가리킴.
* 비극—당시(1824~25) 작가가 집필중이던 〈보리스 고두노프〉를 가리킴.

37

* 귀르날의 작가—귀르날은 바이런의 장시 〈해적〉의 여주인공 가르네아의 프 랑스식 발음. 그 작가라는 것은 물론 바이런이다.
* 헤엄쳐 건너간다—헬레스폰트는 다다넬스 해협을 가리킴. 바이런은 1810년 5 월 3일 한 시간 10분에 이 해협을 헤엄쳐 건넜다고 친구에게 보낸 편지에 썼다.

42

* 각운(脚韻)—원문 제1행은 morozy(혹한)이고 이 작품에서 언제나 제1행과 각운을 맞추고 있는 제3행은 rozy(장미)로 끝나고 있다.

43

* 플라트—프랑스의 정치 평론가 도미니크 드 플라트(1759~1837).

44

* 차일드 해럴드—제1장 38의 주 참조.

45

* 과부 클리코 또는 모에—둘 모두 프랑스의 샴페인 제조업자.
* 히포크레네—그리스의 헬리콘 산 위에 있는 뮤즈에게 바쳐진 샘의 이름.

46

* 아이—북프랑스의 마른 현에 있는 아이라는 거리에서 양조된 최고급 샴페인을 말함.

47

* 늑대와 개의 시간—프랑스 말의 entre chien et loup를 그대로 번역한 것. 양치기가 제가 데리고 있는 개와 늑대를 분간할 수 없게 되는 어두운 저녁 무렵을 말함.

49

* 영명 축일—자기의 영세명과 같은 이름의 성자의 기념일로서 러시아에서는 이날 친척과 친구들을 초대하여 축하를 받는다. 성 타치아나(203년경 로마에서 순교)의 기념일은 1월 12일.

50

* 라 퐁텐—독일의 소설가 아우구스트 하인리히 율리우스 라 퐁텐(1758~1831). 150편 이상 되는 엄청난 가정 소설의 작가.

제5장

제명

* 무서운 이 꿈들을—쥬코프스키의 발라드 〈스베틀라나〉(제3장 5의 주 참조)의 에필로그에서 따온 것.

3

* 또 다른 시인—브야젬스키 공작의 장시 〈첫눈〉을 염두에 두고 있다(제1장의 주 참조).
* 핀의 처녀—바라틴스키(제3장 30의 주 참조)의 〈에다〉(1825)를 생각하고 있다.

7

* 크리스마스 시즌—12월 25일 크리스마스 다음날부터 1월 6일의 공현절까지의 12일간.

8

* 가락지가 떠오른다—제2장 35의 주 참조.
* 영광 있으라!—크리스마스 시즌의 노래 중 하나, 영광 있으라는 후렴. 그런데 이 노래는 나이 많은 노인의 죽음을 예언하는 노래라고 믿어지고 있었다.
* 암코양이—크리스마스 시즌의 노래 중 하나. 결혼을 예언하는 노래라고 믿어졌다.

9

* 거울을 비춘다—젊은 처녀가 달밤에 네거리에 서서 거울에 달을 비추면 장래의 남편 될 사람의 얼굴이 거울에 나타나며 그때 마침 그 옆을 지나가는 사람의 이름을 물어 보면 그 이름과 같은 이름의 사나이가 장래의 남편이 된다고 믿어졌다.
* 아가폰—타치아나 등과 같이(제2장 24의 주 참조) 그리스 계통의 이름으로 그 무렵의 농민들이 주로 많이 쓰던 촌스러운 이름이라고 생각되었다.

10

* 스베틀라나—제3장 5의 주 참조. 쥬코프스키의 〈스베틀라나〉에서는 여주인공이 밤에 2인분의 음식을 차려 놓은 식탁에 앉아 거울과 촛불로 점을 치고 있는데 1년 동안이나 못 만나고 있던 연인이 갑자기 나타나서 그녀를 자기의 무덤으로 데리고 간다. 그러나 후에 모든 것이 꿈이었다는 사실을 알게 된다.
* 레리—슬라브 민족의 민간 전승으로 전해 오는 사랑과 숲의 신.

22

* 마르틴 자데카—점쟁이 마르틴 자데카 또는 마르틴 자테크의 이름은 19세기 중에 러시아에서 발간된 여러 가지 점술책에 나타났다. 자데카의 이름과 그의 점은 서유럽에서 전해진 것으로 원본은 어떤 스위스인이 1770년에 가공의 이름으로 출판한 〈조로투른에 사는 스위스인 마르틴 자데크의 예언서〉라고 하는 것인 듯하다. 이 점쟁이도 물론 가공의 인물이다.

23

* 〈말비나〉—코탕 부인(제3장 9의 주 참조)의 소설(800)의 이름.
* 〈표트르 대제 송시〉—표트르 1세를 예찬한 송시 내지 서사시는 18세기로부터 19세기초에 걸쳐 여러 편이 씌어졌다.
* 마르몽텔—프랑스의 작가 장 프랑수아 마르몽텔(1733~99). 전집(파리, 1878) 제3권에는 〈교훈소화집〉과 〈신교훈소화집〉이 들어 있다.

26

* 푸스차코프—이 절에 나오는 인명은 모두 희극적 웃음을 자아내게 하기 위해 일부러 지어낸 이름들로서 푸스차코프는 '시시한 것', 그보즈진은 '못', 스코치닌은 '짐승', 페투슈코프는 '수탉', 브야노프는 '난폭자', 프리야노프는 '과일로 만든 파이'를 의미하는 명사에서 각각 파생된 것이다.

* 솜털투성이—술에 취해 옷도 갈아입지 않고 찢어진 이불 속에 기어들어가서 잠을 자기 때문에 온몸에 솜털이 붙어 있는 것이다.

* 나의 사촌 동생 브야노프—브야노프는 작자의 백부 바실리 푸슈킨 (1770~1830)의 담시(譚詩) 〈음흉한 이웃〉의 주인공. 작가는 농담 삼아 이 인물을 백부의 아들이라 간주하여, 나의 사촌 동생이라고 부른 것이다.

27

* 하를리코프—이 역시 익살스런 이름으로서 '큰 소리로 떠들다' 라는 동사와 관계가 있다.

* 눈을 떠라. 잠자는 미녀여(Reveillez vous, belle endormie)—이 노래는 1710년경 프랑스의 극작가 샤를 리비에르 뒤플레니(1648~1724)가 작사 작곡한 발라드 〈잠자는 미녀〉(La Belle Dormeuse)의 수많은 가사 바꿔 부르는 노래 중의 한 가지로서 그 무렵 러시아에서 크게 유행됐던 것 같다.

* 아름다운 니나—belle Nina.

* 아름다운 타치아나—belle Tatiana.

32

* 침랸스코에—돈 강에 면한 코사크 마을 침랸스코야에서 나는 거품이 잘 이는 포도주의 이름.

* 지지—작가가 외가의 영지 미하일로프스코에에 체재하고 있을 때 가끔 방문한 이웃 마을 트리고올스코에의 여자 지주 플라스코비야 오시포바(볼리프)의 막내딸 에흐프락시야 볼리프(1809~83)의 애칭. 이 여자는 그 무렵 굉장히 뚱뚱하였던지 작자는 그녀의 허리를 '가늘고 긴 와인 글라스'라고 비유하여 일부러 익살을 부린 것이다. 그런데 지지의 영명 축일이 타치아나와 마찬가지로 1월 12일이었기 때문에 작가는 여기서 그녀를 생각해 냈던 것인 듯하다.

35

* 보스턴, 옴버, 휘스트—모두 트럼프 놀이의 방식.

36

* 브레게 시계—제1장 15의 주 참조.

39

* 파리스—트로이 왕 폴리아모스의 아들. 스파르타 왕 메넬라오스의 아내 헬레네를 유혹하여 트로이로 데려왔기 때문에 트로이 전쟁이 일어났다고 한다.

40

* 알바노—이탈리아의 화가 프란체스코 알바노 또는 알바니(1578~1660). 18세기에는 라파엘로와 맞먹는 대화가라는 평을 들었다.

44

* 코티용—춤의 일종.

제6장

제명

* La, sotto I giorni……—"저편 안개 짙고 짧은 나날에 죽음을 고통이라고 하지 않는 인자는 태어나다." 페트라르카 〈라우라의 생애〉 제28과 제49 및 51행.

5

* 칼뮈크—현재의 칼뮈크 자치 공화국(볼가 강 하류의 우안)에서 나는 말(馬).
* 레굴루스—고대 로마의 장군. 제1차 포에니 전쟁 때 카르타고의 포로가 되어 가혹한 화의의 조건을 강요하는 카르타고측의 사자가 되어 로마로 보내졌다. 그러나 오히려 로마에 와서는 계속 항전을 하라고 설득하고 그로 말미암아 잔인한 형벌을 받을 것을 알고도 카르타고로 돌아갔다(기원전 250년경 죽음).
* 벨리—유명한 파리의 카페 겸 레스토랑의 이름.

11

* 이것이 여론이다!—알렉산드르 글리보에도프(1795~1829)의 유명한 4막 희극 〈지혜의 슬픔〉(1824년 탈고, 1833년 발간)의 제4막 제10장, 주인공 챠츠키의 대사에서. 작가는 이 희곡이 출간되기 전인 1825년 1월에 친구가 보내준 필사본으로 이 희곡을 읽었다.

20

* 델비크—남작 안톤 델비크(1798~1831). 시인. 작가의 친구 중의 한 사람.

25

* 르파쥬—파리의 총기 제조업자 장 르파쥬(1779~1822).

44

* 서른 살—이 절(및 43절, 45절)은 1827년 8월 10일 미하일로프스코에서 집필되었는데 작가는 당시 28세였다.

제7장

제명

* 모스크바여……—드미트리예프(제4장 33의 주 참조)의 시 〈모스크바의 해방〉
(1795)에서.
* 모스크바에서……—글리보예도프의 희극 〈지혜의 슬픔〉(제6장 11의 주 참
조) 제1막 7장의 여주인공 소피아와 주인공 챠츠키의 문답에서.

4

* 레프신—18세기의 저술가 바실리 레프신(1746~1826). 비극, 소설, 러시아
설화집 등 다방면의 저술 중 여기서는 원예라든가 채소 재배를 논한 것을 염두
에 두고 있는 듯하다.
* 프리아모스—50명이 넘는 자녀가 있었다는 전설적인 트로이의 왕. 여기서는
전원에서 편안히 가부장적 생활을 영위하는 온화한 노인의 의미로 쓰이고 있다.

19

* 팔짱 낀 사나이—나폴레옹을 말함.

22

* 자우어와 돈 후안의 시인—바이런을 말함. 자우어는 바이런의 시 〈이단자〉
(1813)를 말함. 돈 후안은 시편 〈돈 후안〉(1819)을 가리킴.

33

* 철학적 일람표—프랑스의 수학자이며 기사인 샤를 뒤팡(1784~1873)의 저서
〈드 플라트 씨가 행한 영국과 러시아의 국력 대비에 관련하여 두 나라의 국력을
논함〉(1824)에 있는 통계표를 가리킴. 이 책은 당시의 러시아에서 상당히 널리
알려졌다.

34

* 키클롭스—그리스 신화에 나오는 외눈의 거인들. 불과 금속의 신 헤파이스
토스와 더불어 시칠리아의 에토나 화산 분화구 안에서 제우스의 번개를 만들고
있었다고 한다.

35

* 아우트메돈—〈일리아스〉의 영웅 아킬레우스의 전차를 모는 마부.

37

* 페트로프스키 성채—모스크바의 서부에 오늘날도 남아 있는 궁전. 1775~82
년에 러시아의 대건축가 마토베이 카자코프에 의해 건립되었다.
* 헛되게 기다리고 있던 곳이다—나폴레옹은 1812년 모스크바에 침입했을 때

화재가 일어나자 크레믈린에서 9월 4일에 페트로프스키 성채로 옮겨 알렉산드르 1세가 화의를 청해 오기를 기다렸다.

38

* 브하라 사람—아프리카스탄의 북쪽에 있는 브하라 지방의 주민으로 모스크바에 중앙 아시아에서 나는 양탄자 등을 팔러 온 행상인이다.
* 문에 새겨진 사자—문의 위 또는 앞에 놓인 철제 또는 설화 석고로 만든 사자 상.

40

* 하리토니—성 하리톤(303년경 순교) 교회.
* 칼뮈크인으로……들고 있었다—칼뮈크인은 오늘날의 칼뮈크 자치 공화국 (제6장 5의 주 참조)에 지금도 살고 있는 몽고족의 한 부족이다. 손에 짜고 있던 긴양말을 든 채 안내차 나왔던 것이다.

41

* 모낭쥬(mon ange!)—'나의 천사여!'
* 파셰트(Pachette)—타치아나의 어머니의 이름 플라스코비야의 애칭인 파샤를 프랑스식으로 부른 것.
* 알리나—여자 이름 알렉산드라의 애칭. 이 인물은 제2장 30에 나오는 타치아나 어머니의 사촌이다. 공작의 딸 알리나와 같은 인물이다.
* 시메온 가—모스크바의 성 시메온(390~457) 교회의 교구에 있는 거리 이름.

45

* 클럽—아마 모스크바에 있는 이른바 '영국 클럽'. 당시 고급 요리와 도박 시설로 유명했음.

49

* 문서과의 귀공자님—외무성 문서과(당시 이 과는 모스크바에 있었다) 근무의 청년 귀족들을 가리킴. 작가의 친구 소볼레프스키의 명명.
* 브야젬스키—제1장 제명의 주 참조.

50

* 멜포메네—비극의 뮤즈. 여기서는 비극 여배우를 가리킴.
* 타리아—희극과 목가의 뮤즈. 여기서는 희극 여배우를 가리킴.

51

* 귀족회—1783년에 개설된 러시아 귀족회(또는 귀족 클럽)라고 불리는 호화로운 클럽.

55

* 서문도 마련된 셈이니까—18세기의 고전주의적 서사시는 베르길리우스의

〈아이네이스〉의 첫머리를 모방하여 이따금 '우리는 노래한다'라고 시작되는 허두가 붙어 있었다. 작가는 여기서 짐짓 구식의 과장적인 허두의 패러디(parody)를 삽입하여 고전주의를 야유했다.

제8장

제명

* Fare thee well………"잘 가라! 그리하여 혹시 이것이 영원한 이별이라면, 영원히 잘 가라." 바이런의 시 〈이별〉(1816)의 첫 구절.

1

* 리체―알렉산드르 1세가 귀족의 자제를 위해 1810년 페테르부르크 근교 차르스코예셀로(오늘의 푸슈킨시)에 개설한 중등 교육을 위한 학교. 작가는 1811년 이 학교에 입학하여 1817년에 졸업하였다.
* 아플레이우스―고대 로마의 문인 루키우스 아플레이우스(23~?). 전기(傳奇)소설 〈변형담〉(일명 〈황금의 노새〉)의 작가.
* 키케로―로마의 웅변가·정치가·철학자 마르쿠스 툴리우스 키케로(기원전 106~43).
* 뮤즈가………작자는 리체에 재학할 때부터 시작(詩作)을 시작했다. 인쇄된 최초의 작품은 1814년 잡지 《유럽 통보》에 실린 〈나의 친구, 시인에게〉이다.

2

* 늙은 델자빈―18세기 러시아 최대의 시인 가브리라 델자빈(1743~1816). 1815년, 즉 델자빈이 죽기 전해에 리체의 공개 시험 때 15세의 작가는 그 자리에 있던 72세 노시인 앞에서 작가의 〈차르스코예셀로의 회상〉을 외어 노시인을 감격케 하였다.

4

* 멀리 도망갔을 때―작가가 황제의 비위를 거슬려 1820년 5월 남러시아로 추방된 것을 가리킨다.
* 코카서스―1820년 여름 대부분을 작가는 코카서스에서 보냈다.
* 레노레―독일의 시인 고트프리트 아우구스트 뷔르거(1747~94)의 발라드 〈레노레〉(1774)의 젊은 여주인공. 달밤에 이미 죽은 여인이 찾아와서 말에 태워 무덤으로 데려간다. 또한 쥬코프스키의 〈레노레〉의 번안이다.
* 타우리스―크리미아를 말함. 작가는 1820년 코카서스를 여행한 다음 떠나 약 3주일 동안 크리미아의 남부에 머물러 있었다.
* 네레이스―그리스 신화에 나오는 바다의 신 네레우스와 오케아노스의 딸인 도리스 사이에서 태어난 약 1백 명의 딸들.

5

* 몰다비아─현재의 몰도바공화국. 소련을 구성했던 15개 공화국의 하나로 1991년 독립하였다. 서쪽으로 루마니아, 동·북·남쪽으로는 우크라이나와 접한다. 작가는 수도였던 키시뇨프에 1820년 가을부터 1823년 여름까지 머물렀다.
* 유랑민─집시를 말함. 작가는 남부에 머물던 중 집시의 생활에 흥미를 느끼고 그들과 자주 어울렸다. 서사시 〈집시〉(1824년 탈고)는 그 성과이다.
* 광야의 노래─예를 들면 앞의 〈집시〉 중에서 여주인공 젬피라가 부르는 노래 따위를 가리키는 듯함.
* 나의 뜰─작가가 1824년 8월부터 1836년 9월까지 머물렀던 외가의 영지 미하일로프스코에를 가리킴. 앞의 '시골서 자란 아가씨'는 두말할 것도 없이 〈예브게니 오네긴〉의 여주인공 타치아나를 말함.

7

* 스플린─제1장 38의 주 참조.

8

* 멜모트─제3장 12의 주 참조.

12

* 데몬─작가의 〈데몬〉이란 시(1825)를 말함. 친구 알렉산드르 라에프스키 (1795~1868)의 '바이런적' 성격을 묘사한 것이라고 하는 사람도 있으나 작가 자신은 부정하고 있다.

13

* ……무도회─글리보에도프의 희극 〈지혜의 슬픔〉 제1막 7장에서 주인공 챠스키는 외국으로부터 해로로 페테르부르크에 이르는 7백 킬로미터가 넘는 먼거리를 45시간 동안 말을 타고 달려 어느 겨울날 아침 모스크바의 연인 소피아의 집에 당도한다. 그날 밤 소피아의 집에서는 무도회가 베풀어진다. 그러나 예브게니는 외국 여행을 한 흔적이 없으므로 '배에서'는 단순히 '여행길에서'라는 의미일 것이다.

14

* 시슈코프─정치가, 문학가이자 아카데미 총재였던 해군 대장 알렉산드르 시슈코프(1754~1842). 〈러시아어에 있어서의 신구 양 문체를 논함〉(1803)에서 신파의 문학가들에 의한 프랑스 어법과 신어의 남용을 공격하고 같은 목적으로 구파의 문학가들을 규합하여 1811년 '러시아어 애호자 담화회'를 조직하였다. 푸슈킨은 두말할 것도 없이 쥬코프스키, 브야젬스키들과 같이 신파에 속해 있었다.
* le comme il faut─ '나무랄 데 없는 점잖은 품위' 정도의 의미.

15
* 벌거(vulgar)— '천한' 이란 뜻의 영어.

16
* 니나 보론스카야—가공의 여인. 한때(1828년의 여름) 푸슈킨의 연인이었다고 생각되는 백작 부인 아글라페나 자클레프스카야(1799~1879)를 가리키는 것이라는 설은 의심스럽다.

23
* 테타테트— '마주 대함' 이라는 뜻의 프랑스어.

25
* 벤젤리—벤젤리란 여기서는 황제의 머리글자를 새긴 배지를 가리킴. 두 자매가 황후를 시중드는 여관이 되어 그 배지를 배수했다.

26
* 프롤라소프—또는 플로라조프. '빈틈없는 야심가'를 의미하는 말에서 파생된 이름으로서 18세기 러시아의 희극이나 풍자화에 흔히 쓰였다.
* 생 프리(St. Priest)—프랑스로부터 온 망명자의 아들로서 풍자화가였던 엠마뉴엘 생 프리(1806~28).
* 성지 주일의 천사—성지 주일(부활절 직전의 주)에 노점에서 파는 과자에 붙어 있는 종이로 만든 천사.

28
* 모르페우스—로마 신화에 나오는 꿈의 신.

33
* 십이야(十二夜)—크리스마스날 밤부터 세어서 12일째 되는 1월 5일의 밤, 공현절 전야.

35
* 기번—영국의 역사가 에드워드 기번(1737~94).
* 만조니—이탈리아의 작자 알렉산드르 만조니(1785~1873). 소설 〈약혼자〉(1827)의 작가.
* 헬더—독일의 비평가 · 사상가, 요한 고트프리트 폰 헬더(1744~1803).
* 샹포르—프랑스의 모럴리스트인 니콜라 세바스티앙 로크드 샹포르(1741~94). 〈성찰 · 잠언 · 일화〉(1803)의 저자.
* 스탈 부인(Madame de Staël)—여기서는 소설 〈델핀〉(제3장 10의 주 참조)을 가리키는 듯함.
* 비샤—프랑스의 해부학자 · 생리학자인 그자비에 비샤(1771~1802).
* 티소—스위스의 의학자 시몬 앙드레 티소(1728~97). 〈문인의 건강에 관하

여〉의 저자.

* 벨─프랑스의 철학자 피에르 벨(1647~1706). 18세기 자유사상의 효시가 된 《역사 · 비평사전》의 저자.

* 퐁트넬─프랑스의 문인 베르나르 르 보뷔에 드 퐁트넬(1657~1757). 유명한 통속 과학서 《세계 다수 문답》의 저자.

* 문집─당시 부정기적으로 발행되고 있던 소형의 시문집.

* ……들은 일도 있지만─예를 들면 반동적 문학자로서 악명이 높았던 파디 불가린(1789~1859)의 편집에 의한 《북방의 꿀벌》 등을 가리키는 듯함. 이 잡지 는 1830년까지는 푸슈킨에 대해 상당히 호의적이었으나 그해 이후로 심한 악평 을 퍼붓기 시작했다.

37

* 파라온─이른바 '은행', 트럼프 놀이의 일종.

* ……이젠 할 수 없군─제6장 35의 렌스키가 결투에서 쓰러졌을 때 시중꾼 자 레츠키가 한 말.

38

* 〈베네데타〉(Benedetta)─Benedetta sia la madre(어머니는 축복을 받으시라) 로 시작되는 베니스의 뱃노래.

* 〈아이돌 미오〉(Idol mio)─`Idol mio, piu pace on ho(나의 우상이여, 나에게 는 이미 안식이란 없도다). 빈체초 가부시(1800~1846)의 이중창 〈그리운 이여, 만일 그대 미소짓는다면〉의 후렴.

51

* 사디─페르시아의 대시인 무샤리프 웃 딘 사디(1184년경~1292). 대표작은 〈장미의 동산〉(1258).

스페이드의 여왕

1

날씨가 좋지 않은 날에는 모두가 하루 종일 모여 앉아서
50에서 그 갑절인 100까지 걸고 노름에 정신이 팔려 버렸지.
돈을 잃기도 따기도 하여 분필로 숫자를 기록하면서
날씨가 좋지 않은 날에는 노름을 하면서 지내고 있었지.

어느 날 근위 기병인 나루모프 집에서 모두가 카드 노름을
하고 있었다. 긴긴 겨울 밤도 어느덧 지나 밤참을 먹으려고
식탁에 앉았을 때는 새벽 네 시를 지나고 있었다. 노름에 이
겨 끝까지 남은 사람들은 마구 먹어대지만, 다른 사람들은 빈
접시를 앞에 놓고 멍청히 앉아 있었을 뿐이다. 그러나 그 사
이에 샴페인이 나오자 얘기가 활기를 띠게 되고 너도나도 끼
어들었다.

"자네는 어떤가, 즈린 군?" 하고 주인이 물었다.

"또 졌어. 결국 정직하게 말하면 나는 운이 나빠. 마란돌[1] 을 하면서 이겨 본 적이 한 번도 없으니까. 무슨 일이 있어도 움직이지 않지만, 그래도 언제나 지고만 있으니!"

"하지만 자네는 한 번도 속임수에 넘어가지 않았잖아? 그리고 한 번도 루데를 걸어 본 일이 없었지? 자네가 단단히 앉아 있는 데는 정말 놀랐어."

"그런데 겔만은 어떤가?" 하고 손님 가운데 한 사람이 젊은 공병 사관을 가리키면서 말했다.

"태어나서 지금까지 카드를 손에 쥐어 본 일도 없으려니와, 한 번이라도 노름을 해 본 일도 없는 주제에 새벽 다섯 시까지 버티고 앉아서 우리가 하고 있는 노름판을 구경하고 있지 않느냐 말이야."

"이기고 지는 것을 몹시 좋아합니다." 하고 겔만이 말했다.

"하지만 공돈이 생기는 것을 기대해서, 필요한 돈을 희생시킬 정도의 사람은 아닙니다."

"겔만은 독일 사람이야. 그렇기 때문에 빈틈이 없는 거지. 그것뿐일세." 하고 톰스키가 말했다.

"그렇지만 내가 이해 못하는 사람이 있는데, 바로 내 조모가 되는 안나 헤드트브나 백작 부인일세."

"아니, 뭐라고?" 하면서 손님들이 소리쳤다.

"아무래도 이해가 가지 않아." 하고 톰스키가 말을 계속했다.

"어째서 조모님이 노름에 손을 대시지 않는지 모르겠어."

"하지만 아무것도 이상할 것이 없잖아." 하고 나루모프가 말했다.

"여든이나 되는 노인이 노름에 손을 대지 않는 것이 이상하다고?"

"그럼, 그 사람에 관해서는 아무것도 모르고 있군?"

"응, 그래, 아무것도……."

"오오, 그렇다면 얘기해 주겠어. 우선 알아둘 것은 조모님이 말이야, 60년쯤 전에 파티에서 이름을 날려 인기가 정절에 이르고 있었다는 사실일세. 모든 사람이 '모스크바의 비너스'를 만나보려고 너도나도 꽁무니를 따라다녔던 거지. 리실뢰[2]까지도 사랑을 고백했다나. 어쨌든 이쪽이 너무나 박정하다고 하마터면 자살을 할 뻔했다는 거야. 그 당시의 부인들은 하라온이라는 것을 했었지. 어느 날 조모님은 궁 안으로 들어가, 오를레앙 공[3]과 구두 약속으로 노름을 했는데 몽땅 지고 말았다네. 그래서 조모님은 집으로 돌아오자, 얼굴에 씌운 베일을 벗고 환골(環骨)[4]을 떼어내면서 조부님께 노름에 졌다는 것을 털어놓고는 빚진 돈을 지불하라고 했다네. 죽은 조부님은 내 기억으로는 마치 조모님의 고용인 같았어. 조부님은 조모님을 몹시 무서워하고 있었지만, 예상대로 터무니없이 노름에 졌다는 말을 듣자 버럭 화를 내면서, 주판을 들고 나와, 불과 반 년도 안 되는 사이에 50만을 잃었다느니 파리 안에는 모스크바의 교외나 사라토프 현(縣)에 있는 배당된 마을과 같은 것이 있을 리도 없다느니 하면서 지불을 단호히 거절해 버렸어.

그러자 조모님은 뺨을 한 대 갈기고는 기분이 좋지 않은 탓으로 혼자서 자버렸어. 이튿날이 되자 아무리 그래도 부부끼리 벌을 준 것이 효력이 있겠지 하고 생각해서 남편을 불러들인 거야. 하지만 상대방은 매우 침착하지 않은가. 할 수 없으니까, 생전 처음으로 남편에게 이유를 늘어놓기도 하고 변명을 하기도 했지. 몹시 저자세를 취하면서 빚이라고 하는 것에도 종류가 여러 가지라느니, 공작과 마부와는 차이가 있다느니 하고 설명하면서 납득시키려고 했지. 그러나 천만의 말씀이지! 조부님은 마음이 비뚤어지고 만 걸세. 한번 안 된다고 하면 안 되는 거야! 조모님은 진퇴양난에 빠졌어. 그때 조모님은 상당히 유명한 사람하고 매우 친숙한 사이가 돼 있었다네. 자네들은 여러 가지로 이상한 소문이 나 있는 생 제르맹[5] 백작에 관한 얘기를 들었겠지. 아시다시피 그 사람은 영원한 유태인인 체하면서 불노불사(不老不死)의 약이라든가, 선단(仙丹)이라든가 뭐라든가 하는 것을 발명한 사람이라고 자칭하고 있어. 세상은 그를 사기꾼이라고 비웃고 있지만, 카사노바는 그 예의《회고록》에서 그를 간첩이라고 써 놓았어.

그건 그렇고, 생 제르맹은 매우 불가사의한 입장에 있으면서도 겉으로는 아주 훌륭했고 사교계에 나가서도 싹싹한 사람이었어. 조모님은 오늘에 이르기까지 덮어놓고 그를 좋아해서 만일 그 남자에 대해서 언짢은 말이라도 하는 날이면 몹시 화를 내는 거야. 조모님은 생 제르맹이 큰돈을 자유롭게 유통할 수 있다는 것을 알고 있었지. 그래서 그에게 매달리려고 결심하여 '급한 일이 있으니 와 주세요.' 하고 편지를 보냈던 거야. 즉시 그 기묘한 노인이 와서 보니, 조모님이 몹시 비탄 속에 빠져 있질 않겠는가. 조모님은 극구 남편의 박정한 처사를 얘기하고는, 결국 '당신의 우정과 호의에 의지하는 수밖엔 없다.'고 말했지. 생 제르맹은 생각 끝에 원하시는 돈은 융통해 주겠노라고 말했네. '그러나 그 돈을 깨끗이 갚을 때까지는 마음이 놓이지 않을 거라고 생각합니다. 어쨌든 그것 때문에 또 새로운 근심거리를 만들어 주는 것은 견딜 수 없는 일이니까요. 다른 적당한 방법이 있습니다. 그것은 다름이 아니라 노름에 진 것을 되찾는 방법입니다.' 하고 말하기에 조모님은 대답을 했어. '하지만 백작님, 우리 집에는 돈이 한푼도 없다고 말씀드리지 않았습니까.' '아닙니다. 돈 같은 건 필요없습니다.' 하고 생 제르맹이 말을 받았어. '어쨌든 내가 말하는 것을 들어 주십시오.' 하고 그는 비법을 그녀에게 털어놨어. 이 비법에 걸리면 우리는 누구라도 큰돈을 잃을걸세……."

젊은 도박꾼들은 한층 더 귀를 기울였다. 톰스키는 파이프에 불을 붙이고 한 모금 빨더니 다시 얘기를 계속했다.

"그날 밤, 조모님은 베르사유에서 열리는 왕비의 카드 모임에 모습을 나타냈어. 오를레앙 공이 물주가 됐지. 조모님은 빚을 갚지 못한 것을 시원스럽게 사과하고 약간의 변명을 한 뒤 그를 상대로 승부에 들어갔어. 그녀는 석 장의 패를 골라 차례로 그것을 걸었어. 석 장 모두 이겨서 조모님은 진 것을 전부 되찾게 됐어."

"그런 건 우연이라고 하는 거야!" 하고 손님 하나가 말했다.

"꾸며 낸 이야기예요!" 하고 겔만이 참견을 했다.

"아마 카드에 속임수가 있었을 거야!" 하고 세 번째 사내가 거들었다.

"나는 그렇게 생각하지 않아." 하고 톰스키가 매우 진지한 태도로 대답했다.

"하지만, 어째서 그런가?" 하고 이번에는 나루모프가 말했다.

"자넨 석 장이나 잇달아 운이 좋은 패를 골라 내는 조모님이 계시는데도, 어째서 여태껏 그 비법을 배우지 않았지?"

"그런데 그것이 좀처럼 뜻대로 되질 않아." 하고 톰스키가 대답했다.

"조모님은 아들이 넷이었는데, 우리 아버지도 그 가운데 한 사람이지. 그런데 네 사람이 모두 노름이라면 만사를 제쳐놓고 덤벼드는 사람들이었어. 그런데도 조모님은 그 가운데 어느 한 사람에게도 비법을 물려주질 않았어. 만약에 물려주었더라면, 그 사람들은 물론이려니와, 나만 하더라도 나쁘지는 않았을 텐데. 그러나 이것은 백부가 되는 이반 일리치 백작이 나한테 들려 준 얘기지만, 명예를 걸고라도 그 얘기가 사실이라고 했어. 죽은 챠프리키, 그 예의 수백만이라는 큰돈을 잃고 망해 버려서 죽어 간 바로 그 사람이야. 그가 젊은 시절에 20만 가까이나, 조리치라고 하던가, 어쨌든 그 사람에게 감쪽같이 당한 일이 있어. 그 사람은 자포자기가 됐어. 그런데 젊은 사람들의 장난에는 항상 시끄럽게 잔소리를 했던 조모님이 어떻게 된 영문인지 챠프리키를 딱하게 생각한 거야. 앞으로는 두 번 다시 카드에 손을 대지 않겠다는 굳은 약속을 받고 비법을 가르쳐 준 거야. 챠프리키는 즉시 돈을 딴 상대방에게 가서 다시 카드를 시작했어. 챠프리키는 최초의 패에다 5만을 걸고 처음부터 잇달아 이겼지. 그 뒤에 다시 돈을 딴어……."

"그건 그렇고, 이젠 그만 쉴 시간일세. 6시 15분 전이야."

분명히 날이 밝아 있었다. 청년들은 술잔을 비우고 제각기 집으로 돌아갔다.

2

"아무래도 당신은 시녀를 더 좋아하시는 것 같군요?"
"여보세요, 마님. 할 수 없지 않습니까. 그 사람들이 훨씬
아름답고 신선할걸요."
—높으신 분의 대화

늙은 백작 부인은 화장실(化粧室)의 거울 앞에 앉아 있었다. 세 사람의 몸종이 그녀를 에워싸고 있었다. 한 사람은 연지가 담긴 병을, 한 사람은 머리핀 상자를, 또 한 사람은 타는 듯이 선명한 빛깔의 리본이 높다란 모자를 받쳐 들고 있었다. 백작 부인은 먼 옛날에 퇴색해 버린 용모를 새삼스럽게 꾸미려고는 하지 않았으나, 다만 젊었을 때의 모든 습관을 버리지 않고 주의 깊게 70년대의 유행을 좇아 60년의 옛날과 마찬가

지로 긴 시간을 허비하면서 정성들여 몸치장을 했다. 들창가에는 이 집의 양녀가 된 소녀가 자수대(刺繡臺) 앞에 앉아 있었다.

"안녕히 주무셨습니까, 조모님." 하고 방으로 들어온 청년 장교가 말했다.

"안녕하세요, 리자 씨. 조모님 부탁이 있어 왔습니다."

"무슨 부탁이지, 폴?"

"실은 친구를 한 사람 소개할까 하는데, 금요일의 무도회에 데리고 오는 것을 허락해 주시기 바랍니다."

"그럼 직접 무도회에 데리고 와서, 그때 소개해 주도록 해요. 어젯밤 너는 N씨 댁에 있었지?"

"물론 그렇습니다. 매우 유쾌했습니다. 다섯 시까지 춤을 추었으니까요. 얼마나 에레카야 씨가 아름다웠는지 모릅니다!"

"어쩜! 그렇다면 너는 어디가 그렇게 좋은 점이 있다고 하는 거냐? 그 사람의 조모인 공작 부인 다리야 페트로브나와 비교도 안 된다고? 그런데 어떤가, 공작 부인은 이제 어지간히 나이를 먹었겠지?"

"아, 나이 말씀이십니까?" 하고 톰스키는 무심히 대답했다. "그분은 죽은 지 7년쯤 됩니다."

소녀는 고개를 들고 청년에게 눈짓을 했다. 그는 이 늙은 백작 부인과 같은 나이인 사람들의 죽음을 모두가 숨기고 있는 것을 생각해 내고는 입술을 깨물었다. 더구나 백작 부인은 그녀에게는 처음 듣는 새로운 소식을 들어도 별로 신경을 쓰지 않았다.

"죽었다고!" 그녀가 말했다.

"전혀 몰랐어! 함께 여자 관리로 임명되어 궁 안으로 배알하러 들어갔을 때, 여왕께서는……." 하고 말하면서 백작 부인은 손자를 향해 벌써 백 번째의 옛 얘기를 들려주었다.

"이봐요, 폴." 하고 이윽고 말했다.

"나를 일으켜 줘. 리자베타, 내 담배 상자는 어디 있니?"

부인은 세 사람의 시녀를 데리고 화장을 끝내기 위해 병풍을 세워 놓은 곳으로 갔다. 톰스키와 소녀, 두 사람만이 남게 되었다.

"어떤 분을 소개할 작정인가요?" 하고 리자베타 이바노브나가 낮은 소리로 물었다.

"나루모프, 아는 사람인가요?"

"몰라요, 그 사람. 군인인가요, 문관인가요?"

"군인입니다."

"공병(工兵)인가요?"

"아닙니다! 기병입니다. 그런데 어째서 공병이라고 생각했나요?"

소녀는 웃으면서 한 마디도 대답하지 않았다.

"폴!" 하고 부인이 병풍 그늘에서 말을 걸었다.

"새로운 소설을 하나 보내 줘. 하지만 요즘 것이 아닌 걸로."

"어떤 것을 보내 드릴까요, 조모님."

"말하자면, 부친과 모친을 짓밟는 인간 얘기가 없는 것으로, 그리고 물에 빠진 사람 얘기가 나오지 않는 소설을 보내 줘. 난 물에 빠진 사람을 매우 무서워하니까."

"그런 소설은 지금은 없습니다. 그럼 러시아 것은 어떻습니까?"

"러시아 소설이 있다고? 그럼 그것을 보내 줘. 꼭 보내 주도록 해."

"안녕히 계십시오. 조모님, 전 바빠서…… 잘 있어요, 리자베타 이바노브나! 어째서 당신은 나루모프를 공병이라고 생각했을까?"

이윽고 톰스키는 화장실 밖으로 나갔다.

뒤에는 리자베타 혼자만이 남았다. 그녀는 일손을 멈추고 창밖을 내다보기 시작했다. 잠시 후에 길 건너 모퉁이에 있는 집에서 젊은 장교가 나타났다. 그것을 보자 그녀의 두 볼이 빨개졌다. 다시 일을 시작하면서 자수대 뒤에 얼굴을 감추었다.

이때, 모든 채비를 끝낸 백작 부인이 들어왔다.

"리자베타, 마차를 준비시켜 줘." 하고 그녀는 말했다. "산책을 하러 가는 거야."

리자베타는 자수대에서 일어나 일거리를 정리하기 시작했다.

"어머나, 어떻게 된 거야? 너는 어째서 멍청하게 구는 거지?" 하고 부인은 소리를 지르면서 재촉했다.

"마차를 준비하라고 빨리 가서 말해!"

"네, 곧 가겠어요." 하고 소녀는 조용히 대답하고는 현관으로 뛰어갔다.

하인이 들어와서 공작 파벨 알렉산드로비치가 보낸 책을 부인에게 건네 주었다.

"어머, 마침 잘됐어! 고맙다고 말씀드려요." 하고 부인이 말했다. "리자베타, 어딜 그렇게 뛰어가는 거니?"

"옷을 갈아입으려고요."

"아직 괜찮아, 시간이 있으니까. 이리 와서 앉아, 첫 번째 책을 큰소리로 읽어 줘."

소녀는 책을 집어 들고 대여섯 줄을 읽어 주었다.

"더 큰 소리로 읽어." 하고 부인은 말했다. "너, 왜 그러니? 목소리가 안 나오는 거냐? 조금 기다려…… 의자를 더 가까이 가져와…… 자!"

리자베타는 다시 두 줄쯤 읽었다. 부인은 하품을 했다.

"이제 그 책은 그만 읽어." 하고 그녀는 말했다.

"이 무슨 바보같이 어리석은 일일까! 파벨 공한테 돌려 보내. 감사하다고 말하면서…… 그런데 마차는 어떻게 되었는지 모르니?"

"준비가 돼 있습니다." 거리를 잠깐 내다보면서 리자베타가 말했다.

"너는 언제나 나를 기다리게 하는군. 정말로 못해먹겠어."

리자는 자기 방으로 뛰어갔다. 2분이 되기도 전에 부인은 있는 힘을 다 내어 초인종을 울렸다. 한쪽 입구에서는 세 사람의 시녀가, 다른 한쪽 입구에서는 하인이 달려왔다.

"너희들은 아무리 불러도 들리지 않느냐?" 하고 부인이 그들에게 말했다.

"리자베타 이바노브나에게 가서 내가 기다린다고 말해!"

리자베타는 외투를 입고 모자를 쓰고 나왔다.

"이제야 왔군." 하고 부인은 말했다.

"어머나, 굉장히 모양을 냈구나. 왜 그러니? 누구를 기쁘게 해 주려는 거니? 날씨가 어때? 바람이 부는 것 같은데……."

"아녜요. 조금도 없어요, 마님. 매우 조용해요." 하고 하인이 대답했다.

"너희들은 언제든지 적당히 얼버무리려고만 해. 창문을 열어 봐. 그것 봐, 바람이 정말로 부는데도! 그리고 추워서 안 되겠어! 말을 풀어 버려! 리자베타, 외출은 중지하기로 하자. 모양을 낸 것이 허사가 되겠지만."

'아아, 정말로 괴로운 삶이군!' 하고 리자베타 이바노브나는 생각했다.

진정 리자베타는 불행한 처녀였다.

'인연이 없는 빵은 쓰다.' 라고 단테는 말했다. '인연이 없는 사람이 사는 집 층계를 오르는 것이 괴로운 일' 임을 이 여류 명사인 노(老)부인에게 양육된 불쌍한 아가씨말고, 남에게 신세를 지는 쓰라림을 누가 알 수 있을까? 본래 백작 부인은 나쁜 마음이 없었지만, 상류 사회에서 응석을 부려 왔던 여성의 예에 빠지지 않고 방자하며 화려했던 시절을 즐겁게 생활해 오다가 지금은 이 세상에 인연이 없어진 모든 노인들과 마찬가지로 인색하고 냉정한 이기주의에 구애받고 있었다. 그녀는 상류 사회의 떠들썩한 모임에는 항상 관계해서 무도회에 출입을 하고 있었지만, 연지를 바르고 옛날식의 옷을 입은 그녀는, 무도회장에 없어서는 안 되는 기형적인 장식물처럼 항상 한쪽 구석에 앉아 있었다. 그래서 찾아오는 손님들은 정해진 예식이라도 되는 것처럼, 그녀 옆으로 가까이 가서 정중하게 인사말을 하고, 그 후에는 누구 한 사람 거들떠보지도 않았다.

부인은 엄격한 예의범절을 중히 여겨, 누가 누군지 얼굴도 분별 못하면서 거리에 사는 모든 사람들을 자택으로 초대하곤 했다. 굉장히 많은 하인들은 대기실이나 하녀방에서 뚱뚱해지기만 하고 늙는 것도 분별 못하면서 여생이 얼마 남지 않은 늙은 여자의 소유물을 제멋대로 다투어 차지하면서 마음 내키는 대로 행동을 취하고 있었다.

리자베타 이바노브나는 이 집의 수난자였다. 그녀는 차를 따라 주면서도 설탕을 쓸데없이 허비한다고 꾸지람을 들었다. 또 소설을 읽어 주고는 그 작가의 모든 실수를 대신 혼자 뒤집어썼다. 산책할 때 날씨나 포장도로에 관해서까지 책임을 져야만 했다. 급료가 정해져 있는데도 받아 본 예가 없고 다른 사람과 마찬가지로, 즉 극소수에 지나지 않는 여자들처럼 상당한 몸치장을 하고 있어야만 했다.

사교계에 나가서는 극히 가엾은 역할을 맡고 있었다. 누구나 할 것 없이 그녀를 알고 있으면서도 아무도 그녀에게 신경을 쓰지 않았다. 무도회에서 그녀가 춤을 추는 일은 파트너가 모자랄 때에 한정돼 있었다. 또 귀부인들은 자기 복장의 어떤 부분을 다시 매만지기 위해 화장실에 갈 필요가 있으면 정해 놓고 그녀를 데리고 갔다. 그녀는 자존심을 가지고 자기의 처지를 분명히 자각하고 있었기 때문에 절실하게 구원의 손길을 고대하면서 주위를 둘러보며 그 손길을 찾고 있었다. 그런데도 경박한 공명심에 급급한 청년들은 리자베타가, 그들의 주위에 달라붙어서 떨어질 줄 모르는 나이가 찬 버릇없고 냉정한 귀한 집 딸들보다 몇 배나 사랑스러운데도 좀처럼 거들떠보지도 않았다. 화려하고 더구나 권태로운 응접실을 살짝 빠져나와 벽지를 바른 병풍과 옷장과 화장대와 색칠을 한 침대가 놓여 있고, 놋쇠로 만든 촛대에 짐승 기름을 짜서 만든 촛불이 어슴푸레 켜져 있는 쓸쓸한 자기 방으로 가서 소리 없이 울었던 일이 얼마나 많았던가.

어느 날, 이 얘기의 첫머리에 썼던 그날 밤부터 이틀이 지나고, 지금 내가 잠깐 멈춘 장면보다 일주일 전인, 어느 날 리자베타는 들창 아래 놓여 있는 자수대 앞에 앉아, 뜻밖에도 거리를 내다본 순간, 창문 쪽을 바라보며 가만히 서 있는 젊은 공병 장교에게 눈길이 멈췄다.

그녀는 얼굴을 숙이고 다시 일손을 놀렸다. 5분쯤 지나 다시 밖을 내다보니…… 청년 장교는 변함없이 같은 장소에 서 있었다. 지나치는 장교에게 추파를 보내는 일은 습관이 돼 있지 않았으므로 거리를 바라보는 일을 중지하고 이번에는 머리도 들지 않고 두 시간 가까이 수를 놓고 있었다.

그 사이에 식사 시간이 됐다. 이윽고 처음으로 자리에서 일어나, 자수대를 정리하다가 다시 밖을 내다보니 장교는 여전히 거기 서 있었다. 이것은 실로 기묘한 일이라고 생각되었다. 식사가 끝난 후, 종일 불안한 생각을 품고 창문에 가까이 가 보니, 이미 장교의 모습은 보이지 않았다. 그녀는 그것만으로 곧 그에 대한 일은 잊어버렸다.

이윽고 이틀이 지나 백작 부인과 함께 마차를 타려고 할 때, 또다시 그의 모습을 보았다. 그는 수달의 털로 만든 옷깃에 얼굴을 가리고 현관 옆에 서 있었다. 검은 눈동자가 모자 그늘에서 빛나고 있었다. 리자베타는 이유도 없이 섬뜩해서 말할 수 없는 전율을 느끼고 마차에 올랐다. 집으로 돌아오자 또다시 들창으로 달려갔다.

장교는 그녀를 바라보면서 그 장소에 서 있었다. 그녀는 호기심에 시달리고 생전 처음으로 느끼는 감정에 몸을 떨면서 그 자리에서 물러났다.

이때부터 청년의 모습이 그 집 창 밑에 언제나 일정한 시간에 나타나지 않는 날이 없었다. 두 사람 사이에는 이렇다 할 이유도 없는 교섭이 이루어졌다. 언제나 그 장소에서 일을 하고 있어도 가까이 다가오는 기색이 느껴져 머리를 들고는 날이 갈수록 한층 더 뚫어지게 사내를 바라볼 수 있게 되었다.

아무래도 청년 편에서는 자기를 보아 주는 것을 고맙게 생각하는 것 같았다. 두 사람의 눈동자가 마주칠 때마다 사내의 창백한 양쪽 볼이 순간적으로 빨개지는 것을, 그녀는 젊은 사람이라면 누구나 가지고 있는 눈초리로 간파했다. 일주일쯤 지나자 그녀는 사내에게 미소를 지어 보일 정도가 되었다.

톰스키가 백작 부인에게 친구를 소개하겠다고 말했을 때, 가련한 처녀의 가슴은 몹시 울렁거렸다. 그러나 나루모프가 공병이 아니고 근위 기병이라는 말을 들었을 때, 경박한 톰스키에게 노골적인 질문을 해서 비밀을 무심코 누설시켜 버린 것이 분했다.

겔만은 러시아에 귀화한 독일 사람의 아들이며, 아버지로부터 약간의 유산을 물려받고 있었다. 겔만은 더욱더 독립을 하지 않으면 안 되겠다고 굳게 다짐하고 있었기 때문에 이자 따위에는 손을 대지 않고 봉급만으로 생활을 꾸려 나갔으며 약간의 변덕도 부리지 않았다. 그렇다고는 하나, 그는 마음이 해이하지 않은 인간이고 야심가이기도 했으므로, 남보다 갑절로 검소한 생활을 하는 것으로 친구들에게 웃음거리가 되는 일은 절대로 없었다. 맹렬한 정열과 타오르는 듯한 상상력을 가지고 있으면서, 확고부동한 의지력으로, 보통 젊은 사람이라면 있을 법한 도리에 어긋난 생각이나 행동에 빠지는 일도 없었다.

예를 들면, 마음속으로는 도박을 좋아하면서도 '공돈이 생기는 것을 기대하여 필요한 돈을 희생하는(이것은 그의 핑계지만) 것 같은 일은 처지가 용서하지 않는다.'고 생각하여 버리고는 한 번이라도 카드를 만져 본 일이 없었다. 그런 주제에 밤새도록 카드 앞에 끝까지 붙어 앉아서 변화무쌍한 승부를 미칠 듯이 가슴을 두근거리면서 지켜보고 있었다.

석 장의 카드 얘기는 그의 상상력을 강하게 자극시켜 밤새도록 뇌리에서 떠나지 않았다.

'만약에……' 하고 그는, 그 이튿날 페테르부르크의 거리를 헤매면서 생각했다.

'만약에 그 노부인이 비법을 물려 준다면 어떻게 될까! 즉석 장의 이길 수 있는 이름을 가르쳐 준다면! 그렇게만 해 준다면, 어찌 운을 걸어 보지 않고 있겠는가…… 어떻게 해서든지 만나 뵙고 마음에 들도록 하는 거다. 그렇잖으면 연인이된다? 첫째, 그것은 상당한 인내심이 필요하다. 어쨌든 상대방은 나이가 88세나 되니까, 때에 따라서는 일주일, 아니 이틀 후에 죽어 버릴는지도 알 수 없어…… 그런데 그 얘기는 정말일까? 그렇잖다. 절약·중용·근면, 이것이 내가 이길 수 있는 석 장의 패다. 이것만 사용하면 내 형편을 갑절로 만들 수가 있다. 일곱 배로 만들어서 안락과 독립을 얻을 수 있는 거다!'

이런 식으로 생각을 하면서 어느 사이에 페테르부르크의 어느 큰 거리에 있는 고풍스러운 집 앞에 당도했다. 거리는 마차로 메워져 있었다. 마차는 줄을 이어 별빛이 밝은 현관 앞으로 와 닿았다. 마차에서는 그치지 않고 젊은 미인의 곱게 뻗은 다리와 소리를 내는 승마용 구두, 그런가 하면 줄무늬가 있는 양말과 외교관들의 단화 따위가 포석 위에 쭉 늘어서 있었다. 모피 외투와 소매 없는 외투 같은 것이 위엄 있고 예의 바르게 서 있는 문지기 옆을 슬쩍슬쩍 지나쳤다. 겔만은 그 자리에 멈춰 섰다.

"이건 누구의 저택입니까?" 하고 그는 길모퉁이에 서 있는 경관에게 물었다.

"A백작 부인의 저택입니다." 상대방이 말했다.

겔만은 몸을 떨었다. 이상한 카드 이야기가 또다시 머리에 떠올랐다. 그는 이 집 주인과, 그 기묘한 기술에 관한 것을 생각하면서 집 주위를 어정버정 헤맸다.

밤이 깊어진 후에야 초라한 숙소로 돌아왔지만 좀처럼 잠이 오지 않았다. 겨우 잠이 들었는가 싶더니, 카드와 녹색의 책상과 돈 뭉치와 산더미 같은 금화가 있는 꿈을 꾸었다. 한창 걸다가 마침내 갑절을 걸고는 만족할 때까지 노름에 이겨서는 금화를 긁어모으고 돈 뭉치를 호주머니에 쑤셔놓고 있었다.

이튿날 아침 꽤나 늦게 잠에서 깨어나자, 환상의 부(富)가 사라져버린 것을 상기하고는 한숨을 쉬었으나 다시 거리에 나가 어정버정 거닐고 있으려니, 또다시 백작 부인의 집 앞에 와 있었다. 눈에 보이지 않는 힘이 그를 인도해 온 것 같았다. 그는 발길을 멈추고 가만히 창문 쪽을 올려다보았다. 그 창문 하나에 무슨 책을 보는지 혹은 바느질을 하는 것인지 수그리고 있는 흑발의 머리가 보였다. 순간, 그 머리가 올라갔다. 겔만은 아름답고 신선한 얼굴과 까만 눈동자를 볼 수가 있었던 것이다. 실로 이 순간이 그의 운명을 결정지었다.

3

여보세요, 당신.
당신은 내가 미처 다 읽기도 전에 네 번째 소식을 보내시는군요.
— 편지

리자베타 이바노브나가 겨우 외투와 모자를 벗으려고 하는데, 벌써 백작 부인은 그녀를 부르러 사람을 보내 또다시 마차를 준비하도록 명령했다. 두 사람은 밖으로 나왔다. 막 마차에 타려고 두 사람의 하인이 노인을 부축해서 마차 안으로 밀어 넣었을 때, 리자베타는 예의 그 공병 장교가 수레바퀴에 닿을 듯 말 듯, 몸을 바싹 붙이고 있는 것을 보았다. 사내는 여자의 손을 붙잡았다. 그녀가 너무나 놀란 나머지 얼이 빠져 있는 사이에 청년의 모습은 사라졌지만 — 그녀의 손에는 한 통의 편지가 쥐어져 있었다. 그녀는 편지를 손주머니 속에 숨겼지만, 마차를 타고 있는 내내 아무것도 들리지도, 보이지도 않았다. 부인은 마차를 타고 있으면, '지금 만난 사람은 누구지?' 라든가 '이 다리는 뭐라고 부르지?' 라든가 '저 간판에는 뭐라고 씌어 있지?' 하면서 쉴 새 없이 물어 보는 버릇이 있었지만, 이때만큼은 리자베타가 적당히 엉뚱한 대답만 하고 있었으므로 마침내 부인을 화나게 만들어 버렸다.

"이봐, 어떻게 된 거 아냐? 정신을 잃고 말았느냐, 응? 내가 말하는 것이 들리지 않니, 그렇잖으면 이해하지 못하는 거냐? 좌우간 큰일 났군. 나는 아직 혀도 굳어지지 않고, 정신도 멀쩡한데!"

리자베타는 그 말도 들리지 않았다. 집에 돌아오자 그녀는 몹시 급하게 자기 방으로 달려가서 손주머니에서 편지를 끄집어냈다. 편지는 봉함을 하지 않았다. 리자베타는 즉시 그것을 읽었다. 편지 내용은 사랑의 고백이었다. 매우 다정하게 예의를 지키면서 글씨 하나 문장 하나가 모두 독일 소설에서 발췌한 것이었다. 그러나 리자베타는 독일어를 몰랐기 때문에 덮어놓고 기뻐했다.

그렇다곤 하지만, 그녀가 받은 편지는 굉장한 불안감을 느끼게 했다. 그녀는 생전 처음으로 젊은 사내와 남의 눈을 속이는 사이가 되었던 것이다. 사내의 대담성에 여자는 두려움을 느꼈다. 자기의 조심성 없는 행동을 꾸짖어 보긴 했으나, 어떻게 하면 좋을지 몰랐다. 창가에 앉지 말고, 집요하게 뒤를 쫓는 사내의 열기가 식어지는 것을 모르는 척 기다려 볼까? 편지를 되돌려 줄까? 그렇잖으면 냉담하게 확고한 답장을 써 보낼까? 그녀에게는 의논할 상대가 없었다. 그녀에게는 친구도 없고 스승도 없었다. 리자베타는 답장을 쓰기로 결심했다.

그녀는 조그마한 책상에 앉아 펜을 쥐고 종이를 잡자 생각에 잠겼다. 몇 번이고 편지를 쓰기 시작했다가는 그것을 찢어 버렸다. 글귀가 너무나 겸손하든가 몰인정하게 생각되었기 때문이다. 마침내 그녀는 만족스런 몇 줄을 쓸 수가 있었다.

"틀림없이……." 하고 그녀는 썼다.

"당신은 맑고 깨끗한 마음씨를 가지고 계시며, 일부러 나에게 창피를 주려고 그 같은 경솔한 일을 하신 것이 아니라고 생각합니다. 그리고 우리들의 교제는 이런 식으로 시작해서는 안 된다고 생각합니다. 그렇기 때문에 편지를 되돌려 보내는 것이니, 앞으로는 당치도 않은 실례를 했다고 책망을 듣는 일이 없도록 빕니다."

이튿날 걸어오는 겔만의 모습을 확인하자 리자베타는 자수대에서 일어나, 넓은 방으로 들어가서 거기 있는 창문으로 거리를 향해 편지를 던졌다. 틀림없이 청년 장교가 그것을 알아보고 뛰어오리라는 것을 기대하면서. 그러자 예상대로 겔만은 뛰어와서 편지를 주워 가지고는 찻집으로 들어갔다.

봉투를 뜯어 보니 그 속에 자기 편지와 리자베타의 답장이 들어 있었다. 그는 그것을 미리 예상하고 있었기 때문에 앞으로의 책략을 이것저것 생각하면서 집으로 돌아왔다.

그로부터 3일 후에 유행품을 파는 가게에서 심부름을 보냈다고 하면서 약삭빠른 눈매를 한 조그마한 계집애가 리자베타에게 편지를 가지고 왔다. 리자베타는 돈을 받으러 왔겠지 하고 마음속으로 조마조마하면서 편지를 뜯어보았다.

그녀는 당장에 겔만의 필적이라는 것을 눈치 챘다.

"이봐요, 잘못 가지고 왔어요." 하고 그녀는 말했다.

"이 편지는 내 앞으로 보내는 것이 아녜요."

"아녜요. 틀림없어요!" 하고 대답한 소녀는 교활한 미소를 별로 숨기려 하지도 않고 대답했다.

"어서 읽으세요!"

리자베타는 편지를 읽었다. 겔만이 밀회를 요구하고 있는 것이었다.

"그럴 리가 없어." 하고 리자베타는 조급한 요구와 그 요구 방법에 어이가 없어 말했다.

"이 편지는 아무래도 번지수가 달라요."

이렇게 말하면서 편지를 갈기갈기 찢어 버렸다.

"만약 당신에게 온 것이 아니라면, 왜 찢었나요?" 하고 소녀는 말했다.

"난 부탁받은 사람에게 되돌려 줘야 하는데."

"제발 부탁이니." 하고 리자베타는 상대편의 핑계에 얼굴을
붉히고 말했다.

"두 번 다시 이런 편지를 가지고 오지 말아요. 당신을 내게
보낸 분에게 조금은 체면이라는 것을 알라고 말해 줘요!"

그러나 겔만은 이 정도로 중단하지 않았다. 리자베타는 여
러 가지 방법으로 보내는 편지를 매일같이 받았다. 그것은 이
미 독일 소설의 번역은 아니었다. 겔만은 참을래야 참을 수
없는 애욕에 이끌려서 쓴 것이며, 그 글도 자기 자신의 것이
었다. 거기에는 억누를 수 없는 욕망과 방자하고 요령을 잡을
수 없는 내용이 씌어 있었다.

리자베타도 지금은 그것을 되돌려 보내겠다는 생각은 없었
다. 어느 사이에 몹시 기뻐하면서 답장을 쓰게 되었고 그 편
지도 시간이 흐를수록 길어졌으며, 다정한 애정이 담겨지게
되었다. 마침내 그녀는 다음과 같은 편지를 창문으로 던졌다.

"오늘 밤은 N대사 댁에서 무도회가 있습니다. 백작 부인도
참석합니다. 우리는 두 시 무렵까지 거기에 있습니다. 그래서
두 사람만이 만날 수 있는 좋은 기회가 됩니다. 마님이 출발
하시면 하인들은 곧 이리저리 가 버리고 말 겁니다. 문지기만
이 현관 앞에 남습니다. 하지만 그들마저 대개는 자기 방으로
가 버립니다. 열한 시 반에 와 주세요. 그래서 곧바로 밖에 있
는 층계를 오르세요. 만약 현관에 누가 있으면, 백작 부인이
집에 계시냐고 물으세요, 틀림없이 '안 계십니다.' 하고 말할

테니, 그렇게 되면 이미 어쩔 수 없으니 돌아갈 수밖엔 없습니다. 하지만 안심하세요, 누구도 만나지 않을 겁니다. 몸종들은 모두 함께 한방에 있을 테니, 먼저 현관에서 왼쪽으로 가시고 똑바로 마님의 침실까지 오세요. 침실의 병풍 그늘엔 작은 문이 두 개 붙어 있습니다. 하나는 마님이 사용하지 않는 방이며, 왼편으로 해서 복도로 나갈 수 있습니다. 복도로 나가시면 좁고 구불구불한 층계가 있는데, 그것을 오르시면 제 방입니다."

겔만은 정해진 시간을 기다리다 지쳐서 호랑이처럼 몸을 부르르 떨고 있었다. 밤 열 시에는 벌써 백작 부인의 집 앞에 서 있었다. 굉장한 날씨였다. 바람이 울부짖고 함박눈이 펑펑 쏟아지고 있었다. 가로등의 불빛은 어둠침침했고 거리에는 사람 하나 없었다. 가끔 말라빠진 말에게 썰매를 끌게 한 마부가 귀가가 늦어진 손님을 찾으면서 지나칠 뿐이었다.

겔만은 낮에 입은 남자용의 예복 하나에 몸을 싸고, 바람도, 눈도 의식하지 않으면서 서 있었다. 마침내 백작 부인의 마차가 끌려왔다.

겔만의 눈에는 수달피 외투로 몸을 둘러싼 고양이처럼 등이 굽은 늙은 여자를 하인들이 안을 듯이 데리고 나오는 것이 보였고, 그 뒤를 따라 추워 보이는 소매 없는 외투를 입고 머리에 꽃가지를 꽂은 미녀가 언뜻 비쳤다. 문은 소리 없이 닫혔다. 마차는 부서지기 쉬운 눈 속을 무게 있게 움직이며 갔다. 문지기가 이곳저곳에 있는 문을 닫았다. 창문은 어둑어둑해졌다. 겔만은 인기척이 끊어진 집 주위를 걷기 시작했다.

가로등에 가까이 가서 시계를 들여다보니 열한 시 20분을 지나고 있었다. 그는 가로등 밑에 멈춰 선 채로 시계바늘을 응시하면서 나머지 몇 분이 지나기를 초조하게 기다리고 있었다. 정각 열한 시 반에 겔만은 밖에 있는 층계를 올라가서 등불이 눈부시게 밝은 현관으로 들어갔다. 문지기의 모습은 보이지 않았다. 겔만이 층계를 뛰어올라가서 현관 문을 열자, 하인 하나가 램프등 아래에서 구식 의자를 나란히 놓고 잠들어 있는 것이 보였다. 겔만은 가볍고 재빠른 걸음걸이로 하인 옆을 빠져나갔다. 넓은 방도 객실도 캄캄했으나 현관의 램프등 불빛이 희미하게 비추고 있었다. 겔만은 침실로 들어갔다. 낡아빠진 성상(聖像)을 가득히 모셔 놓은 장 앞에는 신에게 바치는 황금의 등불이 켜져 있었다. 빛바랜 꽃무늬 주단을 씌운 안락의자와 푹신푹신한 깃털 방석을 얹어 놓은 도금이 벗겨진 긴 의자가, 당초 무늬 종이를 바른 벽 가까이에 쓸쓸한 조화를 이루면서 나란히 놓여 있었다.

벽에는 르블링 부인[6]이 파리에서 그린 두 장의 초상화가 걸려 있었다. 한 장에는 담록색 군복을 입고 훈장을 한 40세가량 되는 뚱뚱하고 불그레한 얼굴의 남자가 그려져 있었다. 다른 한 장에는 갈고리 코에다 앞머리를 말아 올려서 높이 치켜세우고 머리에 장미꽃을 꽂은 젊은 미녀가 그려져 있었다. 방의 네 구석에는 질그릇으로 만든 목동의 초상과 유명한 르로아[7] 제품의 탁상시계, 작은 상자, 룰렛 도구, 깃털부채, 심지어 전 세기(世紀)말의 몽골피에[8]의 기구와 메스메르[9]의 자력요법(磁力療法)과 함께 발명된 가지각색의 부인용 필수품이 놓여 있었다.

겔만은 병풍의 그늘로 갔다. 그늘에는 쇠로 만든 작은 침대가 있고 오른쪽에는 사실(私室)로 들어가는 문이 있으며, 왼쪽에는 복도로 빠지는 문이 있었다. 겔만은 왼쪽 문을 열고 가련한 처녀의 방으로 통하는 구불구불한 층계를 바라보았다. 그러나 그는 발길을 돌려 캄캄한 객실 쪽으로 들어갔다.

시간은 서서히 흘러갔다. 주위는 매우 조용했다. 객실에 있는 시계가 열두 시를 쳤다. 이곳저곳의 방에 걸려 있는 시계도 차례로 열두 시를 알렸지만, 다시 주위는 조용해졌다. 겔만은 싸늘하게 식은 벽난로에 기대 서 있었다. 그는 매우 침착해져 있었다. 뭔지 모르지만 위험하고 더구나 피할 수 없는 일을 하려고 결심한 사람같이 심장의 고동도 조용했다. 시계는 새벽 한 시를 치고, 잇달아 두 시를 쳤다. 그는 이윽고 저 멀리 마차가 삐걱거리는 소리를 들었다. 저도 모르게 그는 흥분되는 것을 느꼈다. 마차는 가까이 와서 멈췄다. 발판을 내리는 소리가 들렸다. 저택 안은 떠들썩하기 시작했다. 하인들이 이리저리 뛰면서 떠들썩하게 서로 불러대는 소리가 들리기 시작했다. 저택 안에 불이 밝혀졌다. 세 사람의 늙은 하녀가 침실로 뛰어들어오자, 이윽고 살아 있는 게 맞나 싶은 백작 부인이 들어와서 볼테르 의자[10]에 쿵 하고 소리를 내며 앉았다. 겔만은 문틈으로 지켜보고 있었다. 리자베타 이바노브나가 그의 앞을 지나갔다. 겔만은 층계를 바쁘게 올라가는 그녀의 발소리를 들었다. 그의 가슴에는 양심의 가책과 같은 것이 느껴졌으나, 다시 본래의 조용한 상태로 돌아왔다. 그는 마치 돌처럼 감각이 없어져 버렸다.

백작 부인은 거울 앞에서 옷을 벗기 시작했다. 장미꽃으로 장식한 모자를 벗고 그 다음에 깨끗이 깎은 백발 머리에 쓰고 있는 가발을 벗었다. 머리핀이 몸 둘레에 빗방울처럼 우수수 떨어져 내려갔다. 은실로 바느질한 누런 옷이 부풀어오른 발 아래로 미끄러져 내려갔다. 겔만은 뜻밖에도 화장을 한 부인의 보기 싫은 비밀을 목격했던 것이다.

이윽고 부인은 잠옷을 입고 나이트캡만을 쓴 몸이 되었다. 늙은이에게 훨씬 어울리는 이 옷을 입자, 이미 부인은 그다지 무섭지도 않고 흉해 보이지도 않았다.

대체로 노인은 모두가 그런 것이지만, 부인 역시 불면증에 괴로워하고 있었다. 옷 갈아입는 일을 끝내자 창가에 있는 볼테르 의자에 앉고 늙은 하녀들을 물리쳤다. 촛대도 가져가게 했다. 방안은 단 하나의 등불이 비추고 있을 뿐이었다.

부인은 샛노란 얼굴을 하고 비뚤어진 입술을 떨며 몸을 좌우로 흔들면서 앉아 있었다. 흐리멍덩한 그녀의 눈은 마음이 텅 비어 있다는 것을 말해 주고 있었다. 지금의 그녀 모습을 보면, 몸이 몹시 흔들리는 것은 의자 탓이 아니고 몸속에 숨겨져 있는 갈바니 전기의 작용에 의한 것이라고 생각되리라.

갑자기 죽은 사람과 같은 그의 얼굴은 말로 표현할 수 없는 표정으로 변했다. 입술의 움직임은 정지되고 눈동자는 생기가 돌았다. 부인 앞에는 남모르는 사내가 서 있었던 것이다.

"조용히 하십시오! 조용히!" 하고 그는 낮은 소리로 그리고 분명하게 말했다.

"저는 당신을 해롭게 할 작정은 아닙니다. 저는 약간의 부탁이 있어 찾아온 사람입니다."

노파는 묵묵히 사내를 응시했다. 겔만은 귀가 잘 안 들리는가 하고 곧 귓전에다 몸을 굽히고 다시 한 번 같은 말을 되풀이했다. 역시 노파는 잠자코 있었다.

"당신은……." 하고 겔만은 말을 이었다.

"저에게 일평생의 행복을 물려줄 수가 있습니다. 더구나 그 정도의 일은 당신에게 간단한 것입니다. 당신이 잇달아 석 장의 카드를 알아맞히는 것을 저는 잘 알고 있습니다."

겔만은 말을 끝냈다. 간신히 백작 부인에게 무슨 부탁인지를 깨닫게 해 준 것 같았다. 그래서 어떻게 대답을 하면 좋은가를 생각하고 있는 것같이도 보였다.

"그것은 농담이에요." 하고 마침내 그녀가 말했다. "정말로 그것은 농담이에요."

"아닙니다. 농담이라니, 말도 안 됩니다." 하고 겔만은 화를 벌컥 내면서 말대답을 했다.

"당신이 잃은 것을 되찾는 수단을 가르쳐 주셨던 챠프리키를 상기해 보십시오."

부인은 분명히 어리둥절했다. 그녀의 표정은 맹렬한 마음의 동요를 나타냈다. 그러나 잠시 후 본래의 무표정으로 되돌아왔다.

"어떻습니까?" 하고 겔만은 말을 계속했다. "저에게 석 장의 이길 수 있는 카드를 가르쳐 주지 않겠습니까?"

부인은 잠자코 있었다. 겔만은 말을 이었다.

"누굴 위해서 그렇게 비법을 지키고 계시는 겁니까? 손자를 위해섭니까? 그 사람들은 그런 것을 하지 않아도 유복하게 살 수 있습니다. 돈의 가치가 뭔지도 모르고 있습니다. 낭비를 하는 사람에게는 석 장의 패도 효력이 없다고 생각합니다. 부모의 유산을 끝까지 지키지 못하는 사람은 가령 아무리 악마처럼 노력을 하더라도 아무런 일도 해 놓은 것 없이 죽는 일이 고작입니다. 저는 낭비를 하는 그런 사람이 아닙니다. 저는 돈의 가치가 어떤 것인가를 알고 있습니다."

그는 입을 다물고 몸을 떨면서 부인의 대답을 기다렸다. 부인은 그래도 잠자코 있었다. 겔만은 꿇어앉았다.

"만일 언젠가……." 하고 그는 다시 말했다.

"당신이 사랑의 기분을 경험하셨다면, 또 그때의 감격을 기억하고 계신다면, 그리고 가령 한 번이라도 막 태어난 어린애의 울음소리에 미소를 지은 일이 있으시다면, 언젠가 당신의 가슴이 인간적인 그 뭔가로 감동된 일이 있으시다면, 과연 그렇다면, 아내로서, 연인으로서, 모친으로서의 기분, 이 세상의 모든 성스러운 것에 맹세코 부탁을 합니다. 이 부탁은 아무쪼록 거절하지 마십시오. 비법을 물려 주십시오. 당신한테는 아무것도 아닌 일이잖습니까? …… 경우에 따라서는 비법을 알고 있기 때문에 무서운 죄가 되는지, 영원한 행복을 잃어버리게 되는지, 혹은 악마와의 약속을 이행하게 되는지도 알 수 없는 일입니다…… 잘 생각해 보십시오. 당신은 늙은 몸이고 앞으로 오래는 살지 못할 겁니다. 당신의 죄를 제 영혼이 떠맡아도 좋습니다. 그러니까, 단지 비법만 가르쳐 주십시오. 남자 하나의 행복이 당신의 손안에 있고 저뿐만 아니라 자식이나 손자, 그리고 증손자까지도 당신이 기억해 주셨던 것을 고맙게 생각해서 당신을 성모 마리아처럼 받들어 모시게 된다는 것을 생각이라도 해 보십시오……."

늙은 여자는 한 마디도 대답하지 않았다.

겔만은 자리에서 일어섰다.

"이 늙고 간악하고 무자비한 과부년!" 하고 그는 이를 갈면서 말했다.

"그렇다면 대답을 하도록 만들어 주겠다……." 그는 호주머니에서 권총을 끄집어냈다.

권총을 보자 부인은 다시 한 번 매우 놀라는 표정을 지었다. 그녀는 쏘는 것을 막기라도 하는 듯이 고개를 흔들고 두 손을 들었다. 이윽고 뒤로 쿵 하고 넘어졌다. 그리고 다시는 움직이지 않았다.

"어린애 같은 짓은 그만둬요." 하고 노파의 손을 잡고 겔만은 말했다.

"이번 한 번만 묻겠습니다. 석 장의 패를 가르쳐 주겠습니까? 그렇잖으면 못하겠습니까?"

백작 부인은 대답이 없었다. 겔만은 그녀가 죽었다는 것을 알았다.

4

18××년 5월 7일

굳은 절개도 없고 신앙도 없는 사람이었습니다.

─편지

리자베타 이바노브나는 아직 무도회의 옷을 입은 채로 깊은 수심에 잠겨 자기 방에 앉아 있었다. 저택으로 돌아오자, "무슨 심부름이라도 계시면." 하고 졸음이 와서 투덜대며 말하는 소녀를 "옷은 내가 갈아입을 테니." 하고 물리치고 몸을 떨면서 방으로 들어갔다. 그녀는 마음속으로는 겔만이 와 있을지도 모른다고 기대를 갖기도 하고 한편으로는 오지 말았으면 하고도 바라고 있었다.

첫눈에 사내가 없는 것을 알자 두 사람의 밀회를 방해한 운명의 신에 대하여 감사했다. 그녀는 옷도 갈아입지 않고 앉아서, 잠깐 사이에 이렇게 깊은 관계로 빠지게 된 지금까지의 모든 사정을 돌이켜 생각해 보았다. 처음으로 들창 그늘에서 그 청년을 보았을 때부터 아직 3주일도 지나지 않았는데, 벌써 편지를 주고받는 사내에게 밤중의 밀회를 약속했다. 이름을 알게 된 것도 단지 몇 통의 편지 말미에 이름이 씌어 있었기 때문이다. 지금까지 한 번이라도 얘기를 한 일도, 목소리를 들은 일도 없고, 소문으로조차 들은 일이 없는 것이다……. 그것도 바로 오늘 밤까지 생각해 보면 기묘한 얘기다. 그날 밤, 톰스키는 평상시와 달리 그가 아닌 다른 사내에게 달라붙어 있는 젊은 공작의 따님 포린 아무개한테 화가 나서, 마음이 편안한 것처럼 꾸미면서도 앙갚음을 하려고 리자베타를 불러들여 그녀를 상대로 언제 끝날지도 모르는 마주르카를 마음껏 추었다. 춤을 추는 동안 내내 그는 리자베타가 공병 장교에게 정신없이 열중하고 있다고 단언했다. 어쩌다가 그의 농담은 요행히 급소를 찔렀기 때문에 리자베타는 몇 번이고 자기의 비밀을 눈치채고 있는 것으로 생각했다.

"그런 일 누구한테 들었어요?" 하고 웃으면서 그녀는 물었다.

"당신이 알고 있는 분의 친구로부터." 하고 톰스키는 대답했다.

"상당히 유명한 사람이지만."

"유명한 사람이라고요, 도대체 그분이 누구예요?"

"겔만이라고 하는 사람."

리자베타는 아무런 대답도 하지 않았지만, 두 손과 발이 얼음처럼 차가워졌다.

"그 겔만이라고 하는 사람은." 하고 톰스키는 말을 계속했다.

"그야말로 로맨틱한 인물이고, 옆얼굴은 나폴레옹, 마음은 메피스토펠레스라는 사람이오. 나는 그 사람의 양심에는 책망을 받을 일이 적어도 세 가지는 있다고 생각합니다. 그런데 어째서 그렇게 창백합니까?"

"전, 두통이 좀 있어요. 그래서 겔만인가 하는 사람, 당신에게 뭐라고 하셨던가요!"

"겔만은 말입니다. 그 친구들의 일을 매우 못마땅하게 생각하고 있어요. 자기가 그 위치에 있다면 전혀 다른 일을 해 보이겠다면서…… 겔만놈, 자기 자신이 당신에게 초청되었기 때문이라고 생각해요. 적어도 자기 친구들의 정사 얘기를 듣는 경우가 되면, 매우 마음속이 편하지 않으니까요."

"하지만, 어디서 나를 보았는지 몰라요?"

"아마 교회에서 보았을 겁니다. 그렇잖으면 산책하고 있는 것을…… 그것은 어쨌든 우리가 알 바 아니지만, 경우에 따라서는 당신 방에서, 당신이 자고 있을 때가 아닌지 몰라요. 그밖의 일은 하지 못하니까……."

그때, 세 사람의 귀부인이 가까이 와서 "잊었나요, 그렇잖으면 미련이 있나요(Oubli ou regret)[11]?" 하고 물었기 때문에, 리자베타 이바노브나의 입장으로는 못 견디게 흥미로운 얘기가 중단되었다.

톰스키가 고른 부인은 다름 아닌 H공작의 따님이었다. 그녀는 한바탕 춤이 끝나고서도 계속 춤을 추었고 의자에 앉으려고 하다가 다시 춤을 추기 시작하면서, 그 사이에 마음먹은 대로 상대편을 설득했다. 이윽고 자기 자리로 돌아온 톰스키는 이미 겔만에 대한 것도, 리자베타에 대한 일도 생각하고 있질 않았다. 리자베타는 도중에 중단된 얘기를 다시 시작했으면 하고 절실하게 원했지만, 마주르카도 끝나고 잠시 후엔 노부인이 돌아갔다.

톰스키의 말은 마주르카춤에 붙어다니게 마련인 요설(饒舌)에 지나지 않았지만, 그 말은 꿈 많은 젊은 아가씨의 가슴에 깊이 파고들었다. 톰스키가 대략적으로 얘기했던 사내의 용모는 그녀가 마음속에 그리고 있던 것과 일치했다. 요즈음의 소설 덕택에 일찍이 비속하게 생각되었던 인물이 지금은 그녀를 위협하고 동시에 뇌살했다. 그녀는 맨손을 열십자로 포개 쥐고 아직도 꽃을 꽂은 채로 있는 머리를 노출된 앞가슴께에 수그리고 가만히 앉아 있었다. 그때 느닷없이 문이 열리고 겔만이 들어왔다. 그녀는 몸을 떨었다.

"어디에 계셨어요?" 하고 그녀는 매우 겁을 집어먹고 낮은 소리로 물었다.

"늙은 백작 부인의 침실에요." 하고 겔만은 대답했다.

"지금 막 거기서 나오는 길입니다. 마님은 죽었어요."

"어머나…… 무슨 말씀을 하시는 거예요?"

"아무래도……." 하고 겔만은 말을 계속했다.

"죽은 것은 제 탓인 것 같습니다."

리자베타는 그를 응시했으나, 마음속에서는 톰스키가 한 말이 분명하게 떠올라왔다. '그 사람의 양심에는 책망을 받을 일이 적어도 세 가지는 있다.' 겔만은 그녀 옆을 지나 문 옆에 앉아 자초지종을 얘기했다.

리자베타는 공포심을 품으면서 귀를 기울였다. 그러고 보니 그 정열적인 편지도, 맹렬한 요구도, 대담하고 끈질기게 뒤를 따라다니는 것도 모두 사랑이 아니었던 거다! 돈, 그의 영혼이 갈망하고 있는 것은 바로 그것이다! 사내의 욕망을 만족시켜 주고, 사내를 행복하게 해주는 것은 자기가 아니었던 것이다! 더구나 가엾은 양녀는 분별도 없이 강도의 시중을 들어 자기가 은혜를 입은 노인을 죽인 사람을 도와 준 것이 된다!

이렇게 생각하고, 그녀는 이제 와서 어쩔 도리가 없는 비참한 후회의 상념에 가책을 받아 훌쩍훌쩍 울기 시작했다. 겔만은 아무 말 없이 그녀를 바라보고 있었다. 그도 역시 매우 괴롭고 슬픈 생각이 있었지만, 사실 그의 영혼을 소란하게 만든 것은 가엾은 처녀의 눈물도 아니고 슬픔에 잠긴 그녀의 놀랄 만한 아름다운 모습도 아니었다. 그는 죽은 노파를 돌이켜 생각해 봐도 양심의 가책은 느끼지 않았다. 다만 한 가지, 그것으로 부자가 되길 기대했던 비법을 영원히 놓쳐 버렸다고 생각하면 온몸의 털이 곤두설 뿐이었다.

"죽일 작정은 아니었어요." 하고 겔만은 대답했다. "권총에도 탄환을 재워 놓지 않았는데……."

두 사람은 함께 입을 다물었다. 아침이 다가왔다. 리자베타는 다 타버린 촛불을 입으로 불어서 껐다. 새벽의 어슴푸레한 빛이 그녀의 방을 밝게 해 주었다. 그녀는 눈물에 젖은 눈을 닦고 겔만을 올려다보았다. 그는 아직도 위압적인 눈썹을 찌푸리고 문 옆에 앉아 있었다. 그 모습은 이상하게도 나폴레옹의 초상화를 연상케 했다. 이렇게 유사한 모습은 리자베타조차도 매우 놀라게 했다.

"당신 이 집을 어떻게 빠져나가겠어요?" 하고 마침내 리자베타는 말했다. "아무도 모르는 층계를 지나 밖으로 내보내려고 했지만, 그렇게 하려면 침실을 지나지 않으면 안 되고, 그렇게 되면 무서워서……."

"그 층계로 어떻게 가는가를 가르쳐 주십시오. 혼자 나갈 테니."

리자베타는 자리에서 일어나 옷장에서 열쇠를 꺼내어 겔만에게 건네 주고, 빠져나가는 길을 순서대로 상세히 가르쳐 주었다. 겔만은 냉담해져서 시키는 대로 하고 있는 여자의 한쪽 손을 꼭 쥐고 수그린 이마에 입을 맞추고는 밖으로 나갔다.

그는 구불구불한 계단을 내려와서 다시 백작 부인의 침실로 들어갔다. 숨이 끊어져 굳어 버린 노파가 의자에 앉아 있었다. 죽은 자의 얼굴에는 깊은 정적이 나타나 있었다. 겔만은 시체 앞에 발길을 멈추고 가공할 진상을 확인이나 하려는 것같이 뚫어지게 응시했다. 이윽고 거실로 들어가 벽면에 숨겨져 있는 문을 찾아내고는 기묘한 감정에 휩쓸리면서 어두운 층계를 내려가기 시작했다.

'틀림없이 이 층계를 지나…….' 하고 생각해 보았다.

'아마 60년의 옛날에는 마침 이 시간에 금박을 수놓은 상의를 걸치고 왕조(王鳥)풍[12]의 머리도 아름답게 꾸미고 삼각모자를 가슴에 꼭 품은 젊은 행운아가 역시 그 침실로 숨어들었으리라. 그 사내는 벌써 옛날에 묘지의 흙으로 변했는데, 오랫동안 살아남았던 부인은 겨우 오늘에야 숨이 끊어진 것뿐…….'

층계 아래로 와서 겔만은 다시 문을 하나 발견하고 같은 열쇠로 쉽게 문을 열고는 복도를 지나서 거리로 나왔다.

5

그날 밤, 나에게 지금은 죽고 없는 V아무개라는 남작 부인이 나타났다.

고인(故人)은 몹시 파랗게 자지러져서 이렇게 말했다.

"기분이 좋겠습니다, 고문관님!"

—스웨덴볼그

숙명의 그날 밤부터 사흘이 지난 아침 아홉 시에 겔만은 수도원으로 갔다. 거기서는 지금은 죽고 없는 백작 부인의 장례식이 거행되기로 돼 있었다. 후회하는 마음은 들지 않았지만, 그래도 아직 '너는 노파를 죽인 살인자다.' 하고 되풀이하는 양심의 소리를 전혀 억제할 수는 없었다. 마음속에 신앙심이 결핍되었던 그는 수많은 미신에 들려 있었고 그래서 죽은 백작 부인의 재앙이 자기에게 내릴 것 같아 용서를 빌기 위해 이 장례식에 참석하기로 결심했다.

교회당은 사람들로 가득했다. 겔만은 간신히 몰려드는 사람들 속을 헤치고 앞으로 나아갔다. 비로드 덮개가 마련되고 그 밑에 있는 화사한 관대(棺臺) 위에 관이 놓여 있었다. 관 속에는 죽은 사람이 레이스의 두건에다 하얀 수의를 입고 가슴에 손을 포갠 채 누워 있었다. 그 주위에는 가족과 친척들이 서 있었다. 사내종은 까만 상의를 입었으며, 어깨에는 가문(家紋)이 부착된 리본을 달고 손에는 촛불을 받쳐 들고 있었다. 아들 · 손자 · 증손 등의 혈족들은 상복을 입고 있었다.

누구 하나 우는 사람이 없었다. 눈물을 흘린다고 해도 그것은 거짓 눈물이리라. 백작 부인은 너무나 고령이었기 때문에 갑자기 죽었다고 해서 사람의 마음을 슬프게 만들지는 않았다. 가족과 친척들은 훨씬 옛날부터 죽은 사람으로 취급하고 있을 정도였다.

젊은 신부가 조사(弔辭)를 했다. 그는 사람의 마음을 움직이게 하는 쉬운 말을 사용해서, 오랜 세월 동안 그리스도교도로서 고뇌 없이 편안히 죽는 것을 조용히 마음 착하게 기원해온, 신실한 고인의 편안한 최후를 말했다. "죽음의 천사는 경건한 명상에 잠겨 한밤중의 신랑을 기다리다가 지친 사람을 찾아 냈다."

분향은 조용한 예의를 갖추어 종막을 고했다. 우선 친척들이 유해에 마지막 작별의 예의를 치렀다. 이윽고 오랜 세월에 걸쳐 친하게 지냈던 고인에게 최후의 고별을 하려고 찾아온 수많은 조객들이 줄을 이어 차례대로 나아갔다. 그 뒤를 하인들이 따랐다. 최후에는 고인과 같은 나이 또래의 늙은 여자 몸종이 다가갔다. 어린 소녀 둘이 부축하면서 데리고 왔다. 노파는 땅에 꿇어앉을 힘도 없었으며, 자기 주인의 싸늘하게 식은 손에 입을 맞추면서 눈물을 몇 방울 흘렸다. 그 뒤를 이어 겔만은 마침내 관으로 다가가려고 결심했다. 그는 엎드려서 잠시 동안 전나무 가지를 뿌려 놓은 차가운 마루에 몸을 내던진 채로 있었다. 이윽고 일어서자 죽은 부인보다 더 창백해져서 관대의 층계를 올라가 몸을 굽혔다.

이때 죽은 사람이 살짝 한쪽 눈을 깜박거리면서 비웃는 듯이 이쪽을 바라본 것 같은 느낌이 들었다. 겔만은 당황하여 뒷걸음질을 치다가 발을 헛디뎌서 마루 위에 벌렁 넘어졌다. 사람들은 즉시 그를 안아 일으켰다. 마침 이와 때를 같이해서 리자베타도 실신하여 교회당의 출입문 밖으로 끌려 나왔다. 생각지도 않았던 이 사건 때문에 잠시 동안 장엄한 의식이 소란해졌다. 조객들 사이에서는 소곤대는 소리가 일어나고, 고인의 친척이 되는 바짝 마른 시종직(侍從職)은 옆에 서 있는 영국인에게, 저 청년 장교는 부인의 사생아라고 귀띔을 해 줬다. 이 말을 들은 영국인은 냉정하게, "오." 하고 대답했다.

그날 하루 종일 겔만은 극도로 정신을 못 차리고 있었다. 낡은 여인숙으로 가서 식사를 하는 동안 평상시의 습관을 깨고 술을 많이 마셨다. 그렇게 함으로써 마음속의 흥분을 가라앉힐 수 있을 것 같았기 때문이다. 그런데 술을 마시자 한층 더 제멋대로 상상을 했다. 집에 돌아오자 옷도 갈아입지 않고 침대에 몸을 던져 그대로 곤한 잠에 떨어졌다.

눈을 떴을 때는 이미 밤이 깊어, 달빛이 그의 방을 밝게 비추고 있었다. 시계를 들여다보니 세 시 15분이었다. 눈이 맑아져서 잠이 달아나 버렸다. 그는 침대 위에 앉아서 노부인의 장례식을 생각해 보았다. 그때, 누군가가 길에서 창문을 들여다보았으나 곧 가 버렸다. 겔만은 거기에는 그다지 신경을 쓰지 않았다. 1분쯤 지나자 이번에는 현관문을 여는 소리가 들려왔다. 겔만은 예전처럼 술에 취한 병사들이 밤놀이를 하고 돌아왔으려니 생각했다. 그러나 그는 낯선 발소리를 들었다. 누군가가 조용히 실내화를 끌면서 걷고 있는 것이었다.

문이 열렸다. 들어온 사람은 하얀 옷을 입은 부인이었다. 겔만은 늙은 유모라고 착각을 해서, 이런 시간에 무슨 일로 왔나 하고 이상하게 생각했다. 그러나 백의의 여자는 미끄러지듯 다가오더니, 순식간에 눈앞에 나타났다. 자세히 보니 틀림없는 백작 부인이었다!

　"본의 아니게 오고 말았다." 하고 부인은 분명한 소리로 말했다.

　"너의 소원을 풀어 주라는 분부가 계셔서. '3'과 '7'과 '1'의 순서로 하면 이길 수 있다. 다만, 하루에 한 장 이상 하지 말 것. 또 일단 이긴 이상은 일평생 다시는 하지 않는다는 조건이다. 그리고 우리 집 리자베타와 결혼해 준다면 나를 죽인 죄는 덮어주겠다……."

　이렇게 말했는가 싶더니, 부인은 조용히 발길을 돌려 문에 다가가더니 또다시 실내화를 끌고 사라져 버렸다. 겔만은 현관문이 울리는 소리를 들었고 누군가 또 창문으로 방안을 들여다보는 것을 보았다.

　겔만은 오랫동안 정신을 차리지 못했다. 그는 다음 방으로 갔다. 그의 부하들은 마루 위에 잠들어 있었다.

　겔만은 억지로 흔들어 깨웠다. 그러나 몹시 취한 사내로부터는 아무런 소식도 들을 수가 없었다. 현관은 꼭 닫혀 있었다. 겔만은 자기 방으로 돌아와 촛불을 켜고 눈으로 본 환상에 대한 일을 기록했다.

6

"기다려!"

"뭐라고, 기다리라니?"

"각하, 저는 기다려 주십시오 하고 말씀드렸습니다."

자연계에 있어서 두 개의 물체가 동시에 같은 장소를 차지할 수 없는 것과 마찬가지로, 정신계에 있어서도 두 개의 고정된 관념은 공존할 수가 없는 것이다. 머지않아 '3', '7', '1'이 겔만의 마음에 찰싹 달라붙어 죽은 노부인의 모습을 깨뜨려 버렸다. '3', '7', '1'은 항상 그의 뇌리에서 떠나지 않았고 쉴 새 없이 그의 입에 오르내리게 되었다. 젊은 아가씨를 보면 "야, 날씬하군! 마치 하트의 3같다." 하고 말했다.

"몇 시나 됐습니까?" 하고 묻기라도 하면, 5분 후에 '7' 하고 대답했다. 다른 사람의 둥글게 튀어나온 배는 '1'을 연상시켰다. '3', '7', '1'은 꿈속에서조차 모든 형태를 취하여 그의 뒤를 따라다니고 있었다. '3'은 눈앞에 화려한 꽃으로 피어나고 '7'은 고딕풍의 문이 되어 나타났다. 다시 '1'은 큰 거미가 되었다. 모든 사상은 하나의 점으로 집중되었다. 그다지도 값비싸게 사들인 비법을 꼭 이용해 보겠다는 한편, 그는 퇴영하든가 여행을 할까 하고 생각하게 되었다. 파리의 공개적인 도박장에 가서 황홀한 운명의 신으로부터 재보(財寶)를 독차지해 보겠다는 생각을 했다. 우연한 기회가 이런 걱정을 덜어 주었다.

모스크바에 유명한 체카린스키를 물주로 하는 유복한 도박
꾼의 클럽이 있었다. 이 물주는 평생을 카드로 생활하면서,
이기면 높은 이자의 어음을 잡고, 지면 이자가 붙지 않은 현
금으로 지불한다는 방법을 취해서 이전에는 몇백만의 재산을
모은 사내였다. 긴 세월에 걸친 경험은 친구 사이의 신용을
얻는 데 충분했으며, 모든 손님들에게 대하는 환대와 멋진 요
리 솜씨, 게다가 애교 있는 쾌활한 행동으로써 세상의 존경을
쟁취하게 되었다. 그 사내가 지금 페테르부르크에 찾아온 것
이다. 도시 안에 살고 있는 청년들은 카드를 위해서 무도회를
잊어버리고, 여자를 쫓아다니는 즐거움을 하라온의 유혹 때
문에 뒤돌아보지 않았으며, 그에게로 밀려왔다.

나루모프도 겔만을 데리고 왔다.

두 사람은 예의바른 하인이 가득히 있는 호사한 방을 여러
군데 빠져나갔다. 방마다 사람으로 꽉 차 있었다.

몇 사람의 장군과 추밀원(樞密院) 고문관이 비스트를 하고
있었다. 젊은 친구들은 주단을 씌운 긴 의자에 걸터앉아 아이
스크림을 먹기도 하고 파이프 담배를 피우기도 했다. 살롱의
긴 탁자 주위에는 20명 정도의 노름꾼이 밀치락달치락하고 있
었고 그 속에 주인이 앉아서 물주가 돼 있었다. 그는 나이가
60세가량이었으며 풍채가 매우 단정하고 머리는 은발로 덮여
있었다. 둥글둥글하고 생기가 도는 얼굴은 마음이 선량하다
는 것을 나타내고 눈에는 쉴새없이 미소를 지어 생생하게 빛
나고 있었다. 나루모프가 그에게 겔만을 소개했다.

체카린스키는 적의 없는 손을 잡고 격식은 차리지 말자고 말하고는 다시 물주 역할을 계속했다.

카드를 나누어 주는 데는 꽤 시간이 걸렸다. 탁자 위에는 30장이 넘는 카드가 놓여 있었다. 체카린스키는 한 장을 던질 때마다, 노름을 하는 사람들에게 패를 정리하는 여유를 주기 위해 손놀림을 쉬기도 하고 그들이 진 액수를 기록하기도 하고 정중하게 그들의 요구를 듣기도 하고 혹은 한층 더 정중하게 무심히 이 사람 저 사람이 꺾어 놓은 모서리꺾기¹³⁾를 조심스레 눌러 펴놓기도 했다.

마침내 한 바퀴 나누어 주는 일도 끝냈다. 체카린스키는 뒤섞어서 다시 나누어 줄 준비를 했다.

"내게도 나누어 주십시오." 하고 겔만은 거기에다 돈을 걸어놓고 있던 뚱뚱한 신사 뒤에서 손을 내밀며 말했다.

체카린스키는 미소를 지으며 쾌히 승낙한다는 신호로 잠자코 고개를 끄덕여 보였다. 나루모프도 웃으면서 겔만이 긴 세월에 걸쳐 손을 대지 않았던 노름을 하게 된 것을 축하하고 행운을 빌었다.

"자, 왔다!" 하고 분필로 자기 패 뒷면에다 건 금액을 기록하면서 말했다.

"얼마나 거셨습니까?" 하고 물주는 눈을 가늘게 뜨고 물었다. "용서하시오, 잘 보이지 않아서."

"4만 7천." 하고 겔만이 대답했다.

이 말을 듣자, 모두 일제히 뒤를 돌아보았고 일동의 시선은 겔만에게 집중되었다.

'정신이 나갔군.' 하고 나루모프는 생각했다.

"잠깐 다짐을 받기 위해서 말씀드리겠습니다만은." 체카린 스키는 변함없이 미소를 지으며 말했다.

"당신의 노름은 약간 지나칩니다. 이쪽에서는 한 판에 2백 75루블 이상 거는 분은 없으니까요."

"뭐, 상관 있습니까?" 하고 겔만은 말을 되받았다.

"그럼 내 패를 받아 주겠습니까, 아닙니까?"

체카린스키는 역시 공손히 승낙한다고 점잔을 빼면서 머리를 수그렸다.

"다만 한 마디 말씀해 두는 것은." 하고 그는 말했다.

"여러분의 신용은 충분히 얻고 있습니다만, 현찰이 아니면 아무래도 물주 노릇을 할 수 없습니다. 본래 저로 말씀드리자면 말만으로도 충분합니다, 뭐니뭐니 해도 승부의 순서와 계산을 해 줘야 할 형편에 있으므로 죄송합니다만 카드에다 현찰을 올려놔 주시기 바랍니다."

겔만은 호주머니에 은행 어음을 한 장 꺼내더니 체카린스키에게 건넸다. 상대편은 쭉 훑어보더니, 그것을 겔만의 패 위에다 얹었다.

이리하여 마침내 패를 돌리기 시작했다. 오른쪽에는 '9', 왼쪽에는 '3' 이 나왔다.

"맞았다!" 하고 겔만은 갖고 있는 패를 보이면서 말했다. 돈을 걸었던 사람들 사이에서 중얼거리는 소리가 일어났다. 체카린스키는 잠시 얼굴을 찌푸렸으나 곧 예의 미소를 되찾았다.

"계산해 드릴까요?" 그는 겔만에게 물었다.

"어서 해 주십시오."

체카린스키는 호주머니에서 은행 어음을 몇 장 끄집어내더니 즉석에서 계산을 끝냈다. 겔만은 돈을 받아 쥐자 탁자를 떠났다. 나루모프는 넋을 잃고 제정신을 차리지 못했다. 겔만은 레몬을 탄 물을 한 컵 마시고는 집으로 돌아왔다.

이튿날 밤, 그는 또 체카린스키에게 그 모습을 나타냈다. 역시 주인이 물주 노릇을 하고 있었다. 겔만은 탁자로 다가갔다. 그러자 노름꾼은 그를 위해 즉각 자리를 양보했다.

체카린스키도 다정하게 인사를 했다.

겔만은 다음 승부까지 기다리고 있다가 패를 쥐고 그 위에다 4만 7천 하면서 다시 어제의 액수만큼 얹어 놓았다. 체카린스키가 패를 돌리기 시작했다. 오른쪽에서 '시중드는 소년'의 왼쪽에 '7'이 나왔다.

겔만이 '7'을 열었다.

너도나도 감탄하는 소리를 냈다. 과연 체카린스키도 눈에 띄게 동요의 빛을 나타냈다. 그는 9만 4천을 겔만에게 건넸다. 겔만은 그것을 매우 침착하게 받고, 즉시 그 자리를 물러났다.

다음날 밤, 겔만은 탁자에 나타났다. 일동은 그가 오기를 기다리고 있었다.

장군과 추밀원 고문관료까지도 이 두 번 다시 없는 노름을 구경하려고 비스트를 중단했다. 청년 장교들도 긴 의자에서 벌떡 일어났다. 하인들도 모두 살롱으로 모여들었다. 일동이 겔만을 둘러쌌다. 노름을 하고 있던 다른 패들도 벌써 돈을 걸지 않았다. 창백해져 있으면서도 역시 웃음을 얼굴에 가득히 나타내고 있는 체카린스키도 전투 태세를 갖추었고 겔만도 탁자 옆에 서 있었다.

서로 카드의 봉인을 뜯었다. 체카린스키가 패를 섞었다. 그러자 겔만이 그 가운데에서 자기 패를 골라잡고 산더미같이 은행 어금을 걸었다. 그것은 마치 결투를 하는 장면과 같았다.

숨막힐 듯한 정적이 주위에 충만했다.

체카린스키가 패를 골고루 돌리기 시작했다. 그의 손끝이 떨리고 있었다. 오른쪽에는 '여왕', 왼쪽에는 '1'이 나왔다.

"1이 이겼다!" 하고 겔만은 말하면서 자기 패를 세웠다.

"아닙니다. 당신의 '여왕'은 당했습니다." 하고 체카린스키는 은근하게 말했다.

겔만은 깜짝 놀랐다. 사실 그가 잡아 올린 것은 '1'이 아니라 스페이드의 '여왕'이었다. 그는 어째서 패를 잘못 빼 올렸는가를 이해할 수 없었고 자기 눈을 믿을 수도 없었다. 그 순간 스페이드의 '여왕'이 눈을 가늘게 하고 일이 잘되었다고 빙그레 웃고 있는 것같이 생각되었다. 이상하게 닮아 있는 그 얼굴 모습에 섬뜩했다.

"노파년!" 하고 그는 너무나 무서워 소리쳤다.

체카린스키는 놀음에 걸었던 어음을 자기 쪽으로 끌어왔다.

겔만은 몸을 움직이지 않고 서 있었다.

이윽고 그가 탁자를 떠나자 떠들썩한 소리가 일어나기 시작했다.

"정말로 훌륭한 승부였군!" 하고 노름패들은 입을 모아 말했다.

체카린스키는 다시 물주 노릇을 했고, 노름은 전과 다름없이 계속되었다.

맺 음

겔만은 미쳐 버렸다. 지금은 오브호프 병원의 17호실에 입원해 있으며, 뭘 물어도 대답은 하지 않고 매우 빠르게 "3, 7, 1! 3, 7, 1!" 하고 중얼거릴 뿐이다.

리자베타 이바노브나는 매우 성품이 착한 청년과 결혼했다. 그 사내는 어느 관청에 근무하고 있었으며, 수입도 상당했는데, 실은 전에 백작 부인 집에서 사무나 회계를 관리하고 고용인을 감독하던 사람의 아들이었다. 또한 리자베타는 가난한 친척의 딸을 양육하고 있다.

톰스키는 대위로 승진해서 예의 그 공작의 따님인 포린을 아내로 맞이했다.

—1834년

역주(譯註)

1) 마란돌—카드 노름의 일종.

2) 리실뢰—1696~1788. 프랑스의 대재상(大宰相) 리실뢰의 막내 손자로 여자 관계가 방종한 것으로 유명한 왕실 관리.

3) 오를레앙 공(公)— 1747~1793. 프랑스 왕실의 후예가 되는 집안에 태어남. 미남자로 재기가 넘쳤으나 방종한 생활에 빠져 절조가 없었음. 그의 저택 파레 로바이알은 혁명의 중심지가 되었고 그는 인민 쪽의 수령이 되어 '필리프 평등'이라 불리었음.

4) 환골—스커트를 부풀게 하기 위해 사용하였던 고래뼈로 만든 둥근 고리.

5) 생 제르맹—연금술사로서 전 유럽을 떠돌아다녔던 사기꾼.

6) 르블링 부인—1755~1842. 유명한 프랑스의 초상화가.

7) 르로아—18세기 초에 젤 르로아에 의해서 창설된 프랑스의 유명한 시계 공장.

8) 몽골피에—1740~1799. 프랑스의 발명가 · 비평가. 1783년에 동생과 함께 기구를 만들어, 수소기구의 초기를 이룩했으며, 루이 16세로부터 상금을 받았고, 다시 나폴레옹의 원조하에 낙하산 등을 발명했음.

9) 메스메르—1734~1815. 오스트리아의 의사. 천체(天體)로부터 인간의 신경계에 미치는 영향을 자기(磁氣)의 힘에 의한 것이라고 주장했으며, 자기에 의한 요법을 주장했음. 지압요법과 같은 것도 생각했으나 본래부터 비과학적인 것으로 주술(呪術)의 성질을 띠고 있었음.

10) 볼테르 의자—볼테르가 흔히 앉아 있었던 형태의 팔걸이의자.

11) 우블리 우 르그레— 마주르카춤의 상대를 정할 경우의 암호. 가령 두 사람의 여자 이름을 우블리와 르그레로 정해 놓고, 남자에게 '어느 쪽'이냐고 물으면, 남자는 한쪽을 말해야 했음. 이리하여 여자의 상대가 정해졌음.

12) 왕조풍—18세기 전 유럽에 유행했던 여자 머리 형태.

13) 모서리꺾기—돈을 더 걸었다는 표시로 카드의 모서리를 꺾음. 모서리를 꺾은 것을 그대로 돌리는 것은 틀린 것의 근원이 되므로, 특히 물주가 주의해서 고치는 것임.

석상 손님

Leporello, O statua gentilissima.

Del gran' Commendatore!······

······Ah, Padrone!

Don Giovanni

레포렐로, 오오, 위대한 기사.

단장의 상냥스런 석상이여!······

아아, 주인 나으리!

돈 조반니[1]

제1장

돈 후안과 레포렐로.

돈 후안 여기서 밤이 되기를 기다리자. 아아, 드디어 마드리드의 성문에 당도했군! 이제 곧 나는 수염을 망토로 감추고 눈썹은 모자로 가리고 낯익은 거리를 달려가는 것이다. 너는 어떻게 생각하나? 내가 누구인지 알아보겠나?

레포렐로 아니오! 도저히 돈 후안이라고는 알아볼 수 없는 뎁쇼. 돈 후안 비슷한 사람이야 수없이 많으니까 말입니다.

돈 후안 그야 농담이겠지. 하여간 나를 알아볼 놈이 있을까?

레포렐로 　 순라꾼들은 금방 알아차릴 거예요. 게다가 집시
　　　　　 여인이나 주정뱅이, 거리의 악사들이겠지요. 어쩌면 나
　　　　　 으리와 같으신 뻔뻔스러운 기사님네들 칼을 망토에 싸
　　　　　 서 겨드랑이 밑에 끼고 다니는 그런 사람이겠지요.

돈 후안 　 정체가 드러났다 해서 뭐 큰일은 아니야. 국왕 전하
　　　　　 를 맞닥뜨리지 않는 한은 말이야. 그밖에는 마드리드
　　　　　 에서 아무도 두려워할 필요가 없어.

레포렐로 　 하지만 돈 후안이 허가도 받지 않고 추방에서 돌
　　　　　 아와 마드리드에 나타났다는 사실은 내일이면 국왕 전
　　　　　 하의 귀에 들어가겠지요. 그때 국왕 전하께서는 나으리
　　　　　 를 어떻게 할 것 같습니까?

돈 후안 　 기껏해야 도로 추방이겠지. 설마 내 목을 베어 버리
　　　　　 려고야 하시겠나? 나는 정치범도 아니니까 말이야. 국
　　　　　 왕 전하께서는 내게 호의를 가지고 계시기 때문에 나
　　　　　 를 멀리 추방하신 거야. 내가 죽인 적수의 가족들이 나
　　　　　 를 골치 썩이게 하지 않기 위해서 말이지…….

레포렐로 　 하긴 그렇습죠. 그러니 그곳에 그냥 눌러 계셨으
　　　　　 면 편안하셨을걸.

돈 후안 　 아이구, 하느님 맙소사. 거기야 어디 따분해서 살
　　　　　 수가 있나? 지루해서 죽을 뻔했지. 무슨 사람들이 모
　　　　　 두 그 모양이고 무슨 고장이 그런 데가 다 있나? 더구
　　　　　 나 하늘은 부옇게 흐려져 있고 여자들이라곤 참 내 기
　　　　　 가 막혀서, 이봐! 이 눈치하곤 담을 쌓은 레포렐로야,
　　　　　 그 고장의 일등 미인을 준다고 해도 안달루시아의 농

사귄 여자 중 못난 여자하고도 안 바꾸겠네. 이건 정말 이야. 하기야 처음에는 그곳 여자들도 내 마음에 안 들었던 것은 아니지. 눈은 새파랗지, 살결은 희고 얌전하지, 무엇보다 새로운 매력이 있었지. 그런데 다행스럽게도 얼마 지나지 않아 모든 것을 알게 되었어. 그 여자들이란 서로 알고만 지내도 죄가 된다는 것을 말이야. 그 고장 여자들은 생기라곤 찾아볼 수도 없고 모두가 하나같이 초로 만든 인형 같았지. 그런 여자들과는 달리 우리 나라 여자들이란…… 그렇지만 이봐, 여기는 꽤 낯익은 곳이군. 너는 여기가 어디인지 알겠나?

레포렐로   알고 말굽쇼. 성 안토니오 수도원을 어떻게 잊을 수 있겠어요. 나으리께서도 전에 이곳에 자주 오셨지요. 하지만 그때 저야 이 수풀 속에서 타고 오신 말을 붙들고 있어야만 했습죠. 솔직히 말씀드려 정말 싫증나는 일이었답니다. 그렇지만 나으리께선 저보다야 기분 좋게 시간을 보내셨습죠.

돈 후안   (깊이 생각에 잠기다가) 가엾은 이네스! 그녀도 지금은 없구나! 아아! 내가 그 얼마나 그녀를 사랑했던가!

레포렐로   이네스라니요? 검은 눈의…… 아아, 참 생각나는군요. 석 달 동안이나 나으리께서는 갖은 소리로 꾀셨지요. 악마의 도움이라도 빌다시피 하여 간신히 품에 넣으셨지요.

돈 후안   7월의…… 어느 날 밤이었지. 그녀의 슬픈 듯한 눈

초리며 새파랗게 질려 있는 입술을 보고 있는 것이 이
상하리만큼 즐거웠지. 참 묘한 일도 다 있지. 너는 그
녀가 미인이라곤 생각지 않는 모양이더군. 실상 네 생
각이 옳았지. 그녀에게는 진짜 아름다운 점이란 별반
없었지. 눈이라고 그래야 그저 보통 눈이긴 하지만 그
래도 그 눈길은 정말, 그런 눈길은 한 번도 본 적이 없
었지. 목소리는 꼭 무슨 병든 사람의 목소리같이 부드
럽고도 가냘펐지. 그녀의 남편은 거칠기 짝이 없는 망
나니 같은 놈이었어. 그러나 그런 것을 그녀가 깨달았
을 때는 이미 때가 늦었지…… 가엾은 이네스!

레포렐로   그게 어떻게 됐다는 겁니까? 그 여인 이후로도 나
　　　　　 으리께서는 수많은 여인들을 겪지 않으셨던가요?

돈 후안   그야 그렇지.

레포렐로   사람이 사노라면 온갖 일이 다 생기는 거랍니다.

돈 후안   그래, 그것도 그래.

레포렐로   이제 마드리드에서는 어느 여인을 찾으시렵니까?

돈 후안   그럼 그건 라우라로 하지. 곧바로 라우라에게 가자.

레포렐로   아무럼요. 그렇게 하셔야죠.

돈 후안   그녀의 집 문 앞으로 곧장 가는 거야. 하지만 만약
　　　　　 누가 이미 그녀에게 와 있다면 — 창문으로 오라고 그
　　　　　 래야지.

레포렐로   물론 그렇지요. 이거 저 역시 기분이 들뜨기 시작
　　　　　 하는군요. 죽은 여인들이 우리 속을 썩이는 것도 잠시
　　　　　 뿐이에요. 아, 그런데 이리로 오는 것은 누구일까요?

수도사가 등장한다.

수 도 사   그분이 오실 때가 되었군. 그런데 거기 계시는 분
        들은 누구시오? 도냐 안나 댁의 하인들이시오?

레포렐로   우리는 하인을 부리는 신분의 사람이오. 여기서
        산책을 하고 있는 중이오.

돈 후 안   그런데 수도사는 누구를 기다리시오?

수 도 사   도냐 안나께서 부군(夫君)의 무덤에 성묘 오실 때
        가 되었소.

돈 후 안   도냐 안나 델 솔바 말입니까? 원 참! 저 기사단장의
        부인 말인가요? 그를 죽인 것이…… 잊어버리고 말았
        지만 그가 누구였던가요?

수 도 사   방탕하고 부끄러움도 모르며 하느님마저 믿지 않
        은 돈 후안이었소.

레포렐로   원 저런! 아, 그래요? 돈 후안의 소문이 평화로운
        수도원까지 퍼졌다니! 저 보시오. 세상을 버리고 수
        도원 안에서 수도하는 분들이 돈 후안을 칭찬하는 노래
        까지 하는군요.

수 도 사   그런데 당신들은 돈 후안과 잘 아는 사이가 아닌가
        요?

레포렐로   우리가요? 아니요. 전혀 모른답니다. 그런데 그
        돈 후안인가 하는 사람은 어디 있나요?

수 도 사   이곳에는 없습니다. 멀리 추방당했지요.

레포렐로   그거 참 다행스런 일이군. 멀면 멀수록 더 좋겠군

요. 그런 난봉꾼들은 모조리 한 자루에 담아다가 바다 속에 처넣어 버렸으면 좋겠군.

돈 후안 뭐라고? 그런 멍청이 같은 소리 좀 작작해라.

레포렐로 제발 잠자코 계세요. 저 수도사 들으라고 일부러 하는 말이에요.

돈 후안 그렇다면 여기 어디 그 기사단장의 무덤이 있나요?

수 도 사 네, 여기 있습니다. 미망인께서 묘소(墓所)를 지으시고는 날마다 이곳에 오셔서 고인의 명복을 빌며 눈물을 흘리신답니다.

돈 후안 보기 드문 미망인이시군. 그분은 미인이신가요?

수 도 사 저희들 세상을 등진 사람들은 부인들의 아름다움에 마음이 끌려서는 안 됩니다. 그러나 거짓말을 하는 것도 죄가 되는 것입니다. 하나님의 종일 따름인 저희들의 눈으로 보아도 그 부인의 뛰어난 아름다움을 인정하지 않을 수 없습니다.

돈 후안 고인이 질투를 했다고 해도 나무랄 수는 없는 일이겠군요. 고인은 도냐 안나를 집 안에 가두어 놓았었기 때문에 우리는 아무도 도냐 안나를 본 사람이 없소. 나도 좀 말이라도 한번 붙여 보았으면 좋겠는데…….

수 도 사 오오, 천만에. 도냐 안나는 결코 남자분들과는 말을 하지 않습니다.

돈 후안 하지만 신부님, 신부님하고는?

수 도 사 그야 저만은 예외이지요. 저는 수사입니다. 자아, 저기 그분이 오시는군요.

도냐 안나 등장.

도냐 안나   신부님, 문을 열어 주세요.

수 도 사   네, 곧 가겠습니다. 세뇨라, 기다리고 있었습니다.

도냐 안나는 수도사의 뒤를 따라간다.

레포렐로   어떻습니까? 잘 보셨나요?

돈 후안   저 미망인들이 쓰는 검은 베일 때문에 아무것도 안
보이는군. 단지 가냘픈 발 뒤축만 눈에 보였어.

레포렐로   나으리께야 그것만으로 충분하시지요. 나으리의
상상력은 순식간에 나머지 부분을 마음속에서 그려 내
실 수 있으시니까요. 공상이란 화가들보다도 재빠를 테
니까요. 그러니 나으리께서야 어느 부분에서 시작을 해
도 마찬가지겠지요. 눈썹부터 시작하시렵니까? 그렇지
않으면 발부터 시작하시렵니까?

돈 후안   두고 보라고, 레포렐로. 나는 어떻게 해서든지 저
여자와 가깝게 되고 말 테니까.

레포렐로   또 시작됐군. 그렇게까지 하시지 않아도 될 텐데!
부군을 죽이고 나서 이번에는 그 과부의 눈물을 구경하
겠다는 말씀이니 그건 너무하지 않습니까?

돈 후안   그런데 벌써 저녁놀이 지는군. 달이 하늘에 떠올라
이 어둠을 달빛으로 비치어 밝히기 전에 마드리드로
숨어 들어가기로 하자.

돈 후안 퇴장.

레포렐로   스페인의 당당한 귀족이 도둑놈처럼 밤이 되기를
          기다리고 달빛마저 두려워하다니…… 젠장, 저주받은
          인생살이로군. 나도 언제까지 저 양반과 같이 지낼는
          지? 사실 바로 말해 이제는 힘도 다 빠지고 지쳐서.

제2장

실내. 라우라네 집의 만찬.

첫째 손님   하느님께 맹세라도 하겠지만, 라우라, 당신이 이
토록 완벽하게 연기를 하신 것은 이번이 처음이지요. 참
으로 자신의 배역을 충실하게 파악했다고 볼 수 있어요.

둘째 손님   배역의 성격을 자유자재로 전개시켰지요. 대단한
연기력입니다.

셋째 손님   게다가 기교마저도 훌륭했었지요.

라 우 라   그런 것 같군요. 오늘은 정말 몸짓 하나 말 한마디
가 다 잘 풀려 나가더군요. 저는 그냥 자연스럽게 영감에
몸을 내맡기고 연기하고 있었지요. 대사는 뒤를 이어 흘
러나와 마치 내 마음속에서 그런 말이 우러나오는 것만

같았지요. 노예처럼 시키는 대로 외었던 것이 아니

라…….

첫째 손님 정말 그렇소. 지금까지도 당신의 눈은 빛나고 얼

굴은 상기되어 있군요. 당신의 열광된 흥분은 아직 스러

지지 않은 듯하구요. 라우라, 그 열광이 그대로 싱겁게

식어 버리지 않도록 한 곡 불러 봐요. 라우라, 아무 노래

나 한번 불러 주시오.

라 우 라 제 기타를 이리 좀 주세요.

노래를 부른다.[2]

일 동 브라보! 브라보! 굉장히 잘 부르셨소. 정말로 멋이

있는걸!

첫째 손님 정말 감사하오. 마치 마술사와도 같군. 당신은 우

리 마음에 무슨 마술을 걸어 버렸어요. 인생의 쾌락 중에

서 음악을 앞설 수 있는 것은 단 하나 오직 사랑뿐인데,

그렇지만 그 사랑이라는 것도 하나의 멜로디가 아닐까

요? 자아, 보시오. 당신의 손님 중에서 언제나 우울해 있

던 카를로스마저 감동하고 있지 않아요?

둘째 손님 이 얼마나 아름다운 음성인가? 정녕 인간의 마음

속으로 깊이 파고드는 감동적인 창법이군요. 그런데 그

가사는 누가 지었나요, 라우라?

라 우 라 돈 후안이 작사한 거예요.

돈 카를로스 뭐라고? 돈 후안이라고?

라 우 라   언젠가 이 가사를 지어 주신 분은 나의 충실한 친
          구이면서 한편 변덕스러운 연인이기도 했던 분이에요.
돈 카를로스   홍! 당신의 그 돈 후안이란 놈은 하느님을 두려
          워할 줄도 모르는 파렴치한 놈이고, 그러고 보면 당신
          도 얼빠진 여자요.
라 우 라   이 양반이 머리가 돌았나? 당신이 귀족이건 뭐건
          그 따위 말버릇을 고치지 않으면 당장에 하인들을 시켜
          서 난도질치고 말겠어요.
돈 카를로스   (벌떡 일어서며) 얼마든지 오라고 그래.
첫째 손님   라우라, 그만두시오. 그리고 카를로스도 그렇게
          화내지 마시오. 라우라는 깜빡 잊어버리고 한 말일 거요.
라 우 라   뭐라고요? 돈 후안이 이 사람의 동기간을 정정당당
          한 결투에서 죽인 것을 잊어버렸다고요? 아이 참, 정말
          분하군요. 그때 죽여 버린 것이 이 사람이 아니었다는
          게.
돈 카를로스   그만둡시다. 내가 어리석었소. 공연히 화를 내
          가지고.
라 우 라   당신이 실수를 했노라고 사과를 하시면 됐어요. 화
          의하지요.
돈 카를로스   미안하오, 라우라. 용서하구려. 그렇지만 잘 알
          는지는 모르지만 나는 그 돈 후안이란 이름을 듣고 홍분
          하지 않을 도리가 없는 거요.
라 우 라   제가 말끝마다 돈 후안의 이름을 들춘 것이 잘못이
          었어요.

손   님   자아, 이제 라우라가 마음이 안정됐다는 증거로 한 곡 더 불러 주시오.

라 우 라   그래요. 그럼 돌아들 가시기 전에 한 곡만 더 부르지요. 벌써 밤이 됐으니까 알맞은 때군요. 무슨 노래를 할까? 자, 그럼 들어 주세요.

라우라는 노래를 한다.[3]

일   동   뭐라고 말도 할 수 없을 만큼 정말 잘 불렀소. 참으로 좋은 노래요.

라 우 라   안녕히들 가세요.

손 님 들   잘 있어요, 라우라.

퇴장. 라우라는 돈 카를로스를 붙잡는다.

라 우 라   당신, 성질 급한 분. 좀 더 노시다 가세요. 정말 당신이 마음에 들었어요. 나를 마구 욕하며 이를 갈고 있었을 때의 당신은 마치 돈 후안이나 다름없었어요.

돈 카를로스   그 놈은 염복(艷福)도 많은 놈이군. 당신은 그토록 그놈이 좋았던 게로군?

라우라는 그렇다는 몸짓을 한다.

일   동   진정이었어요.

382

돈 카를로스   그래 지금도 여전히 그를 사랑하오?

라 우 라   지금 이 순간 말이에요. 지금은 사랑하고 있진 않아
　　　　요. 나는 동시에 두 사람을 좋아하지는 못해요. 지금 이
　　　　순간에는 당신이 좋아요.

돈 카를로스   라우라, 당신은 이제 몇 살이 되오?

라 우 라   열여덟 살이랍니다.

돈 카를로스   당신은 꽤 젊군. 아직 5, 6년은 젊음을 누릴 수
　　　　있겠군.[4] 앞으로 한 5, 6년 동안은 당신 주위에 몰려들어
　　　　당신을 귀여워해 주기도 하고 응석도 받아 주고 선물을
　　　　보내는가 하면, 또 밤마다 창 밑에 와서 세레나데를 불러
　　　　마음을 위로해 주려 들고, 그러면서 또 밤중의 길목에서
　　　　당신을 두고 서로 죽고 죽이기도 하겠지. 그러나 세월이
　　　　흘러 당신의 눈자위는 꺼지고 잔주름이 생겨 거무스름해
　　　　지고 흰머리가 당신의 그 늘어진 머리에 섞이게 되어 할
　　　　멈 소리를 듣게 되면 그때 당신은 뭐라고 말할 것인가?

라 우 라   내가 늙어서 말이에요? 왜 그런 것을 생각하나요?
　　　　그게 무슨 말이에요? 당신은 항상 그런 식으로 생각하
　　　　시나요? 자아, 이리 오세요. 발코니로 난 문을 열지요.
　　　　저 밤하늘은 어쩌면 저토록 잔잔할까요? 아직도 한낮의
　　　　더위를 머금은 공기는 바람 한 점 없지만 밤은 레몬과
　　　　월계수의 향내를 풍겨 주고 있잖아요? 달빛은 휘영청
　　　　밝게 짙푸른 대지 위를 비추고 있고 순라꾼은 목청껏 큰
　　　　소리를 길게 뽑아 "세레노(오늘은 날씨가 맑게 갠다)."
　　　　하고 여기저기 외치고 다니지 않아요? 하지만 저 먼 북

쪽 땅 파리에서는 아마 구름이 하늘을 온통 뒤덮고 싸늘한 빗방울이 떨어지고 바람도 불지 모르겠어요. 하지만 그것이 지금 여기 있는 우리와 무슨 상관이 있단 말이에요? 아시겠어요? 카를로스, 이것은 명령이에요. 방그레 웃어 주세요. 그렇지 그래, 그렇게요!

돈 카를로스   아아, 요 귀여운 악마여!

문을 두드리는 소리.

돈 후안   이봐요! 라우라!
라 우 라   누굴까? 저 목소리가 누구였더라?
돈 후안   문 좀 열어 줘요.
라 우 라   아? 그분인가 봐! 오오! 하느님!

문을 열어주자 돈 후안이 들어온다.

돈 후안   라우라, 잘 있었소?
라 우 라   오오! 돈 후안!

라우라, 그의 목을 끌어안는다.

돈 카를로스   뭐야? 돈 후안이라구?
돈 후안   라우라! 오, 내 사랑!

그녀에게 키스를 한다.

돈 후안   당신 방에 있는 게 누구지? 라우라.

돈 카를로스   바로 나다. 돈 카를로스다.

돈 후안   원 참, 이건 너무나도 뜻밖의 대면이오. 할 말 있으
　　　　면 내일 얼마든지 만나서 하시오.

돈 카를로스   안 돼! 지금 당장 해야겠어!

라 우 라   돈 카를로스, 그만두세요. 여기는 길거리가 아니에
　　　　요. 여기는 내 집이란 말이에요. 제발 어서 나가세요.

돈 카를로스   (그녀의 말은 들은 체도 않고) 네놈을 기다리고
　　　　있었다. 어떠냐? 칼은 가지고 있겠지?

돈 후안   정 네놈이 못 참겠다면 나도 좋다. 네 맘대로 덤벼
　　　　봐!

　　　서로 칼싸움을 벌인다.

라 우 라   어머머! 아이구, 이를 어쩌나!

　　　그녀는 침대에 엎어져 눈을 가린다. 돈 카를로스는 칼에 찔려 넘
　　　어지고 만다.

돈 후안   자아, 라우라. 놀랐지? 이제 끝났으니 안심하고 일
　　　　어나요.

라 우 라   어떻게 됐어요? 죽었나요? 잘하셨군요. 제 방에서

이제 어떻게 하지요? 저 악마 같은 망나니 놈을 어디로 가져다 버리지요?

돈 후안 아마 아직 살아 있을 거야.

라 우 라 (돈 카를로스의 몸을 살펴본다) 어머나! 살았다니요? 자아, 보세요. 당신은 정말 지독하군요. 당신 칼끝이 바로 심장을 찔렀어요. 겨냥이 빗나가는 일이라곤 없군요. 조그마한 세모진 상처에서는 이제 피도 엉겨 붙었는지 안 나오는군요. 이젠 숨도 끊어졌어요. 어떻게 하지요?

돈 후안 뭘 어떻게 해? 자기가 원해서 그렇게 된 것을…….

라 우 라 아아, 돈 후안! 정말 속상해 죽겠네요. 당신은 언제나 그렇게 되는군요. 나쁜 사람! 언제나 당신의 잘못은 아니고. 당신 어디서 왔지요? 여기 오신 지 오래됐나요?

돈 후안 막 오는 길이오. 아무도 모르게 말이오. 나는 아직도 사면을 받지 못하고 있는걸.

라 우 라 그래서 오시자마자 당신이 라우라를 찾아오셨다는 거로군요. 참 고맙군요. 하지만 나는 믿어지질 않는군요. 당신은 실상 이 앞을 지나가시다 제 집이 눈에 띄어 들어오신 거죠?

돈 후안 아니오, 라우라. 레포렐로에게 물어보구려. 나는 변두리의 너절한 여인숙에 묵고 있단 말이오. 라우라만을 만나고 싶어서 이 마드리드로 온 거란 말이오.

그녀에게 키스를 한다.

라 우 라   잠깐 기다려요. 여기 시체가 있는데 이걸 어떻게 하
         지요?

돈 후 안   그냥 놔둬요. 내일 아침 날이 밝기 전에 내가 커다란
         망토에 싸서 밖에 내다 버리지. 네거리 한가운데다 말이
         야.

라 우 라   하지만 누가 보지 않게 조심해요. 당신이 오시는 것
         이 조금 늦었던 것이 참 다행이에요. 여기서 당신 친구
         분들이 만찬을 같이 나누었었지요. 그분들이 막 돌아간
         다음에 당신이 오셨지요. 만약에 그분들과 정면으로 마
         주치기라도 했었더라면 어떻게 될 뻔했어요?

돈 후 안   라우라, 예전부터 저 사내가 좋았었지?

라 우 라   누구 말이에요? 당신 무슨 잠꼬대하시는 것 아녜
         요?

돈 후 안   바로 말해요. 내가 없는 동안 몇 번이나 나를 배반
         했지?

라 우 라   그럼 당신은요? 헐떡이는 수캐 같은 양반!

돈 후 안   자아, 어서 말해 봐요. 아니, 그 이야기는 뒤로 미루
         지.

제3장

기사단장의 묘비.

돈 후안 다 잘돼 가는군. 엉뚱하게 돈 카를로스를 죽이고 나
서 겸허한 수도사로 변장을 하고 이곳으로 숨어들어오기
는 했다만…… 그리하여 날마다 저 아리따운 미망인을
눈요기할 수 있으니, 아마 그녀 역시 나를 눈여겨보았을
거야. 지금까지는 서로 새침하게 딴청을 부리고 있었지.
하지만 오늘이야말로 그녀에게 말을 걸어 봐야지. 시기
는 충분히 무르익었으니까. 하지만 무어라고 말을 꺼낼
까. "마음을 도사려 먹고 말씀드리지만." 하고 시작할
까…… 아니, 안 되지. "세뇨라!" 하고 부를까…… 아니
그것도 우습지…… 그래, 미리 작정해 둘 것도 없이 그때

388

그 순간에 마음에 떠오르는 대로 말하는 게 좋을 거야. 사랑의 시를 즉흥적으로 지어 낼 때처럼…… 벌써 그녀가 나타날 무렵이 됐군. 그녀가 안 오면 죽은 기사단장도 따분할 거야. 그런데 이놈의 기사단장의 석상(石像)은 어쩌자고 이렇게 거창하게 크게 만들었는지 모르겠군. 저 떡 벌어진 어깨를 보라지! 마치 헤라클레스 같군……. 죽은 당사자는 빼빼마른 사내였는데. 발뒤꿈치를 들고 손을 뻗쳐도 제 조각의 코에도 손이 안 닿겠는걸! 엘 에스코리알⁵⁾ 궁전 옆에서 저 친구를 만났었지. 내게 덤비다가 내 칼끝에 핀 꽂힌 잠자리 꼴이 되어 쭉 뻗어 버렸지. 하지만 긍지가 강하고 대담하고 용맹스런 마음을 가지고 있었지. 아아! 그녀가 온다.

도냐 안나 등장.

도냐 안나 또 저분이 저기 계시는군. 신부님, 신부님이 명상에 잠기신 것을 훼방하는 것 같군요. 죄송합니다.

돈 후안 저야말로 당신에게 용서를 빌어야겠군요. 세뇨라, 혹은 제가 있기 때문에 당신이 지니신 슬픔을 거리낌 없이 푸시는 데 방해가 된 것이나 아닐까요?

도냐 안나 아니에요, 신부님. 저의 슬픔은 제 가슴 속에 깊이 감춰 놓고 있답니다. 당신이 오시면 저의 보잘것없는 기도나마 하늘에까지 올라갈 수가 있겠지요. 부디 저의 기도에 신부님의 목소리가 어우러지게 해주십시오.

돈 후안   제가, 이 제가 당신하고 같이 기도를 드리다니. 오오, 도냐 안나. 저는 도저히 그런 행운을 누릴 만한 가치가 없는 사람입니다. 당신의 성스러운 기도를 저의 이 죄 많은 입으로 따라 할 수는 없습니다. 당신이 살포시 머리를 숙이시고 희푸른 대리석 위에 당신의 검은 머리채를 사르르 흘리시는 것을 두렵고도 경건한 마음으로 멀리서 보고만 있어도 충분합니다. 그러면 이 묘소에 은밀히 천사께서 내려와 계신 것을 보는 것 같답니다. 그렇게 되면 제 마음은 몹시도 참을 수 없이 산란해져서 저는 기도할 말까지 잊어버리고 맙니다. 저는 말 한마디 하지 못하고 다만 경탄하여 마지않으며 마음속으로만 생각했습니다. 정말 행복하기 이를 데 없는 사람도 있구나, 천사처럼 아름다운 이분의 숨결로 무덤은 따사롭게 덮혀지고 사랑의 눈물로 무덤이 적셔지다니…….

도냐 안나   참으로 이상스런 말씀을 하시는군요.

돈 후안   세뇨라!

도냐 안나   저를 부르시는 거예요? 신부님은 잊으셨나요?

돈 후안   무엇을 잊었다는 것입니까? 제가 보잘것없는 수도사라는 사실 말입니까? 저의 죄 많은 목소리는 이런 곳에 어울리지 않게 너무 높다는 것입니까?

도냐 안나   그런 것 같은 마음이 드는군요……. 저는 몰랐습니다.

돈 후안   아아, 이제야 알겠습니다. 당신은 모든 것을 알고 계셨군요?

도냐 안나   무엇을 알고 있었다는 말씀이지요?

돈 후안   제가 진짜 수도사가 아니라는 사실 말입니다. 아아,
           당신의 발 아래 무릎을 꿇고 용서를 빌어야겠습니다.

도냐 안나   아이 참, 이걸 어쩌나? 어서 일어나세요. 어서요.
           그럼 당신은 도대체 누구세요?

돈 후안   불행하고 희망도 없는 정열의 제물이랍니다.

도냐 안나   어머, 왜 이러세요. 더구나 이렇게 묘소 앞에서.
           저리로 가세요.

돈 후안   잠깐만, 도냐 안나. 잠깐만요.

도냐 안나   누가 오면 어떻게 해요?

돈 후안   문은 닫혀 있어요. 그러니 잠깐만!

도냐 안나   그럼 말씀하세요. 무슨 일이죠? 무엇을 원하시나
           요?

돈 후안   죽는 것이 소원이랍니다. 아아, 당신의 발 아래에서
           지금 당장 죽게 해주세요. 나의 이 가엾은 시체나마 이
           곳에 묻어 주세요. 당신이 아직도 정성을 쏟고 있는 분
           의 옆인 이곳 근처가 아니라도 좋으니 좀 떨어진 저 출
           입구의 문지방 밑에라도 묻어 주세요. 그렇게 되면 당
           신이 이 높이 솟은 무덤 위에 당신의 고운 머리채를 늘
           어뜨리고 눈물을 뿌리실 때 살며시 당신의 발과 옷자
           락이나마 저의 무덤에 스칠 테니까요.

도냐 안나   어머나, 당신은 정신이 어떻게 되신 것 아니에
           요?

돈 후안   그럼 죽기를 원하는 사람은 모두 미친 사람이라는

말입니까? 도냐 안나, 만약 제가 미친 것이라면 기쁘게 산 사람과 같이 어울려서 행여나 당신의 마음이 저의 부드러운 사랑으로 움직일 수 있으리라는 희망도 가져 볼 수 있겠지요. 제가 정말 미쳤다면 밤마다 당신 집의 발코니 아래서 밤을 새우며 당신의 잠자는 베갯머리에 세레나데를 들려 드릴 수도 있겠지요. 당신에게서 몸을 숨기지 않고 오히려 어느 곳에서나 당신의 눈길을 끌려고 애쓰기도 하겠지요. 만약 정말로 내가 미쳤다면 침묵을 지키며 괴로워하지도 않을 것입니다.

도냐 안나　그럼 당신은 지금 침묵을 지키고 있다는 것인가요?

돈 후안　너무나도 뜻밖이었습니다. 도냐 안나, 너무나 뜻밖이어서 제정신을 잃었단 말입니다. 그렇지 않았다면 당신은 결코 저의 슬픈 비밀을 아실 수도 없었을 겁니다.

도냐 안나　그러면 전부터 저를 마음에 두고 계셨었나요?

돈 후안　언제부터인가는 저도 잘 모르겠습니다. 그러나 그때부터 간신히 이 순간에 불과한 생명의 가치가 무엇인가를 알게 되었고 그때부터 행복이란 말의 참뜻을 깨달을 수 있었습니다.

도냐 안나　저리 비켜 주세요. 당신은 위험한 분이군요.

돈 후안　위험하다고요? 왜 그렇습니까?

도냐 안나　당신의 말을 듣고 있으려니까 무서운 생각이 드는군요.

돈 후안　그럼 저는 입을 다물겠어요. 당신을 바라보는 것이 오직 하나의 기쁨이니까요. 제발 가라고만 하지 마십시오. 저는 건방진 희망도, 꿈도 있지 않고 당신께 아무것도 원하지 않습니다. 그러나 제가 죽지 않고 살아야 한다면 당신을 바라보는 것만이라도 할 수 있어야겠습니다.

도냐 안나　　저리 가세요. 그런 말씀, 그런 미친 짓 같은 행동은 이런 장소에서는 어울리지 않아요. 내일 저의 집으로 오세요. 당신이 지금과 같은 경의로 대해 주실 수 있다고 약속하신다면 만나 드릴 수 있어요. 하지만 밤이 이슥한 뒤에 오세요. 저는 미망인이 된 이래 어떤 분도 만난 일이 없으니까요.

돈 후안　　아아, 나의 천사 도냐 안나! 하느님께서는 기필코 당신을 위로해 주실 것입니다. 당신이 오늘 이 불행한 수난자를 위로해 주신 것처럼.

도냐 안나　　저리 가세요.

돈 후안　　잠깐만 더.

도냐 안나　　안 돼요. 그럼 제가 가야겠군요……. 당신 때문에 기도도 제대로 하지 못하게 되었군요. 당신은 세상의 온갖 말로써 저의 마음을 엉뚱하게 뒤흔들어 놓으셨어요. 저의 귀는 오랫동안 정말 오랫동안 그런 말씀을 듣는 습관을 잃어버렸어요. 내일 만나 뵙지요.

돈 후안　　저는 아직도 믿을 수가 없군요. 이 너무나 가슴 벅찬 행복에 몸을 내맡기기가 어렵습니다……. 내일 당신을 만나 뵙는다! 그것은 여기서가 아니라 당신의 집에서 은밀히 만나는 것이로군요.

도냐 안나   네, 그래요. 내일이에요, 내일요. 당신의 이름은
    요?

돈 후안   돈 디에고 데 칼바도라 합니다.

도냐 안나   안녕! 돈 디에고!

도냐 안나 퇴장.

돈 후안   레포렐로!

레포렐로 등장.

레포렐로   무슨 일입니까?

돈 후안   오오, 나의 친애하는 레포렐로여! 나는 행복하도다.
    '내일 밤이 이슥해서…….' 란 말이지? 이봐! 레포렐로,
    내일의 준비를 부탁한다……. 나는 정말 철없는 아이처
    럼 행복에 들떠 있단 말이야!

레포렐로   도냐 안나와 말씀을 나누셨습니까? 아마 그분은
    나으리께 인사치레로 두어 마디 대답이나 했을 거고 나
    으리께서는 축복의 말이나 겨우 하셨겠지요.

돈 후안   아니 아니, 천만의 말씀이지. 레포렐로, 밀회(密會)
    야. 밀회의 약속이 이루어졌단 말이야!

레포렐로   아니, 그게 정말입니까, 나으리? 아아, 그러고 보
    면 과부란 다 그렇고 그런 것이군.

돈 후안   아아! 나는 행복하다. 마구 노래라도 불러대고 싶을

394

지경이야. 온 세상이라도 내 품안에 들어온 것 같은 심정이란 말이야.

레포렐로   하지만 저 기사단장은? 그분이라면 이런 일에 대해 뭐라고 할까요?

돈 후안   그가 질투할 성싶은가? 원, 그런 일이야 있을 수 있나? 그 사람도 사리 판단쯤이야 할 만한 사람이니까 죽고 나서야 얌전해졌을걸.

레포렐로   안 그럴걸요? 저 석상을 좀 보세요.

돈 후안   그 석상이 어떻다는 거냐?

레포렐로   나으리를 노려보며 화를 내고 있는 것만 같군요.

돈 후안   그렇다면 레포렐로, 네가 갔다 와라. 나에게 오시라고 초대를 해. 아니, 내게 올 것이 아니라 내일 도냐 안나의 집이다.

레포렐로   아니, 석상을 손님으로 초대한다니요? 왜 그러시는 겁니까?

돈 후안   그야 물론 그녀와 이야기라도 하라고 부르는 것은 아니지. 내일 밤 늦게 도냐 안나에게로 와 주시오, 그리하여 문간에서 문지기 노릇이나 해주시오, 하고 그 석상에게 부탁해 놓게 말야.

레포렐로   원, 이건 또 무슨 엉터리없는 장난일까. 더구나 기사단장의 석상을 상대로……

돈 후안   구시렁거리지 말고 어서 갔다 오라고.

레포렐로   하지만 그거 어째……

돈 후안   빨리 가라니까!

레포렐로   영광에 빛나는 기사단장 석상님, 저의 주인님이신
        돈 후안 나으리께서 삼가 왕림하시기 바란다고 초대의
        말씀을 전갈드리라고 하셨습니다…… 아이구, 하느님
        맙소사. 전 무서워 못하겠어요.

돈 후안   이런 겁쟁이 같으니. 매를 좀 맞아야 알겠나?

레포렐로   아이고! 예예, 용서하십쇼……, 저의 주인 돈 후안
        나으리께서는 내일 석상님의 마님댁에 밤이 깊은 다음
        왕림해 주시기 바란다고 말씀하십니다. 오셔서 문간에
        서 파수를…….

        석상은 알았다는 듯 고개를 끄덕인다.

레포렐로   억? 아이쿠!

돈 후안   왜 그래?

레포렐로   아이고, 사람 살려!

돈 후안   자네 왜 그러나?

레포렐로   (머리를 끄덕이는 듯하며) 저, 저 석상이 이렇
        게…… 아이고 맙소사.

돈 후안   왜 고개는 끄떡거려?

레포렐로   아니요. 내가 아니라 저, 저 석상이…….

돈 후안   원, 무슨 잠꼬대 같은 소리!

레포렐로   그럼 나으리께서 직접 말씀해 보십시오.

돈 후안   예끼, 이 병신아. 그럼 잘 보라고! (석상을 향해) 나
        다, 기사단장. 나는 내일 자네 아내였던 도냐 안나에게

가는데 그리로 와주게. 그리고 문간에서 파수나 보아 주
게. 어떤가? 봐줄 텐가?

  석상은 또다시 고개를 끄덕인다.

돈 후안   어허? 이게 웬일이야!
레포렐로   어떻습니까? 제 말이 맞지 않아요…….
돈 후안   자아, 어서 가자. 그까짓 것 아무것도 아니란 말야.

제4장

도냐 안나의 방.

돈 후안과 도냐 안나.

도냐 안나   저는 당신을 만나기로 하기는 했어요. 돈 디에고,
하지만 이제 제가 말씀드리는 슬픈 이야기가 당신에겐
따분한 것이나 되지 않을까 걱정이군요. 가엾은 과부 신
세인 저는 언제나 제가 잃어버린 것만을 되새기고 있답
니다. 4월의 비[6]처럼 눈물과 웃음이 뒤범벅이 된답니다.
왜 아무 말도 없으세요?

돈 후안   아름다운 도냐 안나와 단둘이 있다는 것을 생각하
니 입으로 말은 안했지만 내 가슴이 터질 듯 기쁘군요.
그곳이 아니라 더구나 이곳, 이제는 죽은 행복한 사내의

무덤 앞이 아니라 당신의 방이니까요. 이렇게 내가 바라
보고 있는 당신도 지금은 전남편의 석상 앞에서 무릎 꿇
고 있는 것은 아니니까요.

도냐 안나　돈 디에고, 당신은 그렇게까지 질투가 나시나요?
제 전남편은 이제는 무덤 속에 누웠는데도 당신을 괴롭
히는가요?

돈 후안　제게는 질투할 권리도 없습니다. 그 사람이야 당신
이 남편으로 선택했던 사람이니까요.

도냐 안나　그렇지 않아요. 제 어머니가 돈 아르발과 결혼을
시켰던 거예요. 저의 친정은 가난했으나 돈 아르발은 부
자였거든요.

돈 후안　그 양반 참 복도 많군요. 대수롭지도 않은 재산을
여신의 발밑에 바치고 그 대가로 천국의 지고한 행복을
누렸으니까요. 만약 제가 그 이전에 당신을 만났더라면
정신을 잃고 나의 지위도 재산도 모조리 당신에게 바쳤
을 겁니다. 단 한 번의 호의가 담긴 눈길을 던져 주시기
만 하였어도 말이죠. 나는 당신의 성스러운 희망의 노예
가 되었겠지요. 당신의 온갖 기분의 변화를 연구해서 미
리미리 앞질러 알아차리고 그리하여 당신의 생활이 끊임
없는 마술에 걸린 것 같은 매혹적인 것이 되게끔 해드릴
수도 있었겠지요. 그런데 아아, 운명은 나에게 다른 길을
정해 주었던 것입니다.

도냐 안나　디에고, 그만두세요. 당신의 말을 듣고 있노라면
죄를 짓고 있는 것만 같아요. 저는 당신을 사랑할 수는

없어요. 과부는 남편의 무덤 곁에서 정절을 지키며 시묘 (侍墓) 살아야만 하는 거예요. 돈 아르발이 얼마나 저를 사랑했는지 당신은 아마 모르실 거예요. 아아, 돈 아르발 이라면 설사 일이 뒤바뀌어 그가 홀아비가 되었다 해도 결코 좋아하는 여자를 집 안으로 끌어들이지는 않았을 거예요. 그분이었다면 설사 내가 죽었더라도 끝까지 부부간에 한 사랑의 맹세를 지키고 정절을 지켰을 거예요.

돈 후안   도냐 안나, 그렇게 끊임없이 전남편의 말씀만 하셔서 제 마음을 괴롭히지는 말아 주십시오. 저를 그 지옥과 같은 고통으로 짓밟지는 마십시오. 아무리 제가 그런 지옥과 같은 고통을 받을 만한 인간처럼 보이시더라도 말입니다.

도냐 안나   대체 왜 그러십니까? 당신은 어느 분하고도 신성한 매듭으로 매어져 있는 것은 아니잖아요. 그렇지 않으신가요? 저를 사랑하신다 해서 저에게나 어느 다른 분에게나 하느님께나 죄가 되실 처지는 아니시잖아요?

돈 후안   당신에게는! 오오, 하느님!

도냐 안나   당신이 뭐 저에게 죄를 지었다는 건가요? 무슨 일이 있었죠? 말씀해 주세요.

돈 후안   천만에요, 결코······.

도냐 안나   디에고, 무슨 일인가요? 당신은 무언가 제게 숨기는 것이 있는 듯한데, 무슨 일이지요? 말씀해 보세요.

돈 후안   안 됩니다, 그 말만은 할 수 없답니다.

도냐 안나   디에고, 정말 이상하시군요. 부탁이에요. 말씀하시라니까요. 아니 이건 명령이에요.

돈 후안   안 됩니다. 결코 그 말만은 못하겠습니다.

도냐 안나   아아! 이렇게 하시면서도 당신은 제게 양같이 순
하게 따르겠다고 말씀하시는 거예요? 그럼 방금 당신이
제게 하신 말씀은 뭐지요? 저의 희망의 노예가 되시겠다
고 하신 말씀은 또 어떻게 됐지요? 정말 화를 안 낼 수
없게 되는군요. 디에고, 제게 무슨 죄를 지으셨는지
를…….

돈 후안   도저히 말씀드릴 수 없습니다. 그 말을 하면 당신은
저를 미워하실 테니까요.

도냐 안나   아니에요. 말씀하시기만 하면 돼요. 제가 미리 용
서해 드리지요. 그렇지만 말씀만 하세요.

돈 후안   이와 같이 무서운 비밀을 어찌하여 굳이 아시려고
그러십니까?

도냐 안나   무서운 비밀이라고요? 당신은 저를 자꾸만 괴롭
히시는군요. 저는 궁금해 못 견디겠어요. 뭐예요? 어째
서 당신이 저에게 죄를 지었다는 거지요? 저는 당신을
알지도 못하고 있었는데, 저는 적이라곤 없어요. 예전이
나 지금이나. 아니 제 남편을 죽인 자가 하나 있을 뿐이
에요.

돈 후안   (슬며시 얼굴을 돌리고 혼잣말하듯 중얼거린다) 자
아, 이제야말로 끝장이 나겠군. 그런데 도냐 안나, 당신
께 묻겠는데 저 돼먹지 못한 돈 후안이란 사내를 알고 계
신가요?

도냐 안나   아아뇨, 한 번도 본 적이 없어요.

돈 후안   그렇지만 마음속으로는 돈 후안에게 적개심을 품고
       계시겠지요?

도냐 안나   명예를 중히 여기는 것은 저희들의 의무가 아니
       겠어요? 하지만 돈 디에고, 당신은 왜 자꾸 제 질문에 딴
       청을 하시는 거지요? 제가 바라는 것은…….

돈 후안   만약 당신이 돈 후안을 만났다면?

도냐 안나   그 악한의 심장을 단검으로 쑤셔 버리고야 말겠
       어요.

돈 후안   도냐 안나, 당신의 단검은 어디 있습니까? 제 심장
       은 바로 여기 있습니다.

도냐 안나   디에고! 그게 무슨 말씀이에요?

돈 후안   저는 디에고가 아닙니다. 바로 돈 후안입니다.

도냐 안나   어머, 이게 무슨 일일까? 아니에요. 그럴 리가 있
       나요? 저는 믿을 수가 없어요.

돈 후안   제가 바로 돈 후안입니다.

도냐 안나   거짓말이겠죠?

돈 후안   제가 당신의 남편을 죽였습니다. 하지만 조금도 그
       일이 유감스럽다거나 후회하지 않습니다.

도냐 안나   원, 이게 무슨 말일까요? 아니야, 그럴 수가 없어
       요.

돈 후안   제가 틀림없는 돈 후안입니다. 그리고 당신을 사랑
       하고 있습니다.

도냐 안나   (쓰러지면서) 웬일일까? 아이, 어지러워! 아이,

속 답답해!

돈 후안   아, 이게 어떻게 되는 거냐? 왜 그러십니까, 도냐
        안나? 자아, 일어나세요. 눈을 뜨고 정신을 차리세요. 자
        아, 여기 당신의 디에고가 있습니다. 당신의 노예가 여기
        있습니다.

도냐 안나   놔둬 줘요. (가냘픈 목소리로) 아아, 당신은 저의
        원수예요. 당신은 제게서 모든 것을 빼앗아 가셨어요. 제
        가 살아가는 데 필요한…….

돈 후안   사랑하는 이여, 제가 드린 타격을 어떻게 해서든지
        보상해 드리겠습니다. 저는 단지 당신의 발밑에 엎드려
        당신의 지시를 기다릴 뿐입니다. 명령이시라면 죽을 수
        도 있어요. 당신이 원하시면 제 목숨이라도 기꺼이 당신
        앞에 바치겠습니다.

도냐 안나   그럼 당신은 정말 돈 후안…….

돈 후안   돈 후안이 개망나니에다가 피도 눈물도 없는 냉정
        한 놈이라고 들으셨겠지요? 오오, 도냐 안나. 소문이란
        결코 아무런 근거도 없는 것은 아닙니다. 어쩌면 수많은
        죄악이 저의 지쳐버린 양심을 짓누르고 있을지도 모릅니
        다. 하기야 저는 오랫동안 방탕한 생활만을 일삼아 왔어
        요. 그러나 당신을 뵙게 된 순간부터는 저는 아주 딴 사
        람이 되고 만 것이랍니다. 당신을 사랑하게 됨으로써 덕
        행(德行)을 사랑하게 되었고 비로소 겸손이란 것도 알게
        되고 처음으로 덕 앞에 무릎을 꿇고 싶은 마음이 되었습
        니다.

도냐 안나　　아아, 돈 후안의 말솜씨가 능숙하다는 것은 알아요. 들은 적도 많아요. 그가 교묘하게 유혹을 한다는 말도요. 소문에 의하면 당신은 하느님도 두려워할 줄 모르고 사람을 타락시키기만 하는 악마나 다름없는 악한이라더군요……. 당신은 가엾은 여자들을 지금까지 몇 명이나 파멸시켰나요?

돈 후안　　지금까지 단 한 사람의 여인과도 진정한 사랑을 해보지 못했습니다.

도냐 안나　　그렇다면 돈 후안은 저를 진정으로 사랑하게 된 것이며 저를 새로운 희생자로 만들려고 하는 것은 아니라고 믿어도 되겠어요?

돈 후안　　만약 당신을 속이고 희생시키려 했다면 어째서 당신이 차마 듣기 괴롭고 저에게도 아무 실속이 없는 제 정체를 밝히는 짓을 하겠습니까? 제 행동의 어느 구석에 교묘하고 추악한 유혹의 함정 같은 증거가 있습니까?

도냐 안나　　당신은 도대체 알 수가 없군요. 그런데 당신은 어떻게 이곳에 오셨어요? 여기서 당신의 정체가 드러나면 당신은 죽음을 모면할 도리가 없지 않습니까?

돈 후안　　죽는다는 것이 무엇입니까? 나는 당신과의 하룻밤 사랑을 위해서라면 열 번이라도 죽는다고 억울할 것 없습니다.

도냐 안나　　하지만 가실 때는 어떻게 여기서 빠져나가실 거예요? 정말 대담한 분이군요.

돈 후안　　(그녀의 손에 키스하며) 아아! 그럼 당신은 가엾은

404

돈 후안의 몸을 걱정해 주시는군요. 그렇다면 도냐 안나, 당신의 아름다운 마음속에는 저에 대한 증오는 없으시다는 거지요?

도냐 안나 아아! 당신을 미워할 수 있다면…… 하지만 우리는 이제 작별해야만 돼요.

돈 후안 언제 또 만나 뵐 수 있을까요?

도냐 안나 모르겠어요. 나중에요.

돈 후안 내일은 안 될까요?

도냐 안나 어디서요?

돈 후안 여기서 말이죠.

도냐 안나 아아! 돈 후안, 저는 가슴이 터질 것만 같아요.

돈 후안 용서해 주신 표시로 키스라도 하게 해주세요.

도냐 안나 늦었어요. 어서 돌아가세요.

돈 후안 한 번만 조용한 키스라도…….

도냐 안나 아이 참, 성가시게 하시는군! 자아, 이제 됐지요? 누가 문을 두드리는 것일까? 아아! 어서 숨어요, 돈 후안.

돈 후안 그럼 안녕히. 내 사랑이여!

밖으로 나갔다가 다시 들어온다.

돈 후안 아아!

도냐 안나 왜 그러시죠? 으악!

기사단장의 석상이 방안으로 들어온다. 도냐 안나는 비명을 지르고 기절하여 넘어진다.

석　상　나는 초대받고 왔단 말이다.

돈 후안　오오! 하느님! 도냐 안나!

석　상　도냐 안나는 버려두게. 모든 것은 끝났네. 그런데 자네는 떨고 있구먼, 돈 후안.

돈 후안　내가? 그럴 리 있나? 내가 자네를 초대했네. 만나서 반갑군.

석　상　악수를 하세.

돈 후안　그래 악수하지. 이크, 이거 왜 이렇게 무겁지? 이 석상과의 악수는?…… 놓아 주게, 이제 그만 손을 놓게. 내 손을 놓으란 말이야……. 아이고, 사람 살려! 나 죽는다! 오오, 도냐 안나!

석상과 돈 후안은 땅속으로 빨려 들어가듯 보이지 않게 되고 만다.

역주(譯註)

1) 돈 조반니—모차르트의 오페라 작곡을 위해 로렌소 다 폰테가 쓴 대본에서
인용된 것이다.

2) 푸슈킨의 원고에는 이 제2장에서 라우라가 부르는 두 노래의 가사는 씌어 있
지 않음. 그러나 1830년 〈석상 손님〉이 탈고되기 한 달 전에 씌어져 거기에 글
린카가 곡을 붙인 시가 있음. 푸슈킨은 그 시를 라우라로 하여금 부르게 하려고
했다는 베린스키 및 안넨고프의 가설이 있음. 그 시는 다음과 같은 바 이 장면
의 상황에 들어맞는 것이므로 참고로 한다.

나는 여기에 이네지리야여,
이 창 아래 있어요.
세비야의 거리는
어둠과 잠 속에 안겼어요.

무턱대고 용기에 넘쳐서
망토 속에 감추어 지닌 것은
기타와 칼이라오.
나는 바로 이 창문 아래.

그대가 잠들어 있다면
기타로 그대를 깨우리.
늙은이가 잠깨어 훼방하면
이 칼로 잠들게 하고 말리.

창가에 늘어져 있는 것은
명주로 꼰 줄사다리인가.
무엇을 우물쭈물…… 그러면

바로 이곳에 사랑의 적수가 왔다.

나는 여기에 이네지리야여,
이 창 아래 있어요.
세비야의 거리는
어둠과 잠 속에 안겼어요.

3) 라우라가 부른 두 번째 노래로 푸슈킨이 무엇을 생각하고 있었는지는 확실한 증거가 없다. 비평가들 중에는 1827년에 A. N. 베르스토프스키 작곡의 악보와 같이 발표된 〈밤의 하늬바람〉이란 푸슈킨의 시가 바로 그것이 아닌가 하고 추측하는 사람도 있다. 이 시는 〈에스파냐의 노래〉라든가 〈에스파냐의 로만스〉라는 제목이 붙여졌던 일도 있어 이 극의 장면에 가장 어울린다고 생각되므로 참고로 든다.

밤의 하늬바람

밤의 하늬바람은
하늘 위에 파도를 일으키고
과달키비르 강은
수런거리며 흐른다.

금빛 나는 달이 떠오른다.
고즈넉하게…… 들으라, 기타 소리를
이제야 보라, 젊은 에스파냐 처녀가
발코니 위에 기대고 선다.

밤의 하늬바람은
하늘 위에 파도를 일으키고
과달키비르 강은
수런거리며 흐른다.

사랑스런 천사여, 그대의 만테라를 들어 주라.
태양 같은 밝은 빛 드러내기 위해
쇠난간 그 틈으로
아름다운 그대의 발 엿보게 하라.

밤의 하늬바람은
하늘 위에 파도를 일으키고
과달키비르 강은

수런거리며 흐른다.

4) 푸슈킨 시대의 사람들은 오늘날의 사람보다 겉늙었다. 30대 여인은 이미 젊은 부인이라고 불리지 않았다. 스탕달의 소설《적과 흑》의 여주인공 레날 부인을 생각해 보면 잘 알 수 있다.

5) 엘 에스코리알—마드리드 북서부의 거리. 에스코리알이라 하면 동시에 게레페 2세가 세운 건물을 가리키는 것이기도 하다. 유명한 대건축물로서 궁전 · 예배당 · 수도원 · 묘소가 한 곳에 다 들어 있다.

6) 4월은 유럽에서도 날씨가 변덕스러운 달로서 '4월의 비'라는 말은 뿌리는가 하면 금방 멎는 비를 말하는 것이다.

모차르트와 살리에리

제1장

실내.

살리에리[1]　　이 세상에는 정의란 없다고 모두들 말하고 있지.
그러나 정의는 이 세상에만 아니라 저 세상에도 없는
것이지. 이것은 마치 단음계와 마찬가지로 내가 분명히
알 수 있는 사실이야. 나는 태어나면서부터 예술에 마
음을 바쳤다. 어릴 때 저 낡은 교회당에서 파이프오르
간의 높은 소리가 울려 퍼졌을 때 나는 귀기울였고 정
신없이 그 멜로디를 들었지……. 나도 모르게 달콤한
눈물을 주르르 흘렸지. 젊어서도 나는 보람 없는 기분
풀이 따위야 모조리 물리쳤지. 음악과 관련이 없는 학
문이란 하나같이 지겨웠고, 나는 높은 긍지로 의지를

지켰고 관련 없는 학문을 거부했으며, 오직 음악에만 몸을 바쳤다. 음악으로 가는 길의 첫걸음은 고통스러운 것이었고 처음 밟는 그 길은 우울하기조차 하였다. 그러나 나는 첫 번째의 불운도 싸워 이겼다. 장인 기질, 즉 명인다운 재주야말로 예술의 근본이라고 생각하고 나는 철저하게 장인이 되었다. 나의 손가락에다 마음먹은 대로 움직이는 무미건조한 속도를 부여했고 나의 귀에는 정확성을 부여했다. 음을 죽여 음악을 마치 시체처럼 해부하였다. 화음을 수학적으로 조사 분석하기도 하였다. 그 무렵 간신히 학문의 시련을 받고 나서 과감하게 창조의 꿈의 기쁨에 내 몸을 맡겼던 것이었지. 나는 창작을 시작했다. 그것도 조용하고 은밀하게. 아직 영예 따위는 꿈에도 생각지 않았다. 가끔 아무 소리도 안 들리는 독방에서 침식도 잊은 채 이틀 사흘 지낼 적도 있었으나 영감의 환희와 눈물을 맛본 다음 나는 나의 공들여 만든 작품을 태워 버리며 나의 사상과 내가 낳은 자식이나 다름없는 음악의 가락이 불꽃이 되어 타오르고 희미한 연기를 피우며 사라져 가는 것을 멍하니 바라보기도 하였지. 그런 것은 아무래도 좋아. 그러나 저 위대한 글루크[2]가 나타나서 새로운 신비를 우리에게 드러내 보여주었을 때(심원한 매혹에 넘치는 저 신비를) 나는 모든 것을 내팽개치고 말았던 것이다. 그때까지 배운 것, 그토록 사랑하고 그토록 열렬하게 믿고 있던 모든 것을. 그리하여 나는 아무런 불평 없이 용기를 내어 그의 뒤를 따랐던 것이었지. 길을 잃고 헤매던 사람이 우연히 마주친 사람에게서 다른 길을 잡아 나가라고 가르침을 받았을 때처럼. 조금도 변함없는 긴장과 노력으로 나는 마침내 한계가 없는 이 예술의 상당히 높은 지위에까지 오를 수가 있었다. 영광은 나에게 미소 지어 주었다. 나의 창작에 대한 공명(共鳴)을 나는 세상 사람들의 마음속에서 발견할 수 있었다. 나는 행복하였다. 나는 편안한 마음으로 나의 노작(勞作)을, 그리고 성공과 영예를 즐겼다. 이 멋진 예술에 정진하는 내 친구들의 성공들조차 내 일이나 다름없이 기쁜 마음으로 대할 수 있었다. 그렇다. 나는 단 한 번도 시기한다는 것을 몰랐다. 아아, 단 한 번도 몰랐다! 푸치니[3]가 촌뜨기 같은 파리장(파리인)의 귀를 사로잡고 말았을 때도, 또 내가 처음으로 〈이피게니아〉[4]의 가락을 들었을 때도 그런 일은 없었다. 누가 감히 말할 수 있으랴? 이 긍지가 높은 살리에리가 어느덧 뭇사람의 발길에 짓밟히면서도 그래도 죽지 않고 살아 힘없이 모래나 티끌에 입을 틀어박고 있는 뱀처럼 천하기 짝이 없는 시기심을 품는 일이 있었다고 아무도 말할 수 없었으리라……. 그런데 지금은…… 나 스스로 이렇게 말하는 것이다. 나는 지금 와서는 그러한 시기심을 품고 있단 말이다. 나는 시기한다. 뿌리 깊고 고통스런 시기심을 품는다! 아아, 이게 대체 무슨 일이란 말인가? 어디에 정의라는 것이 있는가? 만약 성스러운 천성(天性)이라든가 불멸의 천재가 불타는 사랑, 자기희생, 노고, 그리고 열성과 기도에 대한 보답으로서 부여되는 것이 아니고 사리판단도 못하는 철없고 게으른 방탕아의 머리에 후광(後光)을 빛나게 하는 것이라면…… 아아, 모차르트! 모차르트!

모차르트 등장.

모차르트 아이쿠, 어느 틈에 나를 알아차렸군! 나는 또 자네가 미처 생각지도 못할 장난으로 농담의 선물을 안겨주려고 했더니.

살리에리 여기 있었나? 줄곧 여기 있었나?

모차르트 아니, 금방 오는 길일세. 자네에게 보여주고 싶은 것이 있어서 일부러 찾아왔네. 그런데 술집 앞을 지나가려니까 문득 바이올린 소리가 들리지 않겠나? 글쎄 내 말 좀 들어 보게나, 살리에리 군! 자네 역시 이렇게 우스꽝스러운 일은 생전 들어 본 일조차 없을걸세……. 바이올린을 켜는 눈먼 악사가 저 술집에서 글쎄, 〈당신도 잘 아시다시피〉[5]를 켜고 있더란 말이야. 참 놀랐지! 도저히 그냥 있을 수가 없어서 그 악사를 데리고 왔지. 그 멋진 솜씨를 좀 들어 보라고 말이야. 자아, 들어오시지! (눈먼 노인이 바이올린을 들고 들어온다) 모차르트의 곡을 아무거나 연주해 보슈!

416

노인은 〈돈 조반니〉의 아리아를 연주한다. 모차르트는 큰 소리로
웃는다.

살리에리　그래 자네는 웃을 수 있나?

모차르트　그럼 살리에리 군! 자네는 웃기지 않나?

살리에리　쓸모없는 엉터리 화가가 라파엘로의 마돈나를 그
　　　　　린답시고 주접을 떨어도 우습지는 않고, 천한 어릿광대
　　　　　가 단테를 흉내 낸답시고 단테의 명예를 짓밟는다 한들
　　　　　우스울 것이야 없지. 자아. 어서 가시오, 노인 양반!

모차르트　잠깐 기다리슈! 자아, 수고 값이오. 내 건강을 축
　　　　　복하고 한잔하여 주시오. (노인 악사 퇴장) 이봐! 살리
　　　　　에리, 오늘은 어째 기분이 좋지 않은가 보군. 그럼 다음
　　　　　에 다시 만나세.

살리에리　자넨 무엇을 가지고 왔나?

모차르트　아니, 뭐 별것도 아닐세. 얼마 전에 밤에 잠이 오
　　　　　지를 않아서 이리 뒤척 저리 뒤척 하면서 이런저런 생
　　　　　각에 잠기다가 몇 가지 떠오르는 것이 있더군. 오늘에
　　　　　야 그것을 오선지에 적어 보았지. 그래서 자네의 감상
　　　　　을 좀 들어 볼까 하고 왔는데, 자네 지금 기분이야 어디
　　　　　내 작품을 감상해 줄 형편이 못 되는 모양일세그려.

살리에리　아니지 아니야, 모차르트 군. 내가 자네의 곡을 언
　　　　　제 안 들어준 적이 있던가? 자아, 어서 앉게. 그리고 어
　　　　　디 좀 들어 보세.

모차르트　(피아노를 향해 앉는다) 상상해 주게…… 누구로

할까? 그래 뭐라고 해도 좋지…… 아니 나보다야 더 젊다 할까? 하여간 사랑을 하고 있는 중이야…… 뭐 아주 심각한 것은 아니고 얼마간 마음이 끌려 있는 상태지. 나는 아름다운 처녀와 같이 있어. 아니면 친구하고 같이. 그게 자네라고 해도 좋지……. 나는 매우 즐거운 기분이야. 그런데 갑자기 닥쳐온단 말이야. 무덤의 환영이라고나 할까, 생각지도 못했던 어둠이랄까, 좌우간 그 비슷한 것이 나타난단 말이야……. 알겠나? 자아, 한번 들어 보게.

그는 피아노를 친다.

살리에리   이렇게 훌륭한 곡을 갖고 오면서 술집 앞에 멈춰서서 장님 악사가 독주하는 것을 듣다니, 참 자네도 어지간하군 그래. 원 참! 여보게, 모차르트 군. 그런 짓은 정말 자네답지 않은 행동일세!

모차르트   어떤가? 들을 만한가?

살리에리   참 깊이가 있군 그래. 그 대담한 선율, 조화된 화음, 아주 잘됐네. 모차르트 군, 자네는 바로 신(神)이면서도 자네 자신은 모르고 있군. 나는 잘 알지. 나는 알고말고.

모차르트   아아니, 정말인가? 어쩌면 그럴지도 모르지……. 그렇지만 그 신께서는 매우 시장하시다네.

살리에리   그래? 그럼 선술집 황금사자에 가서 같이 식사나

418

하세그려.

모차르트 그것 참 좋지. 신나는군. 그런데 그전에 잠깐 집에
다녀오겠네. 집사람에게 내가 외식을 할 테니까 기다리
지 말라고 전하고 와야겠어.

퇴장.

살리에리 그럼 기다릴 테니 꼭 오게. 아니, 안 돼지. 나의 운
명을 거역할 수는 없어. 나는 선임(選任)된 것이야. 저
사나이를 가로막기 위해서……. 그러지 않으면 우리 모
두는, 음악을 섬기는 제주(祭主)이며 신하인 우리는 모
두 멸망하는 수밖에 없어. 나 한 사람이 뚜렷한 명성을
얻지 못한다는 정도의 일이 아니지……. 만약 모차르트
가 더욱 오래 살아 새로운 높은 차원에까지 올라갔다 하
여 그게 무슨 소용이 있는가? 그로 인하여 그는 이 예술
을 승화시킬 수가 있을 것인가? 아니지, 아니야. 그가
사라지고 나면 이 예술도 또한 쇠퇴하겠지. 그는 우리에
게 단 한 명의 후계자도 남겨 놓지 않고 사라질 거야. 그
사나이가 무슨 소용이 있는가? 날개가 달린 어린 천사
와도 같이 천국의 노래를 몇 가지 우리에게 가져다 주기
는 했지만 그것은 우리 같은 티끌 속에서 태어난 자들의
가슴속에 날개도 없는 희망만을 불러일으키려 한 것일
뿐, 그리고 나서 그는 날아가 버리고 마는 것이다! 그렇
다면 어서 날아가 버려라! 빠르면 빠를수록 좋은 일이

지. 여기 독약이 있다. 사랑스런 이졸라의 마지막 선물이었지. 18년 동안이나 나는 잠시도 품에서 떼어 놓은 적이 없이 간직해 온 것이지……. 그때 이후 몇 번인가 인생이란 참을 수 없는 고통이라고 생각되어 나는 이 의심할 줄 모르는 적과 같이 식사를 나눈 적도 있었지. 그러나 나는 저 유혹의 속삭임에는 마음이 흔들리지 않았다. 겁이 나서도, 굴욕을 못 느껴서도, 이 세상에 미련을 버리지 못하는 것도 아니었는데, 그렇지만 나는 항상 망설였지. 죽음에의 갈망이 나를 괴롭혔을 때 나는 마음속으로 생각하는 것이었지. '왜 죽는가? 살아 있으면 미상불 예상도 못한 선물이 내게 주어질지도 모르는데. 어쩌면 영광이, 창조의 밤의 영감이 찾아와 줄는지도 모른다. 어쩌면 새로운 하이든이 위대한 작품을 창조하는 일이 있을지도 모르지……. 그 작품을 즐기는 일이 있을지도 모르지…….' 하고, 내가 가증스런 손님과 주석을 같이했을 때 나는 이렇게 생각했지. '악의에 가득 찬 적을 만날 수도 있으리라. 혹은 오만불손하게 저 높은 곳에서 매우 악의에 찬 모멸이 쏟아져 내려올지도 모른다. 그런 때에 이졸라의 선물이여, 너는 그 소임을 다하여 줄 수 있으리라.' 하고. 그런데 잘못된 것은 아니었다! 마침내 나는 나의 적을 발견했다. 새로운 하이든이 더 이상 없는 환희로써 나를 취하게 한 것이다. 지금이야말로 바로 그 기회이다. 사랑의 성스러운 선물이여, 오늘이야말로 우정의 술잔 속으로 들어가는 것이다.

제2장

술집 안의 별실. 피아노가 있다. 모차르트와 살리에리가 식탁을 가운데 놓고 마주 앉아 있다.

살리에리   어째서 오늘도 우울한가?

모차르트   나 말인가? 그렇지 않네.

살리에리   여보게, 모차르트 군. 아마 틀림없이 자네는 무슨 까닭인지는 모르지만 여느 때하고는 좀 다르군. 음식은 모두 고급 요리이고 술도 고급 술이 아닌? 그런데 말도 없고 얼굴을 찌푸리고 있으니.

모차르트   실상 바로 말하면 내 〈레퀴엠〉[6]이 걱정일세.

살리에리   그래, 자네는 〈레퀴엠〉을 작곡해 놓았나? 그래, 오래됐나?

모차르트　　그래, 얼마 전에 작곡했지. 한 3주일쯤 됐나? 그것
　　　　도 묘한 인연으로 말미암아 작곡했지. 자네에게 아직
　　　　말하지 않았었나 보군.

살리에리　　아니…… 말하지 않았네.

모차르트　　그럼 들어 보게. 한 3주일 전에 있었던 일인데 나
　　　　는 밤늦게 집으로 돌아왔네. 그러자 누군가 나를 찾아
　　　　왔었다는 거야. 무엇 때문인지…… 그것도 몰랐지. 밤
　　　　새도록 나는 생각을 해보았지. 대체 누구였을까? 그리
　　　　고 무슨 일로 왔을까? 이튿날 그 사람이 다시 들렀는데
　　　　나는 그때도 또 못 만났지. 그 다음날은 애하고 마루에
　　　　서 놀고 있었는데 나를 부르는 소리가 들렸지. 그래서
　　　　나가 보았더니 검은 옷을 입은 사람이 정중하게 인사를
　　　　하면서 〈레퀴엠〉의 작곡을 주문하고 나서 금방 사라져
　　　　버렸네. 나는 곧 방으로 들어오자마자 책상 앞에 앉아
　　　　작곡을 시작했지. 그런데 그때 이후 그 검은 옷의 장본
　　　　인은 찾아오지도 않는단 말이야. 하지만 나는 매우 기
　　　　쁘네. 〈레퀴엠〉은 완성되어 있지. 그렇지만 막상 내 작
　　　　품과 작별을 하자니 슬픈 마음이 드는군. 그런데 말일
　　　　세, 나는…….

모차르트　　이런 말을 다 털어놓기는 좀 쑥스러운데 말이
　　　　야…….

살리에리　　무슨 말인데 그러나?

모차르트　　글쎄, 그 검은 옷을 입은 사람이 낮이나 밤이나 나
　　　　를 따라다니고 있는 듯한 기분이 든단 말일세.-내 뒤를

마치 그림자처럼 가는 데마다 따라다니는 것 같네. 지금도 그 사람이 우리와 같이 앉아 있는 듯한 기분이 든단 말일세.

살리에리　원 참, 자네도 그게 무슨 어린애 같은 말인가? 그런 쓸데없는 생각은 아예 싹 잊어버리게. 보마르셰가 가끔 나한테 말하더군. "여보게 살리에리 군, 음침한 생각이 들 때면 샴페인이라도 터뜨리게. 그렇지 않으면 〈피가로의 결혼〉을 한번 다시 읽던가." 하고 말일세.

모차르트　아 참, 보마르셰는 자네 친구였지? 자네가 그 친구를 위해 작곡했던 오페라 〈타랄〉은 정말 굉장한 것이었지. 그 오페라에는 당당한 악상(樂想)이 들어 있지……. 나는 기분이 좋을 때는 언제나 그 멜로디를 되풀이해서 부르고 있다네. 랄랄랄랄라라라……. 그런데 여보게, 살리에리 군. 그게 정말인가, 보마르셰가 누군가를 독살했다는 소문이?

살리에리　그럴 리가 있나? 그 친구는 정말 묘한 사내지. 그렇지만 그런 재주를 부릴 사람은 못 되네.

모차르트　그는 여하간 천재일세. 자네나 나처럼 말이야. 그렇지만 천재와 죄악은 두 가지가 공존할 수는 없는 거야. 그렇지 않은가?

살리에리　자네도 그렇게 생각하나? (모차르트의 술잔에 몰래 독약을 넣는다) 자아, 어서 들게나.

모차르트　자네의 건강을 축복하며. 친구여, 하모니의 두 아들, 모차르트와 살리에리를 마음으로부터 맺어 주는 맹약(盟約)을 위해 자아, 함께 축배를 드세.

살리에리   잠깐! 잠깐 기다리게…… 다 마셨단 말인가…….
내가 마시기도 전에?

모차르트   (냅킨을 식탁 위에 내던진다) 실컷 먹었네. 정말 포
식했어. (피아노가 있는 곳으로 간다) 들어 보게, 이게
나의 〈레퀴엠〉일세. (피아노를 친다) 자네 울고 있나?

살리에리   이렇게 눈물을 흘리기는 처음일세. 가슴이 아프고
도 기분 좋은 눈물이군. 마치 고된 책임을 다하고 났을
때와 같이. 의사의 메스가 환부를 잘라 버렸을 때와 같
군! 내 친구 모차르트여, 이 눈물은 말일세……. 아니
눈물 따위에는 신경 쓰지 말게. 어서 더 들려 주게, 빨
리! 좀더 나의 가슴을 음악으로 채워 주게.

모차르트   세상 사람 모두가 자네처럼 하모니의 힘을 느껴
주었으면 얼마나 좋을까? 그러나 도저히 그렇게는 되
지 않지. 만약 그런 일이 있을 수 있다면 이 세상이 꾸
려 나가질 수도 없겠지. 그렇다면 어느 누구도 초라한
생활의 곤궁한 아쉬움 따위에 속을 썩일 리도 없게 될
걸세. 누구나 모두 이 자유로운 예술에만 몸을 바치려
들겠지. 하지만 실상 우리만한 사람은 몇 안 된단 말일
세. 선택받은 행복한 게으름뱅이. 천한 이해타산 따위
는 조금도 마음에 두지 않고 오직 아름다운 것만을 받
들어 섬기는 제주(祭主)는 몇 안 된단 말일세. 그렇지
않은가? 그런데 나는 지금 어쩐지 속이 안 좋네. 무언
가 속이 답답하고 메슥거리는군. 돌아가서 잠이나 자야

되겠네. 그럼 잘 있게.

살리에리   잘 가게. (혼자 남았다) 자네는 영원의 잠을 자겠지. 모차르트여! 그런데 모차르트가 말한 것이 사실일까? 그럼 나는 천재가 아니란 말인가? 천재와 죄악이 공존할 수 없는 것이라면…… 그럴 리가 있나? 저 미켈란젤로 부나로티[7]는 어떻게 된 말인가? 아니면 실상 그에 관련된 이야기는 우둔하고 사리도 모르는 축들이 지어낸 말인가? 그리고 바티칸 궁전을 지은 그 사나이는 살인자가 아니었단 말인가?

역주(譯註)

1) 안토니오 살리에리(1750~1825)—이탈리아 태생의 오페라 작곡가. 16세 때에 비엔나로 와서 이윽고 왕궁 전속 작곡가가 되고 후에 왕실 악단장이 된다. 베토벤, 슈베르트 등 수많은 음악가들이 그의 가르침을 받았다. 모차르트도 살리에리를 강력한 라이벌이라고 생각했으며 살리에리 역시 마찬가지였다. 살리에리가 모차르트를 독살한 사실은 없는 듯하나 1825년 5월 살리에리가 죽기 직전 마지막 참회를 할 때 모차르트를 독살했다고 고백하였다는 소문이 떠돌고, 이에 관한 기사가 라이프치히에서 발행되는 음악지에 실리기도 하였다. 푸슈킨의 이 희곡 〈모차르트와 살리에리〉 집필 구상이 떠오른 것은 그 이듬해인 1826년이라 한다(1830년에 탈고되었음).

2) 글루크(1714~87)—독일의 오페라 작곡가. 프랑스에서 오페라의 혁신을 추진하였다.

3) 푸치니(1728~1800)—이탈리아의 오페라 작곡가. 1776년부터 89년까지 파리에서 작곡 활동을 하였고 글루크와 대항하여 이탈리아파의 생기 넘치는 음악을 퍼뜨렸다. 글루크파와 푸치니파는 서로 경쟁을 하여 프랑스 오페라 사상 유명한 싸움이 되었다. 디드로의 대화체 소설 〈라모의 조카〉에 이 싸움이 배경으로 나타나 있다.

4) 〈이피게니아〉—푸치니의 오페라 〈타우리스의 이피게니아〉를 말함인 듯. 글루크도 〈아우리스의 이피게니아〉(1774) 및 〈타우리스의 이피게니아〉(1779)를 작곡하여 경작(競作)을 한 것같이 되어 있다.

5) 〈당신도 잘 아시다시피〉—모차르트의 오페라 〈피가로의 결혼〉 제3막 중에 나오는 유명한 켈비노의 아리아이다.

6) 〈레퀴엠〉—정체를 모르는 사람의 의뢰를 받고 1791년 여름부터 가을에 걸쳐 작곡되었다. 후일 의뢰자가 발제크 백작의 집사였다는 사실이 밝혀졌다.

7) 미켈란젤로 부나로티(1475~1564)—전설과도 같은 소문에 따르면, 십자가에 못 박혀 죽어 가는 그리스도의 조각을 더욱 리얼하게 제작하기 위하여 모델을 실제로 십자가에 못 박아 죽였다는 이야기가 있다.

작품 해설 및 작가 연보

. . .

작품 해설

러시아 근대 문학의 창시자라 일컬어지는 푸슈킨은 1799년 6월 6일 모스크바에서 태어났다. 그의 가문은 약 5백 년의 전통을 이어온 유서 깊은 명문 가문이었다. 아버지 세르게이 푸슈킨은 일찍이 문학의 딜레탕티스트로서 당시 문단의 중진이었던 카람진, 드미트리예프, 쥬코프 등과 친교가 있었고, 어머니 나제즈다는 표트르 대제의 측근이자 저명한 흑인 한니발의 손녀였으며, 그 미모와 재질로써 사교계에 이름난 귀부인이었다.

이렇듯 양친이 사회적으로 저명한 존재였기 때문에 푸슈킨이 어려서 어버이의 가정적인, 자상한 사랑을 마음껏 누릴 수가 없었던 것은 자고로 여느 상류계급 자녀의 경우와 마찬가지였다. 따라서 푸슈킨의 유년시대와 깊은 관계를 맺고 있는 것은 유모 알리나와 외조모 마리아였다. 이 두 여인은 슬기롭게도 어린 푸슈킨에게 러시아 역대 사화(史話)와 조상들의 두드러진 업적을 이야기해 주면서 미래의 위대한 시인의 정신적 기반을 구축해 주었다.

푸슈킨의 집안은 1811년 모스크바에서 당시 수도인 페테르부르크로 옮겨갔고, 푸슈킨은 그해 10월, 귀족학교인 리체에 입학하였다. 재학한 6년간, 그는 뛰어난 시적 재능을 보여 교내 학예지에 자주 작품을 게재하곤 했다.

그가 열여섯 살 되던 해, 즉 1815년 리체의 진급시험은 러시아 문단 및 사회의 중진을 초빙하여 그 앞에서 거행되었다. 이때 푸슈킨이 낭독한 자작시 〈차르스코예셀로의 회상〉은 그의 시적 천재성을 여실히 표현한 것으로서, 참석했던 당대 시단의 제1인자 제르자빈은 너무나 감동하여 "나의 시대는 이미 지났다."고 탄식조로 이 어린 시인의 작품을 높이 평가해 주었다. 이로써 푸슈킨의 시단으로의 출범은 화려하게 그 막을 올린 것이다.

리체를 졸업한 1817년, 외무부에 근무하게 되었으나 취미가 없었던 그는 주로 좋아하는 시작(詩作)에 더 시간을 쏟게 되었다. 3년 후인 1820년, 그는 서사시 〈루슬란과 류드밀라〉를 상재하고, 이 무렵부터 리버럴한 청년들의 혁명적 비밀결사 데카브리스트(12월당원)들과 가까이하면서 선동적인 풍자시 〈자유〉, 〈농촌〉, 〈챠다예프에게〉 등을 잡지에 발표했다. 이리하여 당국으로부터 '불온 시인'이라 낙인이 찍혀 1820년 페테르부르크에서 남러시아 지방으로 추방을 당했다. 이 유적(流謫) 생활 중, 그는 서사시 〈코카서스의 포로〉를 완성하고 유명한 걸작 〈예브게니 오네긴〉을 쓰기 시작했다. 그후 다시 사극(史劇) 〈보리스 고두노프〉를 씀으로써 종래의 러시아 고전주의의 작시법(作詩法)을 지양하고 러시아의 연극에 리얼리즘의 신풍(新風)을 불어넣었다.

1826년, 새로 등극한 니콜라이 1세는 푸슈킨을 유형지로부터 소환할 것을 허가했다. 황제는 이미 러시아 시단에서 제1인자가 되어 있던, 이 반항적인 시풍의 푸슈킨을 회유하여 자가약롱(自家藥籠) 중의 인물로 만들 속셈이었다. 그러나 어디까지나 사회 비판의 정필을 꺾으려 하지 않는 그는 오히려 황제의 역린(逆鱗)에 저촉되어 정부로부터 한결 가혹한 억압을 받게 되었다. 그러나 푸슈킨은 조금도 타협하는 기색 없이 연달아 데카브리스트를 선동 고취하는 건필(健筆)을 늦추지 않았다. 이때 옥중에 갇혀 있는 그들을 격려한 시로 유명한 것이 바로 〈시베리아에 보내는 시〉이다.

  푸슈킨은 32세 되던 해, 오래 전부터 사귀어 온 나탈리야라는 미모의 여성과 결혼했으나, 이 결혼은 그를 불행으로 이끌고 결국은 파탄으로 몰아넣고 말았다. 그녀는 미인이긴 했으나 푸슈킨의 문필 생활을 이해하지 못했고, 행실이 불량한 사교여성으로서 여느 이성(異性)들의 눈길을 끄는 데만 부심하는 여성이었다. 푸슈킨은 스스로 자유로운 예술 활동을 희구하면서도 이제 아내의 사치스런 사교생활을 지탱키 위한 원고료의 수입에 급급하게 되었고, 작품 활동에 대한 당국의 줄기찬 억압은 그를 자포자기의 상태에 몰아넣었다. 더구나 이 시기야말로 그의 예술의 원숙기로서 그의 천분은 오롯하게 개화하여 많은 걸작들을 발표했다. 10년 전부터 다듬어 온 그의 걸작 〈예브게니 오네긴〉이 완성된 것도 이 무렵이었다. 〈예브게니 오네긴〉은 장편 운문 소설로서, 전형적인 귀족 청년 오네긴과 소박하고 솔직하여 의지가 굳고 건전한 전형적인 러시아 여성 타치아나를 성공적으로 형상화하여 '러시아 생활의 백과전서'를 이룩해 놓았다(베른스키의 말). 동시에 〈인색한 기사〉, 〈벨킨 이야기〉, 〈두브로프스키〉, 〈스페이드의 여왕〉, 그리고 산문 소설의 대표작 《대위의 딸》 등이 잇따라

간행되었다.

　이렇듯 문단에서의 풍요한 수확과 명성은 날로 치솟았으나 그와 함께 아내의 사치에서 오는 물질적 궁핍과 정신적 압박은 점점 가중되어 1836년, 그가 37세 되던 해에 최악의 상태에 이르렀다. 아내 나탈리야의 추문은 날로 퍼져 그의 자존심과 체면에 치명적인 상처를 입혔고, 그녀를 둘러싼 러시아의 일반 귀족 사회의 부패상은 그의 극단적인 증오감과 격분을 불러일으킬 뿐이었다. 게다가 푸슈킨을 미워하던 당국은 아내 나탈리야와 페테르부르크 주재 폴란드 공사의 양자인 단테스 근위장교와의 추문을 과장하여 유포시키는 한편 비겁한 음모와 악선전으로 푸슈킨의 자존심을 자극했다. 여기에 분개한 푸슈킨은 마침내 단테스에게 결투를 신청하기에 이르렀다. 그리하여 1837년 2월 8일, 이 결투에서 푸슈킨은 치명상을 입고 10일, 그 뛰어난 천재가 한창 영글어 갈 38세의 젊은 나이로 그 아까운 청춘의 막을 내린 것이다. 전하는 바에 의하면 경찰 당국은 이 결투를 중지시켜 푸슈킨을 보호할 수도 있었지만, 끝내 이것을 방관하고, 그의 사후에까지 천대와 박해의 손을 풀지 않았다.

　운문 소설 〈예브게니 오네긴〉과 쌍벽을 이루는 《대위의 딸》

은 그가 죽기 수개월 전인 1836년 10월에 탈고한 소설이고 그는 이 소설과 병행하여 〈푸가초프 반란사〉를 집필했다. 산문 소설 《대위의 딸》은 그 빈틈없는 짜임새와 간결한 수법에 있어서 뛰어난 작품이며, '푸슈킨 산문 예술의 극치', '근대 사실주의의 원천' 등의 평가와 같이 그의 작품 계열의 기념비적 존재다. 특히 베른스키 같은 대가(大家)도 '내용의 진실성과 단순하고 선명한 수법으로 보아 그 성공은 하나의 기적'이라고까지 격찬한 바 있다.

작가 연보

1799년 6월 6일, 모스크바의 네메스카야 가(현재의 바우만 가)에서 탄생.

1811년 페테르부르크 교외, 차르스코예셀로에 창설된 학습원(學習院)에 입학.

1814년 《유럽 통신》지 13호에 시 〈나의 친구, 시인에게〉를 발표.

1815년 학교 진급시험에서 자작시 〈차르스코예셀로의 회상〉을 낭독, 당대의 대시인 제르자빈의 격찬을 받음.

1817년 6월에 학습원 졸업. 외무성 8등관에 임명. 9월 문학서클 '아르자마스' 회에 가입.

1819년 7월 농노제의 참상을 노래한 시 〈마을〉을 씀.

1820년 3월, 학습원 시대에 쓰기 시작한 최초의 서사시
〈루슬란과 류드밀라〉완성. 페테르부르크 총독에
게 혁명적 정치시를 이유로 소환, 신문을 당하다.
5월, 남러시아로 추방당함. '자유애호'의 정치시
를 퍼뜨린 혐의.

1822년 8~9월, 〈코카서스의 포로〉를 씀.

1823년 5월, 운문 소설 〈예브게니 오네긴〉을 쓰기 시작. 7
월, 오데사로 전근.

1824년 3월, 장편시 〈바흐치사라이의 샘〉 간행. 6~7월,
콘스탄티노플을 거쳐 외지로 탈출을 계획. 알렉산
드르 1세의 명령으로 마하이로프스코예 촌(村)으
로 추방됨. 11~12월, 다시 국외 탈출을 계획.

1825년 2월, 〈예브게니 오네긴〉 제1장 간행. 장편시 〈집
시〉완성. 11월, 〈보리스 고두노프〉완성. 12월, 서
사시 〈눌린 백작〉을 씀. 12월, 《알렉산드르 푸슈킨
시집》간행.

1826년 1월, 〈예브게니 오네긴〉 제4장 완성. 8월, 니콜라
이 1세, 푸슈킨을 모스크바로 소환. 9월, 모스크바
도착. 〈예브게니 오네긴〉 제3장 간행.

1828년 1월 〈예브게니 오네긴〉(1825)에 관한 사건으로 푸
슈킨에게 비밀 감시가 붙음. 8월, 무신론적 서사
시 〈가브리아드〉(1821)에 관해 페테르부르크 총독
의 신문을 받음. 10월, 니콜라이 1세에게 서한을
올려 〈가브리아드〉의 작가임을 고백. 11월, 〈예브

게니 오네긴〉 제7장 완성.

1829년 3월, 〈폴타바〉 간행. 5월, 《알렉산드르 푸슈킨 시집》 제1부 간행. 6월, 제2부 간행.

1830년 3월, 잡지 〈북방의 밀봉〉에 브르가린의 푸슈킨 비방문 게재. 이때로부터 푸슈킨의 공격이 시작됨. 5월, 나탈리야 곤차로바와 약혼. 9월, 〈장의사(葬儀社)〉와 〈역장(驛長)〉 완성. 〈예브게니 오네긴〉 제9장을 씀. 이것으로 〈예브게니 오네긴〉은 완성. 〈인색한 기사(騎士)〉와 〈모차르트와 살리에리〉 완성. 11월, 〈석상(石像) 손님〉 완성. 12월, 〈보리스 고두노프〉 간행.

1831년 2월, 나탈리야 곤차로바와 결혼. 5월, 벤켄도르프에 신문 발행을 신청했으나 거부당함. 9월 13일, 〈사제(司祭)와 그 하인 바르다의 이야기〉 완성. 11월, 〈벨킨 이야기〉 간행.

1832년 1월, 헌병 사령관으로부터 모든 작품을 집필할 때마다 검열을 받을 것을 명령받음. 1월 말, 〈예브게니 오네긴〉 마지막 장(章) 간행. 5월, 장녀 마리아 출생.

1833년 1월, 러시아 아카데미 회원이 됨. 《대위의 딸》을 기고. 2월, 장편시 〈코롬나의 오두막〉 간행. 3월, 〈예브게니 오네긴〉 전장(全章)을 처음으로 합본 간행. 7월, 장남 알렉산드르 출생. 10월, 〈어부와 물고기 이야기〉와 〈안젤로〉를 완성함. 34세로서

'연소 시종(年少侍從)'에 임명됨.

1834년 1월, 푸슈킨의 부인이 궁중(宮中)에 소개됨. 3월, 〈스페이드의 여왕〉 발표(1833년 말~34년 초의 작품). 8월, 《알렉산드르 푸슈킨 이야기집》 간행. 9월, 〈금계(金鷄)〉를 씀. 11월, 〈푸가초프 반란사〉 간행.

1835년 3월, 〈서부(西部) 슬라브인의 노래〉 간행. 4월, 차남 그레고리 출생. 6월, 재정적 어려움을 타개키 위해 3, 4년간 시골에서 살고 싶으니 허가해 달라는 서신을 베켄도르프에게 냈으나 니콜라이 1세가 허가치 않음. 7~8월, 정부 대여금(貸與金) 3만 루블을 받음.

1836년 3월, 어머니 사망. 4월, 〈금계(金鷄)〉 간행. 4월, 푸슈킨의 개인 잡지 《소브레멘니크》 제1호를 발간. 5월 23일 차녀 나탈리아 출생. 10월, 《대위의 딸》 완성, 《소브레멘니크》 제4호에 전재(全載). 11월, '오쟁이 진 사나이'라는 비방문을 받음. 아내에게 구애하는 러시아군 근무, 망명 프랑스인 단테스에게 결투를 신청. 양부(養父)인 폴란드 공사 헤켈른이 푸슈킨을 방문, 결투 15일간 연기. 2월, 단테스가 처형(妻兄) 에카테리나와 결혼할 의향이 있다는 것을 알고 결투 신청을 철회. 며칠 후 재차 결투를 신청. 11월, 주선인끼리의 타협으로 재차 철회.

1837년   1월에 단테스가 푸슈킨의 처형 에카테리나와 결
          혼. 그 후에도 단테스는 노골적으로 아내에게 구
          애함. 2월 7일, 푸슈킨, 헤켈른에게 모욕적인 서신
          을 보내자 이번에는 단테스가 결투를 신청. 2월 8
          일, 하오 4시 반 결투. 푸슈킨 치명상을 입음. 9일,
          빈사의 푸슈킨은 아내, 자식, 친구들과 고별(告
          別). 10일 하오 2시 45분 사망. 정부는 일반 민중
          의 참여를 금지하는 동시에 과격한 추도 기사를
          못 쓰게 언론 기관에 명령. 유해는 헌병들에 의해
          스바야트골스키 수도원으로 옮겨, 새벽에 매장됨.

이철

- 한국외국어대학교 및 동 대학원 졸업
- 한국 노어노문학회 회장 역임
- 한국외국어대학교 노문학 교수 역임
- 저서 : 《표준 러시아어 독본》, 《러시아 문법》, 《시베리아 개
  발사》
- 역서 : 도스토예프스키의 《악령》, 《가난한 사람들》, 《미성
  년》, 베르자예프의 《러시아 사상사》, 《사랑과 고독과
  사회》, 톨스토이의 《안나 카레니나》, 《부활》, 투르게
  네프의 《文詩》, 《아버지와 아들》 외 다수

판	권
본	사
소	유

밀레니엄북스 72

예브게니 오네긴

초판1쇄 발행 | 2006년 4월 15일
초판3쇄 발행 | 2009년 12월 5일

지은이 | 알렉산드르 푸슈킨
옮긴이 | 이 철
펴낸이 | 신원영
펴낸곳 | (주)신원문화사
책임편집 | 박은희

주 소 | 서울시 강서구 등촌1동 636-25
전 화 | 3664-2131~4
팩 스 | 3664-2130

출판등록 | 1976년 9월 16일 제5-68호

＊잘못된 책은 바꾸어 드립니다.

ISBN 89-359-1340-5 04890